POTSDAMER ABGRÜNDE

Carla Maria Heinze, geboren in Kleinmachnow, einem Vorort von Berlin, mag alles, was nicht in eine Schablone passt. Menschen, Meinungen und Lebensentwürfe. Ihre Kriminalromane handeln davon. Viele, oft abenteuerliche Reisen führten sie auf alle Kontinente. Heute lebt sie zwischen Potsdam und Berlin.

Dieses Buch ist ein Roman. Handlungen und Personen sind frei erfunden. Ähnlichkeiten mit lebenden oder toten Personen sind nicht gewollt und rein zufällig.

CARLA MARIA HEINZE

POTSDAMER ABGRÜNDE

Kriminalroman

emons:

Bibliografische Information der Deutschen Nationalbibliothek
Die Deutsche Nationalbibliothek verzeichnet diese Publikation in der Deutschen Nationalbibliografie; detaillierte bibliografische Daten sind im Internet über http://dnb.d-nb.de abrufbar.

FSC
www.fsc.org
MIX
Papier aus verantwortungsvollen Quellen
FSC® C083411

Umschlagmotiv: lookphotos/Böttcher, Ulf
Umschlaggestaltung: Nina Schäfer, nach einem Konzept von Leonardo Magrelli und Nina Schäfer
Umsetzung: Tobias Doetsch
Gestaltung Innenteil: César Satz & Grafik GmbH, Köln
Druck und Bindung: CPI – Clausen & Bosse, Leck
Printed in Germany 2020
ISBN 978-3-7408-0955-3
Originalausgabe

Für Cordula, Magnus und Bodo –
und für Hannelore, wie versprochen

Denn der Tod tut nicht weh, nur das Sterben.

Mascha Kaléko

Prolog

Das Licht brach sich in den Facetten des taubeneigroßen Edelsteins. Geschliffen in der Form einer voll erblühten Rose lag er vor ihm. Er ging zu den bodentiefen Fenstern und hielt den Stein ins Sonnenlicht. Der rosafarbene Diamant funkelte und strahlte, als würde eine innere Glut ihn speisen. Ein Lächeln überzog die strengen Gesichtszüge des schmalen Mannes.

»Der Schlussstein«, bemerkte er. Wandte sich an den anderen, der in einiger Entfernung hinter ihm stand. »Sieh Er auf die Spitze, da muss er gesetzt werden. Da ist sein Platz.«

Hofjuwelier und Münzunternehmer Nathan Ephraim, gebrechlich und alt an Jahren, mit grauem Kinnbart, der dünn in langen Strähnen hinabhing, gekleidet in einen nachtdunklen Brokatrock und mit einer weißen Perücke auf dem Kopf, trat näher, nickte ehrfürchtig. »Ein außergewöhnlich schöner Diamant, Eure Majestät«, murmelte er.

Friedrich II. legte den Stein zurück in die mit blauem Samt ausgeschlagene Schatulle. Wandte sich aber sogleich wieder an Ephraim, die Augenbrauen bedrohlich hochgezogen, sodass sich seine Stirn in feine Falten legte. »Er darf sich Hofjuwelier nennen, Monsieur Ephraim, aber das, was Er mir hier vorlegt, ist es nicht wert, auch nur einen Blick darauf zu verschwenden.«

Mit einer energischen Handbewegung wischte der König von Preußen die Zeichnung, die vor ihm lag, vom Tisch. Musterte aus blassblauen Augen streng den Alten, der devot den Kopf gesenkt hielt.

»Was hat Er sich dabei gedacht? Wir haben es Ihm doch mitgeteilt. *Précisément*, oder etwa nicht? Prächtig soll die Pyramide werden. Einmalig! Aber sein Entwurf ist *terrible* und jämmerlich.«

Der König, feingliedrig im himmelblauen Seidenrock, aus dem die verschwenderischen Spitzen des Jabots über das Revers fielen, hob leicht die Hand. Aus dem Hintergrund schwebte Michael Gabriel Fredersdorf, sein treuer Kammerdiener, heran. Reichte ihm mit einer Verbeugung ein aus Bütten geschöpftes, festes Papier. Friedrich II. legte es auf die mit Leder bezogene eichene Schreibtischplatte. Der Tisch war mit Büchern übersät, seine Beine mit filigranen pflanzlichen Motiven aus Bronze geschmückt. Der König strich mit der Hand über das Papier. Deutete auf die von ihm selbst mit schnellen Strichen hingeworfene Skizze, deren klare Linienführung doch erkennbar war.

»Begreife Er, so muss sie werden.« Seine schmalen Finger fuhren die Linien entlang. »Hier das Gerüst, merke Er auf, gefertigt aus massivem Dukatengold. Nichts anderes kommt dafür in Betracht. Fest und schwer muss die Pyramide stehen. Dann ihre Außenseiten. An ihnen vier Brillanten allerbester Qualität, versteht sich.«

Der König schaute kurz zu Fredersdorf hinüber, der an einem reich mit Intarsien versehenen Pult stand und jedes seiner Worte mit einem Federkiel notierte.

»Nun, Monsieur Ephraim, sieht Er sie endlich vor seinen Augen?«

Der Hofjuwelier verbeugte sich. »Sehr wohl, Eure Majestät. Recht lebhaft kann ich sie mir vorstellen.«

Friedrich II. nickte zufrieden. Schaute wieder nachdenklich auf die Zeichnung, dann sagte er: »Aber auch ihr Inneres, Meister Ephraim, darf nicht vernachlässigt werden.«

»Gewiss nicht«, murmelte Nathan Ephraim.

»Was hält Er von Karfunkeln?« Der König legte die Fingerspitzen aneinander und wippte auf den Fußspitzen auf und ab. »Rot wie Blut. So müssen sie sein.«

Der Alte schlug die Augen nieder, schlang die dünnen Finger ineinander. »Feuerrote Rubine, die die Kräfte aller Steine in sich vereinen«, flüsterte er. Und sagte dann lauter: »Die blutroten Exemplare findet man sehr selten. Ich würde, wenn

Eure Majestät gestatten, meinen Bruder Samuel Ephraim, der die größte Edelsteinschleiferei in Amsterdam führt, damit beauftragen, die Karfunkel für Eure Majestät zu besorgen.«

»Tu Er das, Meister Ephraim, aber in gebotener Eile.« Der König schürzte die Lippen und betrachtete nachdenklich die Skizze. »Vielleicht eine Betonung der Eckpunkte?«, überlegte er laut. Verschränkte die Arme auf dem Rücken und ging in Gedanken versunken einige Schritte. Schaute grüblerisch an die kunstvoll bemalte Decke. Griff erneut nach dem Papier und hielt es in die Höhe. *»Naturellement!«*, rief er auf einmal aus. »Saphire, nachtblau wie das Firmament.«

Zufrieden legte er die Skizze zurück. Blickte zu Nathan Ephraim und sagte in gebieterischem Ton: »Prächtiger als alles andere muss sie werden. Begreift Er? So muss es sein.«

Er ging zu der zweiflügligen Tür und schaute über die weitläufige Terrasse. Hinunter zum Fontänenrondell, wo sich die Wasserkaskaden in das steinerne Brunnenrund ergossen. Ohne sich umzudrehen, befahl er: »Nehme Er das Papier. Lasse Er sämtliche Geschäfte ruhen. Dieses hat Vorrang vor allen.«

Schließlich wandte er sich langsam um, hob das Kinn und blickte den Münzunternehmer aus kühlen blauen Augen an: »Zweihunderttausend Goldtaler liegen aus meiner Privatschatulle bereit. Alle sollen sehen, dass der König von Preußen sich nicht lumpen lässt.«

1

Nervös schaute er auf die silberfarbene Uhr an seinem Handgelenk, eine Breitling, limitierte Auflage. Gleich musste die Security ihre Runde beendet haben. Feine Schweißperlen glänzten auf seiner hohen Stirn. Er wartete schon über dreißig Minuten. Worauf hatte er sich nur eingelassen? »*Complete nonsense*«, knurrte er, zog ein akkurat gebügeltes blütenweißes Leinentaschentuch hervor und betupfte sich das Gesicht. Noch konnte er zurück. Was, wenn ihn hier jemand entdeckte? Aber er war so kurz vor dem Ziel, wollte es haben. Wieder fühlte er das Kribbeln wie beim allerersten Mal, als er mit dem anderen darüber gesprochen hatte. Der Kontakt zu dem Experten war über eine Annonce in den Kleinanzeigen zustande gekommen. Ein spontaner Versuch, der tatsächlich erfolgreich gewesen war. Der Mann hatte Ahnung, das hatte er schon im ersten Augenblick gemerkt. Endlich der Richtige. Anfangs kam er ihm irgendwie bekannt vor. Doch als er ihn darauf ansprach, hatte der andere nur spöttisch gelächelt und seine Vermutung abgetan: Ein Irrtum, sie seien sich vorher nie begegnet.

Während er nach dem Umschlag in seiner Brusttasche tastete, bog der Mann vom Wachschutz um die Ecke. Ein Schwergewicht, zügig stapfte er die Runde ab. Er selbst rutschte tiefer in die hellbraunen Lederpolster seines C 180. Der Wachmann konnte ihn nicht sehen, davon war er überzeugt, auch wegen der dunkel getönten Scheiben. Aber sicher war sicher. Überdeutlich hörte er die U3 vom Bahnhof Podbielskiallee durch den offenen Teil unterhalb der Archivstraße rumpeln. Der Typ von der Security verlangsamte seinen Schritt, schaute in seine Richtung. Blieb stehen. Holte aus seiner Hosentasche ein Smartphone und tippte darauf herum. Im Schein des leuchtenden Displays konnte er dessen Gesicht erkennen. Kahler Schädel, Lippen wie ein Strich und darüber eine platt gedrückte Boxernase. Seine Finger tasteten nach der Glock 43, der extraschlanken Taschenpistole, die er vorsichtshalber noch eingesteckt hatte. Breitbeinig stand der Sicherheitsmensch da und sah immer noch zu ihm herüber. Das Handy ans Ohr gepresst sprach er mit jemandem. Schließlich setzte er sich in Bewegung. Kam näher.

Er rutschte noch etwas tiefer, zog den Kopf ein. Verharrte. Nach einigen Minuten schob er sich langsam wieder hoch und spähte durch die Scheiben. Sah gerade noch, wie sich der Wachmann auf den schmalen Weg zum u-förmigen Hauptgebäude des Geheimen Staatsarchivs begab. Er wollte sich eben wieder bequem hinsetzen, da wandte der Bullige sich um und schien ihn direkt anzuschauen.

»Komm nur, Bürschchen«, murmelte der Mann. Entsicherte die Pistole und schob sie griffbereit unter seinen Blazer auf dem Nebensitz. Die Glock gab ihm Sicherheit. Trotzdem spürte er, wie sich der Schweiß in seinem Nacken sammelte und dann den Rücken hinunterrann. Aber der Bullige ging weiter. Stand jetzt direkt vor der Eingangstür. Starrte immer noch zu ihm herüber. War höchstens dreißig Meter vom Auto entfernt. Auf einmal hörte er ihn kehlig auflachen, sah ihn das Smartphone zurück in seine Jackentasche stecken und schnellen Schrittes im Inneren des neobarocken Gebäudekomplexes verschwinden.

Der Mann im Mercedes atmete kurz auf, dann überlegte er. Was hatte dieser Kerl in sein Smartphone getippt? Sein Autokennzeichen? Aber in der Dunkelheit hätte er dafür Adleraugen haben müssen. Vorsorglich hatte er sich den Wagen bei einer Autovermietung besorgt. Wobei »er« und »besorgt« nicht ganz stimmte. Sein »polnischer Verwandter«, wie er Karol, seinen Mann für alle Arbeiten am und im Haus nannte, hatte ihn legal gemietet. Sein Bentley Bentayga wäre für diese Aktion zu auffällig gewesen. Genervt schaute er auf die Uhr im Armaturenbrett. Noch zehn Minuten.

Er öffnete die Wagentür und stieg aus. Über ihm ein wolkenloser Nachthimmel, die Temperatur mild für September. Alles war ruhig. Die Studenten der nahe gelegenen Freien Universität saßen um diese Zeit in den Kneipen und Clubs der Stadt, falls sie nicht zu Hause büffelten. Berlin, die Stadt, die niemals schlief. Tag und Nacht pralles Vergnügen für jeden Geschmack. Doch in dieser schon tagsüber vom Verkehr kaum frequentierten Straße ließ sich zu dieser Uhrzeit erst recht keine Menschenseele mehr blicken. Er holte eine dunkle Wollmütze aus seiner Hosentasche, zog sie sich über den Kopf und tastete nach der Taschenlampe. Der schwarze Pullover und die dunkle Hose aus feiner ägyptischer Baumwolle schmiegten sich an seine überschlanke Gestalt von eins neunzig.

Er lief hinüber zur Eingangspforte des Geländes, die zu der Direktorenvilla führte. Wie vereinbart war sie nur angelehnt. Blickte sich noch einmal um und vergewisserte sich, dass auch wirklich niemand in der Nähe war. Dann schlich er bis zur Villa und weiter im Schatten des Hauses bis zur Rückseite des Gebäudes, blieb neben der etwas erhöhten Terrasse stehen und schaute zum Hauptgebäude. Dahinter lag der Magazintrakt, sein Ziel. Er spurtete los. Erreichte das Gebäude und verschmolz mit ihm, dicht an das Mauerwerk gedrückt. In dem bogenförmigen Verbindungsgang, der das Haupthaus mit diesem verband, war die Nachtbeleuchtung eingeschaltet.

Ein Schrei ertönte, gellend, durchdringend. Er fuhr zusammen. Ein Kind? Wieder hörte er das Wimmern, dann ein Fauchen. Rollige Katzen! Erleichtert seufzte er auf. Über ihm starrten die vergitterten Fenster des Magazintrakts in die Nacht. Er schaute auf die Uhr. Zwei Uhr fünfzehn. Wie abgesprochen.

Er löste sich vom Mauerwerk und schlich zu der unscheinbaren Stahltür, dem unteren Eingang. Fühlte sein Herz wild gegen die Rippen schlagen. So etwas hatte er noch nie gemacht. Es war illegal, nachts in ein gesichertes, fremdes Objekt einzudringen. Erwischte man ihn, wäre das ein gefundenes Fressen für die Medien. Er drückte gegen die Tür. Sie gab nicht nach.

Das war gegen die Abmachung. Er hörte ein Geräusch, fuhr herum, sah, dass sich etwas bewegte. Der Mann von der Security? Aber es war nur der Schatten eines Baumes. Erneut drückte er gegen die Tür, wütend und mit aller Kraft. Obgleich alt, war sie stabil und gab noch immer keinen Millimeter nach. Abbrechen, dachte er. Schnellstens verschwinden. Dieser windige Experte hatte ihn reingelegt. Enttäuscht lehnte er sich gegen das Metall. Unvermittelt öffnete sie sich. Er sprang zur Seite.

»Wurde aber auch Zeit«, flüsterte er gereizt. Er schob sie auf, zwängte sich hindurch und hörte ein Knistern. Gleich darauf fühlte er ein Brennen im Nacken, und seine Beine sackten weg, als enthielten sie plötzlich keine Knochen mehr. Glühender Schmerz durchfuhr ihn, zog ihn hinab in eine dunkle Hölle und ließ ihn nicht mehr los.

2

Am Abend zuvor.

»Maik will sich wahrscheinlich wegbewerben. Der Steffens von der Bundespolizei soll ihm ein großzügiges Angebot gemacht haben«, brummte Dr. Richard Körner, seines Zeichens Kriminalrat der Potsdamer Mordkommission. Aus den Augenwinkeln blickte er zu Enne von Lilienthal, die neben ihm ging. Charly, der kleine schwarze Mischling, den ihr Sohn Maik bei einem spektakulären Fall mehr tot als lebendig gefunden und danach behalten hatte, legte sich so in die Leine, dass sie beinahe in Laufschritt verfiel.

»Du Ungeheuer. Bei Fuß«, befahl Enne keuchend, was Charly nicht zu beeindrucken schien. Mit aller Gewalt zog sie ihn zurück auf den Weg. »Das wäre für das Potsdamer MK1 ein Verlust«, erwiderte sie etwas außer Atem, »aber es überrascht mich nicht. Steffens ist ein alter Fuchs, klar, dass der überallhin seine Fühler ausstreckt. Und jetzt, da feststeht, dass der zentrale Standort der Bundespolizei nach Potsdam verlegt wird, und demnächst das neue Verwaltungsgebäude in der Heinrich-Mann-Allee fertig ist, versucht er, die besten Leute aus allen Bundesländern für seine Behörde zu gewinnen. Bundespolizei ist eine andere Liga, Richard, das wissen wir beide. Für meinen Sohn wäre das natürlich ein Karrieresprung.«

»Ich weiß, ich weiß, Ennekin«, seufzte Körner. »Aber Maik ist mein bester Mann. Wo kommen wir denn hin, wenn die Kollegen sich gegenseitig die Leute wegschnappen?«

»Vielleicht hängt es immer noch mit meinem Verhalten bei dem letzten Fall zusammen, dass Maik den Wechsel ernsthaft erwägt.«

»Dein Sohn ist genauso wie du«, murrte Körner.

»Wie meinst du das?«, erwiderte Enne pikiert und blieb stehen, auch, da Charly intensiv an einer dickstämmigen Linde schnupperte und sich nicht entschließen konnte, ob er an ihr oder am nächsten Baum seine Duftmarke setzen sollte. Als Enne ihn weiterziehen wollte, boykottierte er ihre Bemühungen.

»Stur seid ihr, alle beide«, sagte Körner lapidar. »Warum setzt ihr euch nicht mal zusammen und klärt, was euch immer wieder aneinander stört? Ich habe Maik klar und deutlich gesagt, dass ich auf deine Mitarbeit, wenn ich sie denn bei einem Fall für nötig halte, nicht verzichten möchte. Bei der Personalknappheit brauche ich deine Fachkompetenz, auch wenn du im Ruhestand bist. Fallanalytiker gibt es nun mal nicht wie Sand am Meer.«

»Danke, Richard«, erwiderte Enne. Seine Worte taten ihr gut, schmeichelten ihrem Ego, wie sie insgeheim zugeben musste. Aber genau das war der Grund, aus welchem Maik seinen Job wechseln wollte. »Deine Solidarität mir gegenüber ist der Punkt, der ihn am meisten stört. Das verzeiht er weder dir noch mir«, seufzte sie. »Natürlich hat Maik recht damit, dass ich nicht mehr im aktiven Dienst bin und mich aus allen Ermittlungen heraushalten sollte. Aber andererseits«, sie schaute Körner herausfordernd an, »warum eigentlich? Nur weil ein veraltetes Beamtengesetz vorschreibt, dass mit fünfundsechzig Jahren Schluss ist?« Sie schnaubte empört. »Ich kann meine Erfahrungen, mein Wissen und meine Fähigkeiten nicht einfach so abschalten. Das alles steckt doch zu sehr in mir drin. Es macht mir immer noch Spaß, zu ermitteln und zu analysieren, das weißt du und kannst es nachvollziehen. Und wenn du mich bei einem kniffligen Fall als Beraterin hinzuziehst, was sollte daran so ungewöhnlich sein? Schau mal in die Politik, die Wirtschaft oder auch den Wissenschaftsbetrieb, überall sind Experten gefragt, die die sechzig längst überschritten haben. Hinterm Ofen sitzen und stricken ist wirklich nicht so mein Ding«, fügte sie ironisch hinzu.

»Du weißt genau, wo das Problem liegt«, konterte Körner. »Bei euch beiden besteht erhöhter Klärungsbedarf, weil du seine Mutter und nicht irgendeine Expertin bist.«

»Ich habe schon versucht, mit ihm zu sprechen, mein Lieber. Aber wenn ich auch nur davon anfange, verschließt er sich wie eine Auster. Macht einfach dicht«, murmelte sie.

Körner blickte zu Charly, der sich immer noch nicht entschieden hatte, ob er lieber zehn Zentimeter weiter rechts oder doch weiter links seine Pinkeltröpfchen verteilen sollte. »Aber den Hund gibt er dir, wenn er und Susanne keine Zeit haben.«

Enne zuckte mit den Schultern. »Habe mich angeboten. Charly kann ja nicht stundenlang allein in der Wohnung bleiben.«

Körner und Enne hatten sich zu einem Spaziergang im Neuen Garten verabredet. Der September machte mit sommerlichen Temperaturen nahtlos da weiter, wo der heiße August geendet hatte. Enne, mit hellen Jeans, einem zartgelben kurzärmeligen T-Shirt und weißen Sneakers, die dunklen, lockigen Haare hochgebunden, sah man ihre Jahre nicht an. Richard Körner wirkte mit den tiefen Lebenslinien im Gesicht hingegen trotz seiner vollen grau melierten Haare älter als seine vierundsechzig. Sein langärmeliges dunkelblaues Hemd verdeckte seinen Bauchansatz. Anschließend wollte er Enne in das kleine Restaurant »Alexandrowka« zu Pelmeni und Blini einladen. Vor Jahren hatten Körner und Enne während einer Tagung eine kurze, aber heftige Affäre gehabt. Er erhoffte sich mehr, aber Enne, zu der Zeit gerade geschieden, wollte keine Bindung eingehen. Erst vor Kurzem waren sie sich wieder nähergekommen, und er wollte keine Möglichkeit mehr versäumen, Zeit mit ihr zu verbringen.

Seine Gedanken kreisten noch immer um den möglichen Weggang seines Ersten Hauptkommissars der Mordinspektion. Von Anfang an hatte er Maik gefördert, nicht nur, weil er Ennes Sohn war, sondern auch, weil er sofort bemerkt hatte, dass Maik von Lilienthal außergewöhnliche kriminalistische Fähigkeiten besaß. Er musste dessen Weggang einfach verhindern. Die Kriminalpolizei war unterbesetzt, er konnte es sich nicht leisten, einen so hervorragenden Ermittler ziehen zu lassen. Körner überlegte, ob er noch ein Ass im Ärmel hatte. Als er sich wieder aufs Hier und Jetzt konzentrierte, konnte er durch die Bäume schon das grüne Kupferdach des Marmorpalais erkennen.

»Ich nehme dir den Hund ab«, bot er sich an.

Dankbar gab ihm Enne die Leine. Ihr Arm, da war sie sich sicher, wurde nur noch von einem Muskelstrang zusammengehalten.

Charly wandte den Kopf und hechelte Körner mit heraushängender Zunge fröhlich an.

Kaum hatte der die Leine genommen, zog der Hund zum Heiligen See, an dessen Ufer das Marmorpalais lag. Von der anderen Seeseite blinkten die Dächer der Prominentenvillen zu ihnen herüber.

Enne blieb stehen und wühlte in ihrer Umhängetasche. Ihr iPhone hatte sich gemeldet. Weshalb sich das Gerät immer in den Tiefen ihrer Tasche verkroch, würde ihr wohl ein ewiges Rätsel bleiben.

Körner marschierte indessen weiter, hielt locker Charlys Leine, als ein junger Mann in Sportklamotten um die Ecke der künstlich gestalteten römischen Tempelruine bog. Neben ihm trabte ein großer Hund mit hellem Fell. Der Jogger drehte ab und lief über die vom Sommer verbrannte Wiese nach oben zum Hauptweg. Der Hund blieb stehen. Starrte Charly an, knurrte kehlig. Dann stellten sich seine Nackenhaare senkrecht auf.

Als Enne endlich das Handy gefunden und es entsperrt hatte, hatte der Anrufer aufgegeben. Die Nummer war unterdrückt worden. »Dann eben nicht, liebe Tante, heiratest du eben den Onkel«, murmelte sie und schaute in dem Moment zu Körner, als der große Hund auf ihn und Charly zustürmte. »Vorsicht, Richard!«, schrie sie.

Doch der fremde Hund stürzte sich bereits mit geöffnetem Maul auf Charly und verbiss sich. Der Kleine jaulte gellend auf, versuchte sich zu befreien, wegzurennen. Blut quoll aus einer Wunde über dem Auge. Erneut griff der andere ihn an. Hatte es auf die Halswirbelsäule abgesehen. Charly jaulte wieder, jetzt voller Todesangst. Enne sah, wie sich die Leine um Körners Beine wickelte, der fremde Hund geifernd an ihm hochsprang, hörte ihn »Aus!« brüllen und spurtete los.

»Holen Sie sofort Ihren Hund zurück!«, schrie sie dem Jogger hinterher. Doch der wandte nicht einmal den Kopf, zeigte ihr nur den Mittelfinger und rannte einfach weiter in Richtung Orangerie. Enne, das Handy noch in der Hand, bemühte sich, ihn zu fotografieren. Als sie sich wieder umdrehte, sah sie, wie Körner der Länge nach wie ein gefällter Baum auf die harte, ausgetrocknete Erde stürzte und der Hund auf ihn sprang. Sofort hechtete sie zu ihm. Ohne nachzudenken, riss sie den fremden Hund am Lederhalsband zurück. Er wand sich wie ein Otter und schnappte nach ihr. Instinktiv holte sie mit ihrer Tasche aus und versetzte ihm einen Schlag. Plötzlich ertönte aus der Ferne ein Pfiff. Der Weiß-Braune stellte die Ohren senkrecht, Speichel triefte aus seinem Maul, dann stob er mit langen Sätzen seinem Besitzer hinterher.

Wimmernd wie ein kleines Kind kroch Charly zu Enne. Als sie sich niederbeugte und ihm sanft den Kopf streichelte, leckte er ihre Hände.

»Kleines Hundemännchen«, flüsterte sie und kämpfte mit

den Tränen. Vorsichtig tastete sie ihn ab. Der Kleine bebte am ganzen Körper. Das schwarze Fell war voller Blut und übel riechender Speichelreste des anderen. »Wir müssen sofort zum Tierarzt, Richard!«, rief sie.

Körner stöhnte. Lag eigentümlich verdreht im Staub. Die helle Leinenhose war mit Flecken übersät, das Hemd zerrissen. Auf seiner Brust zeichneten sich tiefe Kratzer ab.

Entsetzt stolperte Enne zu ihm. Reichte ihm die Hand. »Kannst du aufstehen?«, fragte sie voller Sorge.

Er blickte sie an. Sein bräunlicher Sommerteint hatte sich in gräuliches Weiß verwandelt. »Habe ich schon probiert«, keuchte er. »Geht nicht.«

Enne wählte den Notruf der Feuerwehr.

3

Der rot-weiße Krankenwagen näherte sich in rasantem Tempo vom Hauptweg des Neuen Gartens und fuhr direkt über die Wiese, bis er wenige Meter vor Enne, Körner und Charly hielt. Ein schmaler Mann sprang heraus und stellte sich ihnen als Unfallarzt vor. Ihm folgten im Laufschritt zwei junge Männer mit einer Trage. Der Arzt untersuchte Körner schnell und routiniert. Als er vorsichtig die Wirbelsäule berührte, brüllte Körner auf. Ohne auf dessen Protest zu achten, setzte er ihm genau an der Stelle eine Injektion, wies die Rettungssanitäter an, den Patienten sofort in die Unfallchirurgie zu bringen, und telefonierte mit der Radiologie.

»Sie kommen sofort in die Röhre. Ein MRT erscheint mir in Ihrem Fall dringend erforderlich.«

Körner nickte gequält. »Man muss früh mit dem Sterben beginnen, damit man lange was davon hat«, bemerkte er mit schiefem Grinsen.

»Wird schon alles wieder heile«, meinte einer der Sanitäter, dann schoben er und sein Kollege die Trage mit dem schwergewichtigen Körner in den Wagen.

Enne griff nach dessen Hand. »Richard Körner, so weit bist du noch lange nicht«, sagte sie streng. »Wir beide haben noch jede Menge vor. Kneifen gilt nicht.«

Körner versuchte ein Lächeln, erinnerte damit aber eher an einen traurigen Clown.

»Sind Sie die Ehefrau?«, wollte der Arzt wissen.

»Nein, eine langjährige Freundin. Darf ich ihn begleiten?«

»Das ist nicht nötig. Sie können ihm jetzt sowieso nicht helfen, und im Krankenhaus wird alles Erforderliche für ihn getan.« Er blickte zu Charly. »Fahren Sie lieber gleich zu einem Tierarzt und lassen Sie Ihren Hund untersuchen.« Damit kletterte er in den Wagen, der unter gellendem Sirenengeheul Richtung Ernst-von-Bergmann-Klinikum davonfuhr.

Enne hielt das Hundeköpfchen und streichelte es vorsichtig. Noch immer zitternd, blickte Charly sie aus großen braunen Augen an und hechelte schnell.

»Warten Sie!«, hörte sie jemanden rufen.

Eine füllige Frau kam über die Wiese direkt auf sie zu. Holte, kaum bei ihr angelangt, eine Flasche und einen metallenen Napf aus ihrem Beutel, goss Wasser hinein und stellte ihn vor den Hund.

»Er muss trinken«, erklärte sie.

Und Charly trank wie ein Verdurstender.

»Gabi Spiehs«, stellte sich die Frau vor. »Ich arbeite da drüben.« Sie wies auf die Gesindehäuser aus rotem Backstein am Hauptweg. »Ich kenne den Kerl mit dem Hund. Der kommt oft hierher und lässt seinen Vierbeiner trotz der Verbotsschilder frei rumlaufen. Beseitigt nie die Hinterlassenschaften seines Tieres. Ein Akita Inu ist das, eine japanische Rasse, kaum sozialisiert. Wenn der andere kleine Hunde angreift, findet das der Typ auch noch cool. Wir von der Parkverwaltung haben ihn bereits verwarnt, aber man kann ja nicht überall sein«, fügte sie entschuldigend hinzu.

Wo sind nur die Manieren der jungen Leute geblieben?, wunderte sich Enne. Wird denen zu Hause nicht mehr beigebracht, wie man sich verhält? Aber es sind ja nicht nur die Jungen, überlegte sie. Auch Erwachsene werden immer häufiger bei jeder Kleinigkeit aggressiv.

Sie bedankte sich bei der Frau für das Wasser, wählte Maiks Nummer und erwischte nur seine Mailbox. »Wenn man dich mal braucht, bist du nicht da«, murmelte sie enttäuscht. Wählte erneut, eine andere Nummer diesmal, und vernahm erleichtert die Stimme von Hauptkommissarin Susanne Riemeister, Maiks Lebensgefährtin und Kollegin im Potsdamer Präsidium. Schnell erzählte sie, was vorgefallen war.

Susanne stellte keine überflüssigen Fragen. Das mochte Enne so an ihr, dass sie sich stets auf das Wesentliche konzentrierte.

»Bin schon unterwegs«, sagte Susanne, als Enne geendet hatte, und trennte die Verbindung.

4

Trotz ihres Protestes, dass sie mit ihrem eigenen Wagen fahren könne, hatte Susanne Enne in das Polizeifahrzeug bugsiert. Leo Kalumet, Kollege bei der Potsdamer Mordkommission, hatte Charly behutsam hochgehoben und sich zusammen mit ihm auf die Rückbank gesetzt. Jetzt brummte er unverständliche Laute, und der kleine Hund, das konnte Enne im Rückspiegel verfolgen, legte nach einigen Sekunden seinen Kopf in Kalumets Armbeuge und beruhigte sich.

Susanne fuhr Enne bis vor die Notaufnahme des Ernst-von-Bergmann-Klinikums. Kaum hatte diese den Fuß auf den Boden gesetzt, gab Susanne auch schon wieder Gas. Sie wollte schnellstens weiter zur Tierklinik nach Potsdam-Wildpark.

Dr. Richard Körner sei immer noch in der Notaufnahme, erfuhr Enne vom Pförtner. Sie lief den langen Gang hinunter, an wartenden Patienten vorbei, bis sie aus einem der Behandlungsräume Körners sonoren Bass vernahm.

»Wie oft soll ich es Ihnen noch sagen? Mein Name ist Richard Körner. Ich bin Kriminalrat der Potsdamer Mordkommission. Und nein, ich habe mir meinen Namen leider nicht tätowieren lassen. Und um auch noch Ihre Wissenslücke zu schließen: Nicht alle Personen, die im Präsidium arbeiten, tragen Uniform. Sie haben ja auch kein Rotkreuzhäubchen auf. Und jetzt rufen Sie endlich im Präsidium an, oder ist das zu viel verlangt?«

Eine hohe Frauenstimme antwortete etwas.

»Verdammt«, hörte Enne Körner daraufhin ächzen. »Ich habe Schmerzen, die wünsche ich nicht mal Ihnen. Glauben Sie, ich bin zum Spaß hier? Beruferaten können wir später noch spielen.«

Enne stieß die Tür auf. Vor ihr auf einer Krankenliege lag Körner. Ein Bein war verdreht, wegen seiner Größe hingen seine Füße in der Luft. Das volle dunkle Haar, durchsetzt mit silbergrauen Strähnen, stand nach allen Seiten ab. Sein Gesichtsausdruck, mit dem er eine kleine hagere Frau in weißem Kittel ansah, glich dem eines Puters beim Balzen. Sie stand mit durchgedrücktem Rücken und einem Klemmbrett in der Hand vor ihm und schaute auf ihn hinab.

Als Körner den Kopf wandte und Enne im Türrahmen stehen sah, keuchte er: »Da bist du ja endlich!« Er versuchte, sich aufzurichten, was ihm nicht gelang. Stattdessen schrie er vor Schmerz auf. »Meine Brieftasche mit allen wichtigen Dokumenten ist weg. Muss ich bei der Hundeattacke verloren haben«, sagte er dann.

Enne griff nach seiner Hand.

»Diese Dame verlangt meinen Personalausweis und meine Versichertenkarte. Hier herrscht Bürokratie vom Feinsten, Enne, ohne Dokumente bist du ein Niemand«, stöhnte er.

»Beruhige dich, Richard«, murmelte sie, langte in ihre Tasche, holte ihren Personalausweis heraus und reichte ihn der Schwester. »Bitte notieren Sie meinen Namen und meine

Adresse, ich bürge für Herrn Dr. Körner. Wir reichen seine Unterlagen so schnell wie möglich nach.«

Die Frau studierte den Ausweis, füllte ein paar Felder eines Formulars aus und gab ihn Enne mit einem Achselzucken zurück. »Der Patient ist nicht kooperativ. Ich muss mich an die Vorschriften halten wie jeder von uns. Jetzt hole ich den Doktor.« Damit legte sie die nicht vollständig ausgefüllten Unterlagen neben Körner und ging zur Tür.

»Wie bitte?« Enne stellte sich ihr in den Weg. »Herr Körner ist noch nicht untersucht worden?«, fragte sie ungläubig. »Der Notarzt hat doch in der Radiologie angerufen und ein sofortiges MRT veranlasst.«

»Davon weiß ich nichts«, erwiderte die Schwester schnippisch, drängte sich an ihr vorbei und eilte aus dem Raum.

Enne lief ihr hinterher und stieß beinahe mit einem Arzt zusammen, der gerade eintreten wollte.

»Entschuldigen Sie, dass es länger gedauert hat«, erklärte der junge Mann. Hastig strich er sich eine weißblonde Haarsträhne aus der Stirn, ging zu Körner und musterte ihn aufmerksam. »Heute ist der Teufel los. Schwerer Unfall auf der A 9 bei Michendorf. Der Rettungshubschrauber hat mehrere Schwerverletzte gebracht. Es tut mir leid, wenn Sie warten mussten.«

Enne, die sich im Hintergrund hielt, bemerkte, wie sich Körners Gesichtsfarbe allmählich wieder normalisierte, während er dem Arzt berichtete, was vorgefallen war.

Der Mediziner nickte mitfühlend, dann untersuchte er ihn gewissenhaft. Sein Gesichtsausdruck wurde dabei immer ernster. Er ging zu einem Schrank, öffnete ihn und nahm eine Ampulle heraus. Griff nach einer Spritze, köpfte gekonnt die Ampulle und zog das Medikament auf.

»Ich gebe Ihnen jetzt ein starkes Schmerzmittel, Herr Dr. Körner«, erklärte er. »Ein Krankenpfleger wird Sie gleich abholen und in die Radiologie bringen. Erst nach dem MRT können wir Ihre Verletzungen beurteilen.«

Ehe Körner etwas erwidern konnte, versank die Injektionsnadel auch schon in seinem Arm.

Als der Arzt fertig war, trat Enne zu Körner. »Ich fahre gleich noch mal zum Neuen Garten zurück. Bestimmt liegt deine Brieftasche noch dort.«

Körner nickte mit schon geschlossenen Augen.

Zusammen mit dem Arzt verließ Enne den Raum. »Was haben Sie ihm gegeben?«, fragte sie, als sie gemeinsam auf dem Gang standen.

»Morphium. Das Einzige, was bei seinen Schmerzen hilft.«

5

Erst vor dem Klinikum fiel Enne ein, dass ihr alter roter Golf noch in der Weinmeisterstraße parkte. Sie nahm sich ein Taxi und ließ sich zum Eingangstor des Neuen Gartens fahren. Gab dem Fahrer wegen der kurzen Strecke ein großzügiges Trinkgeld und lief schnell den mit Pyramideneichen gesäumten Hauptweg entlang, bis sie den Abzweig erreichte, der zum See hinunterführte. Auf dem ausgetrockneten, sandigen Boden konnte sie noch die Reifenspuren des Krankenwagens erkennen.

Langsam schritt sie das Areal ab, wo der Hund Körner angefallen hatte. Keine Spur von einer Brieftasche. Sie schaute sich um. Die Wasserfläche des Heiligen Sees schimmerte. Unter einem Busch blitzte etwas auf. Sie lief hin, bückte sich, bog die Zweige auseinander und zog mit spitzen Fingern ein verschmutztes Leinentaschentuch hervor. »RK« war in eine Ecke gestickt. Körners Initialen. Sie schaute sich um. Besucher waren keine mehr zu sehen. Der Park schloss bei Sonnenuntergang, erinnerte sie sich, und das war in Kürze.

Dass Körner in seiner Brieftasche aber auch alle Papiere dabeihaben musste. Und so jemand nennt sich Kriminalrat, dachte Enne ärgerlich. Gerade er als Polizeibeamter sollte es doch besser wissen. Und jetzt lief sie hier unter Zeitdruck herum wie ein aufgescheuchtes Huhn, um ihm aus der Bredouille zu helfen.

»Körnerchen«, knurrte sie, »das kostet dich was. Mindestens ein Essen in der ›Villa Kellermann‹.« Kurz schaute sie auf und zum imposanten Gebäude auf der anderen Seeseite hinüber. Günther Jauch hatte die Villa erst vor Kurzem aufwendig restaurieren und zum Restaurant umgestalten lassen. Die Zeitungen waren voll mit Artikeln darüber gewesen.

Sie lief zum Ufer, wo die Wellen sanft über den hellen feinen Sand leckten, schaute unter jeden Busch. »Enne Lilienthal, du bist doch irre«, murmelte sie. Sie mochte gar nicht wissen, was jemand denken würde, der sie hier herumschleichen sah.

Die letzten Sonnenstrahlen brachen sich silberhell am Wasser. Enne kniff die Augen zusammen und schaute genauer hin. Etwas schimmerte dort. Aber das Schimmern hatte sich sofort wieder verflüchtigt. Nur die Wellen schoben sich unaufhörlich leise schmatzend über den Ufersand. Ihre Füße schmerzten. Die Schuhe hatte sie erst gestern gekauft. Ein Schnäppchen. Kurz entschlossen zog sie die Sneakers aus, krempelte die Hosenbeine hoch und trat in das seichte Uferwasser. Kühl umspielte das Nass ihre Füße. Sie beugte sich hinunter, schöpfte mit den Händen Wasser und ließ es über ihre Waden laufen. Da bemerkte sie wieder etwas Helles und watete in dessen Richtung. Schrie plötzlich auf. Etwas hatte sich in ihre Fußsohle gebohrt. Auf einem Bein balancierend tastete sie den Fuß ab. Keine Verletzung. Wahrscheinlich nur ein spitzer Kiesel. Als sie den Fuß wieder aufsetzte, sah sie erneut etwas blitzen. Es kam aus dem Schilf. Das musste sie jetzt wissen.

Ohne auf ihre hellen Hosen zu achten, watete Enne bis zu dem dichten Schilfgürtel. Schaute in das hier mehr bräunliche, modrig riechende Wasser. Ein kleiner Stichling schoss an ihren Füßen vorbei, während der Sonnenball purpurfarben am Horizont versank. Sie bog die miteinander verwachsenen Wasserpflanzen auseinander und hielt inne. Unter der Seeoberfläche schimmerten die Speichen eines Rades. Jemand hat hier seinen Sperrmüll entsorgt, dachte sie ärgerlich.

»Du mit deiner notorischen Neugierde, dämlich bist du, aber so was von. Was hast du denn erwartet?«, knurrte sie und blickte auf ihre nassen, verdreckten Hosen. Dann wandte sie einem Impuls folgend doch noch mal ihren Kopf und sah genauer hin.

Ungläubig schüttelte sie den Kopf. Vor ihr lag ein Rollstuhl. Ein luxuriöses Gefährt mit einem mit dunkelrotem Leder bezogenen Sitz und Handgriffen aus massivem Holz. Wieso hat man den entsorgt? Der sieht doch aus wie neu, überlegte sie. Erst jetzt bemerkte sie das, was ihre Aufmerksamkeit auf sich gezogen hatte. Unterhalb des Sitzes hatte sich in den Speichen eines Rades etwas verfangen. Eine goldschimmernde Kette.

Sie griff ins Wasser und zog daran, aber sie hing fest. Enne fuhr mit den Fingern unter dem Sitz an den Kettengliedern entlang bis zum letzten, tastete und fand eine schmale Öffnung. Als sie den Rollstuhl zur Seite drückte, sah sie, dass das Polster gerissen war und die Kette aus einem Schlitz hing. Sie zerrte und riss dabei die Öffnung weiter auf, und mit der Kette glitt ein Anhänger mit einem dunkelroten Stein in ihre Hand. Beides wirkte altertümlich.

Die Kette wog schwer und schien aus Gold zu sein. Neugierig betrachtete Enne den Verschluss: ein metallener Ring, durch den ein gebogener Pfeil gezogen war. Ein letzter Sonnenstrahl verfing sich in dem Geschmeide. Rotgolden schimmerte der Edelstein und offenbarte dabei etwas in seinem Inneren. Wie eine Verheißung, ging es ihr durch den Kopf, als sie das Schmuckstück in ihre Hosentasche stopfte.

6

Ihre Uhr zeigte wenige Minuten nach fünf. Schon als Kind hatte Verena Näther die Stunde der Morgendämmerung geliebt. In einer Familie von notorischen Langschläfern galt sie damit als schwarzes Schaf.

»Dich hat man bei der Geburt vertauscht«, war der gleichbleibende Spruch ihres Vaters gewesen, wenn alle anderen erst aufwachten und sie schon stundenlang durch das Haus gegeistert war.

Auch heute war sie leise und besonders früh aus dem Haus geschlichen. Weil sie im Archiv allein sein wollte. Endlich hatte sie die Akte entdeckt. Vor ein paar Tagen erst. Heute wollte sie sich die Unterlagen noch einmal ansehen, ohne dass ihr Mentor dabei sein würde.

Ihre Eltern, beide aus wohlhabenden Familien stammend, hatten sich zeitlebens treiben lassen, Selbstfindung, so nannten sie es. Beide waren bei dem Tsunami 2004 in Khao Lak an der thailändischen Küste im Schlaf von den Wassermassen überrascht worden und ertrunken. Enne, ihre Patentante, hatten ihre Eltern in Bolivien auf einer ihrer vielen abenteuerlichen Reisen kennengelernt. Seit deren Tod kümmerte Enne sich um sie. Jedes Jahr hatte sie sie in den großen Ferien für einige Wochen zu sich geholt, in den kleinen beschaulichen Ort vor den Toren Potsdams. Jetzt wohnte sie vorübergehend bei ihr, bis sie eine bezahlbare Bleibe in Berlin gefunden hatte.

Verena trat in die Pedale, fuhr zügig auf der noch menschenleeren Königin-Luise-Straße am U-Bahnhof Dahlem-Dorf vorbei und bog mit Schwung in die Archivstraße ein. Dort Endspurt auf dem mit kleinen Granitsteinen gepflasterten Bürgersteig. Vor der Eingangspforte bremste sie scharf, sprang leichtfüßig von ihrem Rad und warf einen Blick auf ihr Handy. Gleich sechs, frühester Arbeitsbeginn für die Mitarbeiter des Geheimen Staatsarchivs Preußischer Kulturbesitz. Sie schob das Rad in den Fahrradständer, wickelte schnell ihren honigblonden Pferdeschwanz zu einem Dutt und befestigte ihn mit einer Spange. Nahm ihre prall gefüllte Segeltuchtasche mit den Notizen und Kopien aus dem Drahtkorb auf dem Gepäckträger, warf sie sich über die Schulter und lief am Hauptgebäude des Geheimen Staatsarchivs vorbei zu dem dahinterliegenden Magazintrakt.

Dort angekommen kramte sie in der Tasche nach dem Ausweis, den jeder Mitarbeiter des Hauses besaß. Mit ihm und einem Zugangscode gelangte sie in das Gebäude. Seit einem Jahr durfte sie im Geheimen Staatsarchiv Preußischer Kulturbesitz forschen. An diesem Ort ihre Dissertation zu beenden erfüllte sie immer noch mit Stolz. Unter den vielen Bewerbern, die die wissenschaftlichen Kriterien für ein Stipendium erfüllten, entschied letztendlich stets das Losverfahren, und im letzten Jahr hatte Fortuna ihr zugelächelt.

Unter einer Schicht, bestehend aus ihrem Geldbeutel, Haarklammern, einem Päckchen Papiertaschentücher, einem Kamm und mehreren Kugelschreibern, entdeckte sie endlich die Hülle mit der Karte und zog sie heraus. »Verena Näther – Stipendiatin«, stand darauf. Sie gab den Zugangscode ein, hielt die Karte vor den Scanner, drückte die Tür auf, betrat den dunklen Eingangsbereich des Magazingebäudes und drehte den vorsintflutlichen Bakelitschalter für das Treppenhauslicht an. Fischte mit einem zufriedenen Grinsen einen Schlüssel aus der Hosentasche und schloss die Tür zum Kartenraum auf. Der Generalschlüssel, ihr ganz persönlicher Lottogewinn, der Sesam-öffne-dich für alle Räume des alten Gebäudes. Ein Privileg, von dem nur sie und Dr. Wendt wussten. Wendt, ihr Mentor, wachte nicht nur über ihre wissenschaftliche Arbeit, sondern kümmerte sich auch mit väterlicher Zuneigung um sie. Sie mochte den alten Mann. Der Schlüssel, den sie besaß, hatte davor einem Archivar gehört, der in den Ruhestand gegangen war. An seinem letzten Arbeitstag überließ er ihn Dr. Wendt, der ihn in der Verwaltung als zurückgegeben meldete. Und dann hatte er ihn behalten und ihr in die Hand gedrückt. Einfach so. Ein schlauer Fuchs, mein Doktorchen, dachte Verena.

Sie eilte durch den Raum mit seinen langen metallenen Kästen, in denen alte Karten sorgfältig dokumentiert und verwahrt vor sich hin schlummerten, öffnete die Tür zum zweiten Aufgang und stieg leichtfüßig die ausgetretenen Steinstufen hoch. Auf der vorletzten blieb sie stehen. Lauschte. Etwas passte nicht zu den üblichen Geräuschen des Hauses. Ein Knirschen? Sie stellte die Tasche ab und ging wieder zurück. Beugte sich über das Geländer und spähte durch den Fahrstuhlschacht nach unten. Alles war still, nur das altertümliche Summen der Treppenhausbeleuchtung war zu hören.

Helles Morgenlicht fiel durch die vergitterten Fensterscheiben und auf die staubgraue Tür des Lastenaufzugs. Das veraltete Gefährt für den Transport von Akten war schon seit Langem außer Betrieb. Nur Einbildung, dachte Verena. Sie war hier allein.

Gerade als sie den Fuß erneut auf die erste Stufe setzte, hörte sie es wieder. Schnell wandte sie sich um. Starrte zu der Aufzugsanlage. Das Geräusch schien von dort zu kommen. Sie ging näher, betrachtete die Klappe. Zog vorsichtig an dem Riegel zum Öffnen. Wieder ertönte das Geräusch, ein Quietschen, das durch Mark und Bein ging. Als wenn etwas über Metall kratzte. Erschrocken fuhr sie zusammen.

»Hallo?«, sagte sie zögernd. Dann lauter: »Ist da jemand?« Aber es blieb still. Vorsichtshalber rüttelte sie noch einmal an dem Riegel und bemerkte erst jetzt, dass die Vorrichtung weiter unten zusätzlich mit einem Hängeschloss gesichert war. Ohne den passenden Schlüssel würde sie dieses alte Monstrum nicht öffnen können. Sie schlug gegen die Klappe, und die Antwort kam kaum wahrnehmbar.

»Hören Sie mich?«, rief sie. Wartete. Nichts. Sie hämmerte gegen das Holz, lauschte angespannt. Dann hörte sie es ganz deutlich. Jemand stöhnte. Sie beugte sich vor, rief: »Ich helfe Ihnen!«, zog ihr Smartphone hervor und wählte die 112.

7

»Was hätte ich denn sonst tun sollen?«, empörte sich Verena.

Der Wachschutzmann stand, die Arme in die Seiten gestemmt, zusammen mit dem inzwischen eingetroffenen älteren Pförtner wie eine Wand vor ihr. Ärgerlich blickte er die junge

Frau an. »Zuallererst hätten Sie den Dienstweg einhalten müssen«, erklärte er ihr herablassend.

»Sie müssen mich informieren, wenn etwas Unvorhergesehenes passiert, und zwar immer«, krähte der Pförtner mit sich vor Empörung überschlagender Stimme dazwischen. »So lauten die Vorschriften. Wie konnten Sie nur einfach die Feuerwehr anrufen? Noch dazu wegen einer Lappalie«, setzte er höhnisch nach. »Alte Gebäude geben Geräusche von sich, die Sie in Ihrer jugendlichen Unkenntnis nicht zuordnen können. In dem engen Akten-Lastenaufzug einen Menschen zu vermuten, da kann ich ja nur lachen.« Um Bestätigung heischend blickte er den Wachmann an.

»Völlig richtig. Und laut Paragraf hundertfunfundvierzig im Strafgesetzbuch steht außerdem der Missbrauch des Notrufs unter Strafe«, schob der gereizt hinterher.

Als Verena zu einer heftigen Gegenrede ansetzen wollte, hörte sie die Feuerwehrsirene. Sie durchbrach die morgendliche Stille und näherte sich rasch.

Verena spurtete zum Eingangstor und öffnete es. Abgeschlagen hinter ihr der Pförtner, der wild mit den Armen gestikulierte.

Der Mann der Security hatte sein Handy hervorgeholt und telefonierte sichtlich schlecht gelaunt. Wahrscheinlich informierte er die Zentrale seines Arbeitgebers über den Vorfall.

Als das schwere Fahrzeug der Feuerwehr auf das Gelände fuhr, wurde der grelle Signalton abgestellt, aber die blauen Warnlampen über dem Führerhaus blinkten hektisch weiter.

»Das wird Folgen für Sie haben, darauf können Sie sich verlassen«, keuchte der Pförtner aufgebracht, als er zu Verena aufschloss. Er wollte sie zur Seite drängen, doch sie stand wie festgenagelt vor dem Einsatzleiter, einem Endvierziger mit Aknenarben auf den Wangen. Kurz und präzise berichtete sie, weshalb sie die 112 gewählt hatte.

Der Einsatzleiter hörte ihr aufmerksam zu und folgte ihr dann schnellen Schrittes zum Magazingebäude. Verdutzt blieb der Pförtner zurück.

Verena rannte vor dem Feuerwehrmann die Treppenstufen hinauf und hielt vor dem Lastenaufzug an. »Hier«, sagte sie und deutete auf die Klappe des Aufzugs.

Der Einsatzleiter beugte sich vor, untersuchte das Schloss und klopfte einmal dagegen. Kaum hörbar war aus dem Inneren ein Geräusch zu vernehmen, das sich wie leises Klopfen anhörte.

»Öffnen«, befahl er den zwei Einsatzkräften, einem Älteren mit dunklen Bartstoppeln im fahlen Gesicht und einem jungen blonden Kerl mit weichem Kinn, die ihnen mit Werkzeugtaschen gefolgt waren.

»Sie warten bitte draußen«, wies er Verena an.

Während sie wegging, vernahm sie den anschwellenden kreischenden Ton einer Bohrmaschine.

Vor der Eingangstür wurde sie von dem Pförtner mit zornesrotem Gesicht empfangen. »Sie!«, knurrte er aggressiv.

»Sofort den Notarzt verständigen«, hörten sie, als das Bohrgeräusch verklungen war, den Befehl des Einsatzleiters.

Der Pförtner öffnete mehrmals wie ein Fisch auf dem Trockenen den Mund, drehte sich dann abrupt um und lief zum Hauptgebäude.

Zwei Feuerwehrleute mit einer Trage eilten an Verena vorbei die Treppe hoch. Sie lehnte sich gegen die Wand. Ihr Herzschlag jagte wie nach einem Tausendmeterlauf.

Ein junger Feuerwehrler trat zu ihr, nahm fürsorglich ihren Arm und führte sie zum Einsatzfahrzeug. »Möchten Sie etwas trinken?«, fragte er mitfühlend.

Da erst merkte sie, dass sich ihre Knie in Gummi verwandelt hatten. Dankbar setzte sie sich auf den Fußtritt des Wagens, nahm einen Becher mit Wasser entgegen und trank hastig. Wenig später registrierte sie einen hochgewachsenen, drahtigen Mann, der mit einem Notarztköfferchen zum Magazingebäude lief. Sie fühlte sich schwach und elend.

Der junge Feuerwehrmann reichte ihr ein Päckchen Traubenzucker. »Notreserve«, lächelte er.

»Gut, dass Sie die Zivilcourage hatten, uns sofort zu informieren«, meinte später der Einsatzleiter, der sich einen Moment zu ihr gesellt hatte. »Die Polizei wird gleich eintreffen. Halten Sie sich zur Verfügung. Man wird Sie befragen«, fügte er noch hinzu und ging dann wieder zurück zu seinen Leuten.

Inzwischen waren die meisten Mitarbeiter des Geheimen Staatsarchivs eingetroffen. Einige hatten sich bis zum rot-weißen Absperrband vorgewagt, das die Feuerwehrler gezogen hatten, und schauten neugierig zum Eingang des Magazingebäudes. Auch aus den rückwärtigen Fenstern des Hauptgebäudes sahen Leute zu ihr hinunter. Verena versuchte sich kleinzumachen. Am liebsten wäre sie in einem Mauseloch verschwunden. Jetzt erst wurde ihr bewusst, was die Sache für sie bedeuten könnte. Sie war nur eine Stipendiatin, nicht fest angestellt. Um ihre Dissertation beenden zu können, war sie auf die Unterstützung der Leitung des Geheimen Staatsarchivs angewiesen. Würde man ihr das Stipendium entziehen, dann gute Nacht, Marie. In dem Moment kam Frau Bär, die Direktionssekretärin, auf sie zu.

»Mitkommen«, sagte die Bär. »Die Chefin möchte Sie sprechen.«

Als Verena das große Büro betrat, saß Dr. Marlies Kuhn, die Direktorin, hinter ihrem Schreibtisch. Die Miene der sonst so freundlichen schmalen Frau mit den halblangen dunklen Haaren war ernst und undurchdringlich.

»Man hat mir berichtet, dass Sie für den Einsatz dort«, sie wies mit der Hand zum Fenster, »verantwortlich sind. Ich bitte um eine Erklärung.«

Verena schilderte ihr stockend, was sie am frühen Morgen entdeckt und weshalb sie sich entschlossen hatte, sofort die Feuerwehr zu benachrichtigen.

»Dass Sie sich über bestehende Vorschriften hinweggesetzt und eigenmächtig gehandelt haben, ist Ihnen bewusst?«

Verena nickte. »Aber ich wusste auch, dass sich in dem Aufzug ein Mensch befindet und ich ihm helfen muss«, setzte sie zu einer Entschuldigung an.

Die Direktorin blickte sie prüfend an. »Sie wussten das?«, wiederholte sie Verenas Worte. »Wer im wissenschaftlichen Bereich arbeitet, sollte sich darüber im Klaren sein, wie wichtig eine korrekte Ausdrucksweise ist. Wissen konnten Sie das nicht.« Die Kuhn faltete die Hände. »Aber dazu später. Was mich jetzt interessiert: Wieso hatten Sie Zugang zu den Magazinsälen, obwohl Herr Dr. Wendt noch nicht anwesend war?«

Diese Frage hatte Verena befürchtet. Hatte sich bereits den Kopf zerbrochen, wie sie ihren Mentor aus der Affäre heraushalten könnte. »Das war nicht in Ordnung«, versuchte sie, einen diplomatischen Anfang zu finden. »Aber gestern ist mir ein wichtiger Aspekt für meine Arbeit eingefallen. Den wollte ich heute Morgen sofort überprüfen.« Sie setzte ihr harmlosestes Lächeln auf. »Dr. Wendt hat mir dafür liebenswürdigerweise seinen Schlüssel geliehen.« Sie hoffte, dass ihr nicht die Röte ins Gesicht schoss. Die Unwahrheit zu sagen war nicht ihr Ding. Wenn sie hier raus war, musste sie Wendt schnellstens über ihre Notlüge informieren.

Die Kuhn wirkte erstaunt, kommentierte ihre Aussage aber nicht weiter. »Ob Ihr Handeln Konsequenzen haben wird, kann ich erst nach Prüfung aller Fakten und den Aussagen der Beteiligten entscheiden«, erwiderte sie. »Sie wissen, dass Sie als Stipendiatin dem Archiv verpflichtet sind. Das umfasst nicht nur die Geheimhaltung, sondern auch den Schutz unserer Bestände. Ich werde Sie benachrichtigen lassen, wenn ich darüber befunden habe, wie es mit Ihnen weitergeht.« Die Direktorin griff nach einer Akte und fing an zu lesen. Verena war entlassen.

Sie lief durch den dunkel getäfelten Flur Richtung Ausgang. Als sie hinaustrat, setzte sich das Einsatzfahrzeug der Feuerwehr gerade in Bewegung.

»Wird er durchkommen?«, rief sie atemlos dem jungen Mann hinter dem Lenkrad zu, der das Fenster heruntergelassen hatte.

»Neugierig sind Sie überhaupt nicht, was?«, grinste der. »Aber da fragen Sie den Falschen. Ich kann nur sagen, dass

hat das notiert?, überlegte er. Holm? Und wer ist damit gemeint? Er selbst? Aber warum sollte Holm ein ewig Suchender sein?

»Hast du was gefunden?«

Überrascht fuhr er herum. Susanne stand hinter ihm. Er klappte das Buch zu.

»Nichts, was uns weiterhilft. Holm war sehr belesen, wie du siehst.« Er nickte vage in Richtung der Bücherschränke. »Hat sich auch für Friedrich den Großen interessiert.«

»Für den Alten Fritz? Wie passend für einen zugezogenen Potsdamer«, kommentierte Susanne lapidar.

»Habt ihr oben einen Computer oder Laptop entdeckt?«, wollte er wissen.

»Nein, keine elektronischen Geräte. Dafür Stapel von Auktionskatalogen in dem größeren Schlafzimmer. Leo sieht sie gerade durch.«

»Wie viele Räume gibt es da oben?«, fragte er, war aber mit seinen Gedanken immer noch bei der Formulierung in dem Buch. Ein ewig Suchender, was sollte das nur bedeuten?

»Fünf, alle hochwertig eingerichtet. Eingebaute Wandschränke aus Massivholz, dicke Teppichböden und verdeckte Lichtleisten.« Sie schaute durch die Tür in das Esszimmer mit der Aussicht auf den See. »Geschmackvoll wie das ganze Haus«, meinte sie bewundernd. »An Holms Zimmer grenzt ein Fitnessraum mit Spiegelwand und an den wiederum eine Sauna mit Solarium. Davon kannst du nur träumen, Maik.«

Lilienthal nickte abwesend. Er hatte noch nie von einem Fitnessraum und einer privaten Sauna geträumt. Und garantiert nicht vor, sich so etwas zuzulegen.

»Aber *ich* habe was entdeckt, Kollegen.« Leise wie eine Katze hatte sich Rödelheim angeschlichen.

»Kaffeekränzchen schon beendet?«, fragte Lilienthal süffisant.

»Während Sie das Ambiente bewundert haben, habe ich etwas Wichtiges herausgefunden«, erwiderte Rödelheim von oben herab.

»Dann schießen Sie mal los«, brummte Lilienthal.

»Da der Espresso aus war, musste Ihre Freundin«, begann Rödelheim und ignorierte Lilienthals hochgezogene Brauen, »in den Keller, um Nachschub zu holen. Ich also hinterher. Während die reizende Katie im Vorratsraum zugange war, habe ich mich etwas umgesehen.« Er feixte. »Sogar die Kellerräume sind picobello, fast schon klinisch sauber. Da könnte man glatt vom Fußboden essen.«

»Vom Fußboden essen?«, murmelte Kalumet, der sich ebenfalls zu ihnen gesellt hatte. »Wäre nicht so mein Ding.«

»Neben dem Wirtschaftskeller befindet sich auf der einen Seite ein Raum für Werkzeug und auf der anderen der Heizungskeller«, fuhr Rödelheim fort. »In den bin ich rein.«

»Warum?«, unterbrach ihn Lilienthal.

»Der Fußbodenbelag davor wirkte abgenutzter als an anderen Stellen. Und bingo«, grinste Rödelheim. »Hinter der Therme befindet sich eine schmale Tür mit der Aufschrift ›Attention‹ und einem Totenkopf darüber. Als ich Ihre Katie darauf ansprach und fragte, was sich dahinter verbirgt, meinte sie, sie wisse es nicht. Nur ihr Onkel habe für den Raum einen Schlüssel.«

Susanne verdrehte die Augen. »Natürlich weiß sie es.«

12

Lilienthal war von Rödelheims Entdeckung nicht besonders beeindruckt. In seinen Augen wollte der sich nur wichtigmachen. Susanne imponieren. Die begehrlichen Blicke, mit denen er sie ansah, waren ihm nicht entgangen. Bei dem war dringend eine Grundsatzdiskussion im Umgang mit Kolleginnen in der Behörde angesagt, wenn er weiter mit ihnen zusammenarbeiten wollte.

Lilienthals Vermutung nach bewahrte Holm in dem Raum einfach nur Materialien mit giftigen Inhaltsstoffen auf. In so einer Villa nichts Ungewöhnliches. Da gab es Holzwürmer im Gebälk und Ungeziefer aller Art in Haus und Garten. Noch dazu stand das Gebäude in Ufernähe, da waren Ratten sicher keine Seltenheit. Aber Rödelheims Hinweis kam ihm nicht ungelegen. Nach seiner Entdeckung in der Bibliothek wollte er mit Katie noch mal unter vier Augen reden. Ihm war eingefallen, dass sie während ihrer gemeinsamen Zeit in London häufig ihren Lieblingsonkel Desmond erwähnt hatte. Er selbst hatte ihn nie kennengelernt, da Holm sich damals in Deutschland aufhielt. Der Onkel, so erzählte sie damals, habe sich von klein auf sehr um sie gekümmert, ihr jeden Wunsch von den Augen abgelesen. Sie seinen Sonnenschein genannt. Was Lilienthal damals ausgesprochen albern gefunden hatte, denn in seinen Augen glich Katie eher einem Wirbelsturm. Schön, ja, aber unberechenbar und explosiv. Wenn Holm nicht verheiratet war und keine Kinder hatte, standen die Chancen vielleicht ganz gut, dass Katie seine Vertraute war.

Rödelheim verzog bei Lilienthals Ankündigung, noch mal allein mit Katie sprechen zu wollen, die Lippen zu einem wissenden Grinsen. Wünschte ihm einen schönen Plausch mit der Dame des Hauses und informierte sie, dass er selbst sich in der Garage und dem danebenliegenden Gartenhaus umsehen wolle. Lilienthal hätte ihn zu gern achtkantig rausgeschmissen, riss sich aber zusammen. Er würde sich nicht provozieren lassen, schon deshalb nicht, weil Susanne ihn die ganze Zeit nachdenklich musterte.

Katie saß auf einem Stuhl am Fenster, als er in die geräumige und hochwertig ausgestattete Küche trat. Sie starrte ihn böse an und schob schnell einen Briefumschlag unter die aufgeschlagene Tageszeitung.

»Was soll das werden, Mikey?«, fauchte sie. »Ich dachte, ihr wollt euch nur Onkel Desmonds Unterlagen anschauen. Alles, was ich finden konnte, habe ich schon auf dem Schreibtisch deponiert. Aber das, was ihr jetzt hier veranstaltet, ist«, sie suchte nach dem passenden Wort, »ein *house search.*«

»Hausdurchsuchung«, soufflierte Lilienthal automatisch.

»Dafür braucht ihr doch was Amtliches, oder?«, fuhr sie ihn an. Und ohne dass er darauf etwas erwidern konnte, setzte sie nach: »Mein Onkel ist im *hospital and you and this stupid guy* verdächtigen ihn? Er ist das Opfer, *have you lost your mind*?«

»Entschuldige für die Unannehmlichkeiten«, versuchte er sie zu beruhigen, zog sich einen Stuhl heran und setzte sich ihr gegenüber. »Wir vergessen manchmal, wie unsere Arbeit auf Außenstehende wirkt. Aber gerade weil dein Onkel schwer verletzt wurde, müssen wir herausfinden, wer das getan hat und aus welchem Grund.«

Sie schüttelte den Kopf, griff mit beiden Händen an ihre Schläfen und stöhnte theatralisch. »Ihr Deutschen mit eurer penetranten Gründlichkeit.« Sie erhob sich, nahm aus einem Schrank eine Schachtel Aspirin und drückte zwei Tabletten heraus. Goss sich Wasser in ein Glas und spülte sie damit hinunter.

»Oh dear«, sagte sie leise. »Was hatten wir damals für eine schöne Zeit zusammen, Mikey.« Nachdenklich nahm sie eine Zigarette aus einer Schachtel, die auf dem Tisch lag, und steckte sie sich an. Rauchte einen Moment schweigend, bevor sie fragte: »Okay, was willst du wissen?«

»Wo ist der Laptop deines Onkels?«

»Er hat keinen.« Die Antwort kam eine Spur zu schnell.

Lilienthal ließ sie erst mal so stehen und blickte Katie prüfend an. »Und was befindet sich in dem Kellerraum mit dem Totenkopf über der Tür?«

Sie zuckte mit den Schultern. »Ein Weinkeller. Desmond hütet die Flaschen wie einen Schatz. Nur ganz selten darf ich hinein. Aber das wollte ich deinem Kollegen nicht auf die Nase binden.«

»Aber warum dann der Totenkopf?«

»Englishmen and their whims«, erwiderte sie lakonisch, stand auf und drückte die halb gerauchte Zigarette im Spülbecken aus.

Lilienthal beobachtete ihre elegante fließende Art, sich zu

bewegen, die ihn schon früher fasziniert hatte. »Da kommt noch ein Aber, oder?«, hakte er nach.

»Wie kommst du nur darauf, Mikey?«, erwiderte sie leise.

»Hast du für die Tür einen Schlüssel?«

»Natürlich nicht.«

Lilienthal überlegte. »Weißt du, Katie, ich möchte mich gern selbst von der Nutzung dieses Raums überzeugen. Bitte überlege doch noch mal, wo dein Onkel den Schlüssel aufbewahren könnte.«

Eine zarte Röte überzog ihre Wangen. »Nein, Mikey«, ihre Stimme hatte einen trotzigen Tonfall angenommen. »Onkel Desmond hat diesen einen Raum in seinem Haus, wohlgemerkt in *seinem* Haus, und möchte nicht, dass jemand außer ihm Zutritt dazu hat. Warum hätte er mir dann sagen sollen, wo der Schlüssel dazu ist? Das wäre doch *crazy*, oder nicht?«

Lilienthal konnte sich ihrer Argumentation nicht verschließen. Aber dadurch wurde dieser Raum immer interessanter. Wenn Holm nicht einmal seiner Nichte gestattete, dort ein und aus zu gehen, musste er herausfinden, warum. »Es tut mir leid, Katie, aber wenn dem so ist, müssen wir die Tür öffnen lassen.«

»Was willst du tun?«, zischte sie, dass er sie kaum noch verstand. *»This is housebreaking, Mikey.«* Sie streckte das Kinn vor und blickte ihn wütend an. »Das lasse ich nicht zu.« Sie ging zur Tür und öffnete sie weit. *»Go!«*, sagte sie mühsam beherrscht. *»You and the rest of you.«* Mit dem Kinn wies sie zu Susanne und Kalumet, die in der Diele standen, und zu Rödelheim, der gerade wieder zur Haustür hereinkam.

Lilienthal hob resigniert die Schultern. »Tut mir leid, Katie«, murmelte er und ging an ihr vorbei.

Als er als Letzter am Haus Richtung Tor vorbeilief, hörte er sie durch das gekippte Küchenfenster schluchzen.

Rödelheim war zurück zu seiner Berliner Dienststelle gefahren. Da die Inaugenscheinnahme des Hauses des Opfers eher suboptimal verlaufen war, hatten sie sich auf eine offizielle

Hausdurchsuchung geeinigt. Welche Staatsanwaltschaft dafür zuständig und wie das Anliegen zu formulieren wäre, damit sie mit ihm Erfolg hätten, musste noch geklärt werden. Rödelheim wollte sich darum kümmern und ihnen bei Neuigkeiten Bescheid geben.

»Ich freue mich auf eine Zusammenarbeit mit Ihnen«, hatte er zum Abschied zu Susanne gesagt und Lilienthal nur kurz zugenickt.

Die Kollegen des MK1 hatten sich in Lilienthals neuem Büro um den Besprechungstisch eingefunden. Irgendwie konnte Lilienthal immer noch Körners Präsenz fühlen. Wenn möglich, vermied er es, sich hinter den überdimensionalen Schreibtisch des Alten zu setzen.

Heike hatte während ihrer Abwesenheit ganze Arbeit geleistet und wartete mit neuen Details über Holm auf. »Desmond Magnus Albert York Holm«, fing sie an. »Geboren am 30. April 1955 in Silverdale im County Lancashire, das ist in Nordengland. Eltern sind Lysann Holm, geborene Lydia Anne Seeger, Krankenschwester, und Roger Desmond Clive Holm, verstorbener promovierter Historiker.«

»Seeger? Hört sich deutsch an.«

»Holms Mutter kam in Berlin-Charlottenburg in der Leibnizstraße zur Welt, Leo«, erklärte Heike.

»Der noble alte Westen. Ku'damm-Nähe. Net schlecht«, bemerkte Kalumet.

»Bitte bleibt beim Thema, oder ist das für unseren Fall relevant?«, unterbrach Lilienthal das Geplänkel der beiden.

Heike senkte den Kopf.

Susanne schaute ihn irritiert an. »Ob das relevant ist, werden wir später sehen. Ich denke, momentan sollten wir jede Info über das Opfer sammeln«, sprang sie ihren beiden Kollegen bei.

»Jedenfalls besuchte Holm die Gordon's School in Woking«, fuhr Heike fort. »Ein nobles Internat, das ein sogar für britische Verhältnisse hohes Schulgeld verlangt. Später ging er wie sein Vater Roger zum Studium nach Schottland, auf die University of St Andrews.«

»St Andrews«, wiederholte Lilienthal nachdenklich. »Die älteste Universität Schottlands und zusammen mit Cambridge und Oxford eine der drei Eliteuniversitäten im schönen Königreich. Sogar einige Royals haben dort ihre Söhne hingeschickt.«

Heike zuckte mit den Schultern. »Na und?«, erwiderte sie schnippisch. »Muss man jetzt beeindruckt sein, oder was?«

Kalumet griente in die Runde und bemerkte im breiten Offenbacher Dialekt: »Addel verpflischtet, gelle, Maik?«

Lilienthal behielt lieber für sich, dass auch sein Onkel Ernst Albrecht, der ältere Bruder seines Vaters, in St Andrews studiert hatte.

»Nach seinem Abschluss in Economics ging er nach Bonn an die Uni und legte dort sein Staatsexamen in Volkswirtschaft ab«, setzte Heike fort.

»Aha«, murmelte Lilienthal.

»Nebenher besuchte er auch Vorlesungen in Kunstgeschichte.«

Als Lilienthals Handy sich bemerkbar machte, schaute er auf das Display, stand auf, ging zum Fenster und meldete sich. Nachdem er das Gespräch beendet hatte, informierte er die anderen: »Holm wird gerade ins Ernst-von-Bergmann-Klinikum nach Potsdam verlegt. Auf ausdrückliche Anordnung von Katie McLaren und dem Chefarzt der dortigen Neurologie.«

»Ungewöhnlich, oder?«, bemerkte Susanne.

»Rödelheim hat von der Stationsschwester erfahren, dass Holm und Dr. Stinnes, den Chefarzt der Neurologie, eine enge Männerfreundschaft verbindet.«

Hektisch schob Heike Lilienthal den Arztbericht zu. »Der ist vorhin gekommen. Hatte ich glatt vergessen.«

Er überflog den Inhalt. »Holm wurden mehrere Rippen und auch ein Oberschenkel gebrochen, als er in den für Akten vorgesehenen Lastenfahrstuhl gequetscht wurde«, informierte er die anderen. »Was aber beinahe zu seinem Tod geführt hätte, ist eine Kopfverletzung. Verursacht durch einen schweren kantigen Gegenstand. Er hat ein Schädel-Hirn-Trauma. Als er kurzzeitig bei Bewusstsein war, wurde eine Aphasie diagnostiziert, eine Störung des Sprachvermögens. Zur Stabilisierung hatte man ihn kurzzeitig ins künstliche Koma versetzt.«

Susanne hatte währenddessen den Bericht der Berliner Kriminaltechnik gelesen. »Man hat einen Leihwagen in der Archivstraße sichergestellt«, fasste sie für die anderen zusammen. »Gemietet von einem polnischen Staatsbürger, der zugegeben hat, das Auto im Auftrag von Desmond Holm gemietet zu haben. Im Wageninneren wurden auf dem Fahrersitz Spuren von Holms Kleidung und auf dem Beifahrersitz minimale Spuren von Waffenöl gefunden. Holm muss eine Waffe bei sich gehabt haben, doch bis jetzt ist weder am Tatort noch in den Magazinsälen eine aufgetaucht. Auch vom Tatwerkzeug fehlt jede Spur.«

»Fingerabdrücke oder andere Fremdspuren an Holms Kleidung oder am Tatort?«, wollte Lilienthal wissen.

Susanne blätterte zurück. »Bis jetzt keine.«

»Wir sollten Manni Langer noch mal ranlassen. Der findet was, jede Wette«, überlegte Kalumet laut.

»Dann rekapitulieren wir mal.« Lilienthal blickte auf seinen Notizzettel. »Holm lässt über einen Mittelsmann einen Leihwagen mieten, den er benutzt. In seiner Garage stand laut Kollege Rödelheim ein Bentley Bentayga.«

»Is nich wahr?«, bemerkte Kalumet staunend. »Ein Traumgeschoss.«

Heike verdrehte die Augen.

»Holm ist bei seiner Aktion also offensichtlich bemüht, nicht aufzufallen, denn ganz klar: Die Aktion ist illegal«, fuhr Lilienthal fort. »Dass er eine Waffe dabeigehabt hat, sehe ich als sicher an, denn in Fahrzeugen der Autovermietungen liegen normalerweise keine Waffen herum, die Ölspuren hinterlassen könnten. Wir können also davon ausgehen, dass er im Geheimen Staatsarchiv nach etwas ganz Bestimmtem gesucht hat. Wonach, wissen wir bisher nicht, aber ich halte es für möglich, dass er sich dazu vorher Notizen gemacht und diese auf seinem Computer abgespeichert hat. Den sollten wir finden.« Lilienthal blickte in die Runde.

»Der Holm scheint wirklich nicht ganz koscher zu sein, Maik«, ergänzte Kalumet nachdenklich und nickte.

13

Die Haustür fiel ins Schloss. Erstaunt schaute Enne hoch und ließ die Zeitung sinken. War Verena schon wieder zurück? In der Früh hatte sie ihr Patenkind das Haus verlassen hören. Auch Churchill, der wieder mal das ganze Fußende von ihrem Bett beanspruchte, hatte seinen dicken grauen Kopf gehoben und die Ohren gespitzt, als Verena die Treppe hinuntergeschlichen war.

Sie blickte auf die Uhr. Noch nicht mal Mittag, sonst kam Verena nie vor dem frühen Abend zurück. Was sie bewunderte. Sie freute sich darüber, wie fleißig das Mädel war, wie entschlossen, ihre Dissertation zu Ende zu bringen.

»Moin!«, rief Verena nur kurz, als sie den Kopf durch die Tür steckte. Sie wollte sie gleich wieder schließen, hatte aber nicht mit Churchill gerechnet, der sich von draußen an ihr vorbeidrängte und mit einem Satz zielgenau auf Ennes Schoß sprang.

»Du weißt aber schon, dass der zu dick ist, oder?«, bemerkte Verena und kam nun doch herein.

»Bist du dick, mein Moppelchen?«, schnurrte Enne im Gleichklang mit Churchill und kraulte den Kater hinter den Ohren. Er blickte sie aus unergründlichen grünen Sphinx-Augen an und hing entspannt wie ein Sack Kartoffeln über ihren Beinen.

Verena lachte.

»Na endlich«, brummte Enne. »Eben hast du ausgesehen wie die auferstandene Depression.« Sie deutete auf den zweiten Sessel ihr gegenüber, dessen grüner Samt schon etwas abgenutzt war. »Was ist denn passiert, dass du dich so früh von deinen alten Papieren getrennt hast?«

Aufseufzend ließ sich Verena in das weiche Polster sinken. Erst langsam, dann immer schneller sprudelte alles aus ihr heraus, was sie am Morgen erlebt hatte.

Enne hörte ihr aufmerksam zu, ohne sie zu unterbrechen.

»Schade, dass das ein Berliner Fall ist«, murmelte sie, als Verena fertig war. »Bei der Ermittlung wäre ich gerne mit dabei.«

»Lass das bloß nicht Maik hören«, entgegnete Verena und grinste schief.

Enne schob den dicken Kater von ihrem Schoß, was der mit einem empörten Miauen quittierte, und stand auf. »Ich fahre jetzt zu Richard ins Krankenhaus. Magst du mitkommen?«

Verena nickte. Als sie sich erhob, meldete sich ihr Smartphone. Sie zog es aus der Hosentasche und las die eingegangene Nachricht.

»Dr. Wendt hat mir geschrieben!«, rief sie strahlend. »Er hat mit der Direktorin gesprochen und gebeten, dass ich schnellstmöglich meine Arbeit wieder aufnehmen darf, da er mich dringend bei seinem Forschungsprojekt benötigt. Ich bin nicht gefeuert!« Sie fiel Enne um den Hals.

Was sie nicht erwähnte, war, dass Dr. Wendt auch die Sache mit dem Generalschlüssel geklärt hatte. Gleich nach dem Gespräch mit der Direktorin hatte sie ihn angerufen und über alles informiert. Wendt, dachte sie glücklich. Ich danke dir, du altes Schlitzohr.

»Entschuldige, Enne, aber ich fahre gleich wieder zum Staatsarchiv. Richte Richard meine Besserungswünsche aus. Ich zieh mich nur kurz um, dann bin ich wieder weg!«, rief sie und eilte die Treppe zu ihrem Zimmer hinauf.

Nachdenklich schaute ihr Enne hinterher.

14

Marco Wendt nahm das brüchige Schriftstück, das von einer preußischen Behörde stammte. Verfasst in deutscher Sprache, die sich jedoch deutlich von der heute üblichen unterschied. Er hatte den Inhalt zusammengefasst und ihm einen aussagekräftigen Aktentitel gegeben, damit andere Benutzer sich schon anhand dessen eine Vorstellung von dem Inhalt machen konnten. Sorgfältig legte er es zurück in den Karton. Während er sich die weißen Baumwollhandschuhe von den kräftigen Händen zog, schaute er zum anderen Ende des Saales, wo gerade die Metalltür aufgestoßen wurde. Über die Regalreihen hinweg erblickte er Verena Näther, seine Stipendiatin. Gebückt lief sie auf ihn zu, eine Vorsichtsmaßnahme, da die Raumhöhe im alten Magazingebäude gerade mal eins achtzig betrug. Sie winkte ihm strahlend zu, wie er trotz der spärlichen Beleuchtung feststellen konnte. Er mochte die junge Frau, spiegelte sich gern in ihrem jugendlichen Aussehen. So konnte er für kurze Zeit vergessen, dass er selbst längst die Pensionsgrenze überschritten hatte. Auch das Arbeiten mit ihr machte ihm Freude, brachte Licht in seine dunklen Stunden. Ihm gefiel, wie die historischen Texte sie begeisterten. Sie war wie er infiziert mit dem Archiv-Gen, wie er es im Stillen nannte. Dieser Neugierde weiterzusuchen, wenn andere aufgaben. Verena Näther erinnerte ihn in vielem an seine Zeit im Zentralen Staatsarchiv der DDR in Potsdam, wo er vor vielen Jahren nach dem Studium angefangen hatte.

»Danke, Herr Dr. Wendt, dass Sie sich für mich eingesetzt haben. Ich bin ja so froh, wieder hier sein zu dürfen«, begrüßte sie ihn überschwänglich.

Er machte eine abwehrende Geste. »Nicht der Rede wert, junge Dame. Ich brauche Sie hier. Obwohl«, seine blassgrauen Augen hinter den rahmenlosen Brillengläsern schauten streng, »es nicht unserer Vereinbarung entspricht, dass Sie heute früh im Magazingebäude waren, ohne mich vorher darüber informiert zu haben. Bitte stimmen Sie das in Zukunft mit mir ab.«

»Entschuldigung, Herr Dr. Wendt«, sagte sie verlegen und ließ ihre Umhängetasche auf den neben ihm stehenden Stuhl fallen. Verlegen strich sie sich eine Strähne aus dem Gesicht. »Aber ich bin gestern auf etwas gestoßen, was ich mir heute früh noch einmal ansehen wollte, bevor der normale Tagesbetrieb losging. Außerdem«, schob sie nach, »habe ich damit doch den Mann im Aufzugsschacht gerettet, oder nicht?«

Wendt ordnete seine Unterlagen. »Damit haben Sie natürlich recht.« Er zog den grauen Arbeitskittel aus und legte ihn sich sorgfältig über einen Arm. »Ich frage mich nur die ganze Zeit: Was wollte er hier? Hat er nach etwas gesucht? Aber wonach? Und wer hat ihm das angetan?«

»Darüber habe ich auch schon nachgedacht. Vielleicht war der Täter ja sogar noch hier, als ich den Mann fand.« Sie schlang die Arme um ihren Körper und schauderte. »Irgendwie kein gutes Gefühl.«

»Und warum wollte der oder die Täterin den Mann umbringen?«, überlegte Wendt. »Ausgerechnet in unserem altehrwürdigen Archiv. Nicht mal davor machen Verbrecher heute mehr halt.« Er griff nach seiner schäbigen braunen Aktentasche und gab ihr die Hand. »Dann bis morgen zur vereinbarten Zeit, Frau Näther.«

Als die Tür hinter Dr. Wendt ins Schloss fiel, kramte Verena bereits ihre Unterlagen hervor und legte sie zusammen mit ihren Baumwollhandschuhen und dem Brillenetui auf die Arbeitsplatte. Wendt hatte eine Frau, die Unterstützung bedurfte, deshalb musste er zu unregelmäßigen Zeiten nach Hause.

Sie verspürte das altbekannte Kitzeln in ihrer Nase und nieste. Hastig zog sie ein Taschentuch aus der Hosentasche und riss dabei ihre neue Haarspange mit heraus. Das Teil, das sie erst vor wenigen Tagen auf dem Flohmarkt auf der Straße des 17. Juni gekauft hatte, glitt über den Boden wie ein Puck beim Eishockey.

Verena bückte sich, schaute unter die Regale und entdeckte

die Spange ein ganzes Stück entfernt von ihrem Arbeitsplatz. Sie kniete sich hin und versuchte, sie mit ausgestrecktem Arm zu erreichen, als ihre Hand etwas streifte. Schnell griff sie nach der Spange und steckte sie zurück in ihre Hosentasche. Mit ihr hatte sie ein zusammengeknülltes Stück Papier hervorgeholt, das sie achtlos in den Abfallkorb warf. Sie setzte sich an ihren Platz und war wenig später so vertieft in ihre Arbeit, dass sie alles andere um sich herum kaum noch wahrnahm.

Nach einer ganzen Weile lehnte sie sich zurück und schob ihren Block von sich. Sie schaute zu der Papierkugel, die einsam und allein im Korb lag. Wieso hat jemand seine Notizen weggeworfen, anstatt sie ordentlich zu entsorgen, überlegte sie. Ungewöhnlich. Wer in einem Archiv arbeitete, ließ nichts auf dem Boden herumliegen. Sie beugte sich zum Abfallkorb hinunter, fischte das Papier wieder heraus, legte es auf die Arbeitsplatte und strich es glatt. Es war alt, offensichtlich ein abgerissenes Stück von einem historischen Dokument. Sie betrachtete die hastig hingeschriebenen Buchstaben und kaum leserlichen Zahlen. War das von Wendt? Nein, seine Schrift kannte sie inzwischen. Außerdem war Wendt korrekt bis in die Zehennägel. Nie würde er ein altes Dokument beschädigen. Ihre Neugierde war geweckt. Die ersten Buchstaben konnte sie entziffern. Aber die Zeichen dahinter? Sie beugte sich tiefer über das Papier. Sie schienen ausradiert worden zu sein. Obwohl sie das Papier unter die Leselampe schob und die Augen zusammenkniff, konnte sie nicht mehr erkennen.

Sie setzte sich gerade auf und schaute auf die Uhr. Schon später als gedacht. Sie musste an ihrer Dissertation weiterschreiben, das Papier war doch nur eine willkommene Abwechslung, um sich davor zu drücken. Kurz entschlossen schob sie es in ihre Tasche.

Nach einer Weile stellte sie fest, dass sie eine bestimmte Urkunde benötigte, um weiterzuarbeiten. Sie musste rüber ins Hauptgebäude und in den Findbüchern danach suchen. Ärgerlich, aber zum Glück war das meiste heutzutage digitalisiert. Allzu viel Zeit sollte sie durch die Recherche nicht verlieren.

Sie schob ihre Unterlagen zusammen, nahm ihre Notizen und eilte hinaus.

Im Benutzersaal in der ersten Etage herrschte wie immer konzentrierte Stille. An den Leseplätzen hockten die Besucher vor dicken Folianten. Einige hatten die Seiten mit kleinen Sandsäckchen beschwert, damit die wertvollen Bücher aufgeschlagen blieben.

Geübt suchte Verena im Computer nach dem betreffenden Findbuch und dort nach der Nummer der Urkunde. Trug schnell die Signatur und ihren Namen in den Bestellschein ein und gab ihn der Benutzersaalaufsicht. Ricarda Nolte, eine ältere freundliche Frau mit Kurzhaarschnitt, die Verena inzwischen gut kannte, nahm ihn entgegen.

»Haben Sie die Urkunde nicht bereits vor ein paar Tagen angefordert?«, fragte sie, nachdem sie einen Blick auf den Schein geworfen hatte.

Verena blätterte in ihren Notizen. »Stimmt«, erwiderte sie gleich darauf kleinlaut. »Hatte ich völlig vergessen.«

»Na, bei dem Krimi, den Sie uns hier geboten haben, ist das entschuldbar«, lächelte die Nolte. »Ihr Dokument liegt sicherlich schon bereit.«

Leise durchquerte Verena den Benutzersaal und öffnete die Tür zur Aktenausgabe. Mit dem Archivmitarbeiter, Peer Schmied, verband sie eine kumpelhafte Freundschaft. Von ihm erfuhr sie den neuesten Tratsch aus dem Haus. Wer gerade mit wem liiert und wann und wo es wieder mal zu Meinungsverschiedenheiten innerhalb der Bereiche gekommen war. Schmied lästerte gern, und sie mochte seinen trockenen Humor. Der angenehme Nebeneffekt der Bekanntschaft war, dass er sie bevorzugt mit angeforderten Unterlagen versorgte. Zum Dank brachte sie ihm hin und wieder ein Glas von Ennes selbst gemachter Kirschmarmelade mit, verfeinert mit einem gehörigen Schuss Amaretto.

»Bist ja nach der Aktion schon wieder da«, brummte er, als sie hereinkam. »Hast wohl Langeweile, was?« Er schob einen Karton in ein Regal, kam dann wieder an den Tresen und stützte die Arme darauf: »Du machst vielleicht Sachen. Jeder, der heute bei mir vorbeigesehen hat, hat sich gefragt, ob du den Mann gekannt hast.« Er langte unter den Tisch und reichte ihr einen schmalen Aktendeckel mit dem gewünschten Dokument. »Und, haste?«, grinste er.

»Die haben sie wohl nicht mehr alle«, entgegnete Verena empört.

»Na ja, die Leute reden halt viel, wenn der Tag lang ist«, entgegnete Schmied achselzuckend und schob ihr das Benutzerblatt über den Tisch.

Schnell füllte Verena das Blatt aus, womit sie ihre Einsichtnahme bestätigte, und schob es ihm zurück.

»Sag mal, hat Dr. Wendt heute was ausgeliehen?«, fragte sie.

»Der leiht immer was aus, Frau Schlaumeier. Warum willst du das wissen?« Schmied strich über seinen Kaiser-Wilhelm-Schnauzbart. Während sein runder Schädel fast kahl war, spross über seiner Oberlippe reiche Haarpracht.

»Ach, nur so«, erwiderte sie. Und dann zog sie einer Eingebung folgend das abgerissene Stück Papier aus ihrer Tasche und hielt es ihm hin. »Das habe ich drüben im Magazinsaal gefunden. Kannst du das lesen?«

Ächzend ließ sich Schmied hinter der Ausgabe auf seinem Bürostuhl nieder. »Eine Sauklaue, da könnte auch eine Krähe über das Papier gehüpft sein«, murmelte er und musterte das Wenige, was auf dem Papierstück stand. »Die ersten sechs Buchstaben sind klar, oder?«

»GStA PK für Geheimes Staatsarchiv Preußischer Kulturbesitz«, nickte sie. »Aber was ist mit den nächsten beiden?«

»Das könnte ein …« Er kaute nachdenklich auf seiner Unterlippe, nahm ein Vergrößerungsglas aus einer Schublade und beugte sich erneut über das Papier.

Verena versuchte, ebenfalls aufs Blatt zu schauen, aber Schmieds Kopf war im Weg.

Er blickte zu ihr hoch. »Vielleicht ein F?«, brummte er.

»Aha, und der nächste?«, insistierte Verena.

»Hm.« Schmied fuhr sich über den fast kahlen Schädel, dann spitzte er die Lippen zu einem hingehauchten Pfiff.

»Sag schon, was meinst du?«, fragte sie ungeduldig.

»Ein M?«

»Masonica?«, sagte sie ungläubig.

»F für Freimaurer und M für die Masonica-Bestände.« Beide schauten auf das kleine Stück Pergament. »Kann sein oder auch nicht«, meinte Schmied vage.

15

Verena lief zum Magazingebäude zurück. Von ihrem angeforderten Dokument hatte sie zuvor schnell eine Kopie gemacht und diese ihren Unterlagen beigefügt. Jede Archivale war ein Einzelstück und unersetzbar und durfte nur im Benutzersaal eingesehen werden. In ihren Arbeitsunterlagen befanden sich ausschließlich Kopien.

Aber ihre Gedanken waren nicht bei ihrer Dissertation. Wer hatte ein altes Pergament einfach so zerrissen? Und dann noch ein Stück davon liegen gelassen? Das passte doch hinten und vorne nicht. Und hatte das Gekritzel wirklich etwas mit den Masonica-Beständen zu tun? Den geheimen Freimaurer-Archivalien, die im Staatsarchiv aufbewahrt wurden? Leider hatte auch Schmied mit seinen Adleraugen die Zahlen hinter den Buchstaben nicht klar entziffern können, die jedoch nötig waren, um die Loge und den Ort zu bestimmen, auf die die Signatur verwies.

Sie überlegte, Dr. Wendt das Papier am nächsten Tag zu zeigen. Das wäre das Naheliegendste. Wendt war das wandelnde Staatsarchiv. Wusste beinahe alles, jedenfalls kam es ihr so vor. Bestimmt kannte er sich auch mit den Masonica-Beständen aus. Soweit sie sich an seine Erzählungen erinnerte, hatte er schon in Merseburg im Staatsarchiv der DDR mit ihnen zu tun gehabt.

Sie stieß die Tür zum Magazinsaal auf und ging an den Regalreihen entlang. Wendt forschte momentan über eine alte märkische Adelsfamilie, die ihren Nachlass dem GStA übereignet hatte. Dafür hatte er sie als Unterstützung angefordert. Dabei hatte sie seine Arbeitsweise kennengelernt. Wendt war noch ganz alte Schule. Präzises Arbeiten, strikte Ordnung, detaillierte Aufzeichnungen von allem, was mit dem Projekt zu tun hatte, diese Dinge waren ihm wichtig. Besonderen Wert legte er auf das schnelle, aber akkurate Erledigen der Aufgaben, die er ihr stellte, sodass sie manchmal kaum Zeit für ihre Dissertation fand. Wenn sie ihm jetzt mit diesem Zettelchen käme, würde er sie sicherlich für wenig zielorientiert halten. Abschweifungen mochte er nicht, das hatte sie schon mehr als einmal erlebt. Verena blieb stehen, überlegte. Sie musste wissen, was es mit der unleserlichen Signatur auf sich hatte. Sie schaute auf die Uhr und gestand sich großzügig eine halbe Stunde zu. Wofür war sie hier, wenn nicht, um hinter alte Geheimnisse zu kommen?, rechtfertigte sie sich vor sich selbst.

Am Arbeitsplatz schob sie ihre Unterlagen zur Seite. Nahm das Papier und legte es auf einen Schreibblock. Fuhr mit den Fingerspitzen darüber. Haptisches Arbeiten war ihr in Fleisch und Blut übergegangen. Der Beruf des Archivars hatte nicht nur mit abstrakten Texten zu tun, auch deren Trägermaterialien mussten berücksichtigt werden. Das Papier fühlte sich nicht glatt, sondern uneben und faserig an.

Aus ihrer Umhängetasche nahm sie einen Bogen des Seidenpapiers, das sie häufig als Zwischenlage ihrer Unterlagen verwendete, legte es über den Schnipsel mit der Notiz und zog die Arbeitslampe näher heran, sodass der helle Schein jetzt direkt darauffiel. Schließlich nahm sie einen weichen Bleistift und schraffierte die Fläche mit der Signatur auf dem dünnen Papier. Wie erhofft zeichneten sich die Buchstaben und Ziffern schwach darauf ab.

Sie schob das gefundene Pergamentstück zur Seite, legte das Seidenpapier auf den weißen Schreibblock, griff nach dem Schirm der Leselampe und zog ihn noch etwas tiefer. Kniff die Augen zusammen und starrte die Schraffur an. Doch noch immer war nichts deutlich zu erkennen.

Verena beugte sich zu ihrer Tasche und wühlte darin herum, bis sie ihr Vergrößerungsglas fand. Mit seiner Hilfe kristallisierten sich endlich die ersten beiden Zahlen heraus. Sie notierte auf ihrem Block neben dem Seidenpapier eine Fünf und eine Zwei. Die folgende schien eine Drei zu sein – oder ein B. Sie schrieb beides in Klammern hinter die ersten zwei Zahlen. Bei den nächsten Stellen war sie sich sicher: Einer Eins folgte eine Fünf.

Kurz setzte sie sich auf, streckte sich und rieb sich über die Augenlider, bevor sie sich wieder über das Vergrößerungsglas beugte. Die nächste Zahl konnte eine Eins sein, sah jedoch anders aus als die Eins zuvor, sodass auch eine Sieben in Frage kam. Wieder setzte Verena beide Zahlen in Klammern. Die letzten beiden Ziffern waren zum Glück wieder deutlicher zu erkennen. Eine Eins und eine Zwei.

»GStA PK«, schrieb sie in großen Buchstaben auf ein neues Blatt. Die Abkürzung für Geheimes Staatsarchiv Preußischer Kulturbesitz. Dann »FM« für Freimaurer und »5.2«. Sie betrachtete die nächste in Klammern geschriebene Zahl und den Buchstaben. Natürlich, dachte sie, das ist keine Drei, sondern ein B. B für Berlin. Sie atmete auf. Die nächsten drei Ziffern sollten die Loge bezeichnen. Sie schrieb »151« und setzte die Alternative »157« in Klammern.

Erschöpft, aber bestärkt durch ihren Erfolg lehnte sie sich zurück. Jetzt wollte sie noch herausfinden, welche Logen sich hinter den zwei Zahlen- und Buchstabenkombinationen verbargen. Doch nicht mehr hier an ihrem Arbeitsplatz. Zu Hause in ihrem Zimmer hätte sie mehr Ruhe und könnte sich weiter damit beschäftigen. Diese Sache war schließlich ihr Privatvergnügen. Und falls sie nicht weiterkäme, könnte sie morgen immer noch den alten Wendt fragen.

Sie legte das abgerissene Papierstück zusammen mit ihren Notizen in eine Klarsichthülle, schob diese in einen Aktendeckel, beschriftete ihn mit »Masonica« und verstaute ihn in ihrer Tasche.

16

»Mein Täubchen.« Liebevoll fuhr Wendt seiner Frau über das trockene, glanzlose Haar. »Wie geht es dir?«

»Wie immer. Bist du weitergekommen mit deiner Forschung?«, hörte er ihre zarte Stimme.

»Ja, weiter, als ich dachte. Aber das Wichtigste fehlt mir immer noch. Es ist ein einziger Punkt, aber auf dieses Detail kommt es an, weißt du?« Besorgt schaute er sie an. »Du isst ja gar nichts. Das ist nicht gut.« Er versuchte zu lächeln. »Zart bist du, aber immer noch so schön wie früher«, flüsterte er, deponierte die Einkaufstasche auf dem Küchentisch und fing an auszupacken. »Schau mal«, sagte er und hielt eine Packung Tiefgefrorenes hoch. »Königsberger Klopse, die magst du doch.«

»Soll ich dir helfen?«, hörte er sie fragen.

»Ich erledige das schon. Du sollst dich schonen, das hat auch der Arzt gesagt.« Er holte einen Topf aus dem Schrank, füllte ihn mit Kartoffeln aus dem Glas, gab Wasser dazu, stellte den Topf auf das Ceranfeld und drehte den entsprechenden Knopf auf die höchste Stufe.

»Ich vermisse meinen Talisman, Marco. Die Kette mit dem Anhänger, die mir deine Mutter zur Hochzeit geschenkt hat. Hast du sie gesehen?«, drang ihre Stimme an sein Ohr.

Er schnitt die Plastikpackung mit den Königsberger Klopsen auf, gab die Fleischbällchen mit der Flüssigkeit in einen zweiten Topf und erhitzte sie auf kleiner Flamme.

»Nein«, sagte er unwirsch und vermied es, sie anzusehen. »Bestimmt hast du sie nur verlegt.«

Er nahm die inzwischen erhitzten Kartoffeln von der Herdplatte und goss das Wasser ab.

»Sie weint wieder, unsere Kleine«, hörte er ihre Stimme.

»Vielleicht sollten wir besser den Arzt holen?«

»Du weißt ja, was ich von den neumodischen Methoden halte. Immer nur Antibiotika, davon bekommt sie nur Ausschlag«, hörte er ihren Kommentar.

Wendt schaute seine Frau liebevoll an. »Du hast schon immer das Richtige getan, mein Täubchen.«

»Du musst dich immer um sie kümmern, Marco.« Sie starrte ihn an, sodass er den Blick senkte. »Das hast du mir versprochen.«

»Wie könnte ich das vergessen«, murmelte er, und eine Träne rollte über seine welken Wangen.

17

Susanne war mit Heike und Kalumet noch mal das Wenige durchgegangen, was sie bisher über Holm herausgefunden hatten. Hatte sich dabei bemüht, sich ihren Ärger über Lilienthals Benehmen nicht anmerken zu lassen. Aber sein albernes Getue bei der Begrüßung mit dieser Katie McLaren hatte Kalumet natürlich mitbekommen. Wie stand sie denn jetzt da. Wieder stieg Ärger in ihr hoch. Allerdings waren Befindlichkeiten das Letzte, was man bei Ermittlungen brauchen konnte.

Sie holte sich einen Becher Kaffee. Dachte an Katie McLaren, die so attraktiv und erotisch war, dass sie wahrscheinlich die meisten Männer anzog. Nahm einen Schluck und stellte den Becher angewidert weg. Ungenießbar. Kalumet hatte mal wieder viel zu viel Kaffee genommen. Erinnerte sich wieder an die Szene, als Katie McLaren sie zornig hinausgeworfen hatte. Völlig zu Recht, wie sie fand. Sie hatten ihre Kompetenzen überschritten, ohne richterlichen Beschluss im Haus herumgeschnüffelt. Und sie hatte Katie McLaren weinen gehört. Was hatte Maik getan oder gesagt, dass diese selbstbewusste junge Frau die Fassung verloren hatte?

Sie musste noch mal mit ihr sprechen, das verlangte ihre Professionalität. Susanne wählte die Festnetznummer des Holm'schen Anwesens, aber nur der AB sprang an. Kurz entschlossen nahm sie ihre Tasche und lief zu den Einsatzfahrzeugen auf dem Parkplatz, um sich eins davon auszuleihen.

Direkt vor dem Haus in der Seestraße fand sie einen Parkplatz, klingelte an dem imposanten Einfahrtstor und wartete. Alles blieb ruhig, nur das weit entfernte Geräusch einer Säge durchbrach die Stille. Erneut klingelte sie und drückte diesmal den Finger länger auf den Messingknopf. Hinter sich hörte sie, wie Kieselsteine aufspritzten, und wandte sich um.

Eine schmale Frau mittleren Alters schwang sich von einem älteren Fahrrad und blickte sie neugierig an. »Zu Holm?«, fragte sie in dem kehlig tiefen Ton der Osteuropäer.

Susanne nickte. »Scheint aber niemand da zu sein.«

»McLaren da. Immer, wenn Danuscha putzt. Komm.« Einladend winkte die Frau ihr zu, ging zum Tor, griff durch das gewundene Metall und drückte von innen auf einen Öffner. Summend schwang das Tor auf.

Zögernd folgte ihr Susanne. An der Haustür klopfte sie energisch, aber es wurde nicht geöffnet.

»Muss da sein«, erklärte Danuscha. »Vorhin erst telefoniert. Vielleicht auf Klo«, meinte sie pragmatisch und stellte das Rad neben dem Eingang ab. Grinste vielsagend, verschwand um die Ecke, erschien kurz darauf mit einem Schlüssel in der Hand und öffnete die Tür.

Dass die Putzfrau wusste, wo die Besitzer ihren Schlüssel deponierten, falls diese ihren vergessen haben sollten, fand Susanne nicht ungewöhnlich. Die Menschen waren leichtsinnig, das erlebte sie berufsbedingt jeden Tag aufs Neue.

Gemeinsam betraten sie das Haus, und Danuscha ging voran in die Küche.

»Chefin nicht hier, aber dort steht Tasse mit Kaffee«, sagte sie. »Muss also sein im Haus.« Sie tauschte ihre Straßenschuhe gegen Stoffschuhe, die sie aus ihrer Tasche nahm, ging zur Kellertür und verschwand.

Susanne war in der Diele stehen geblieben. »Frau McLaren!«, rief sie laut. Unbehaglichkeit machte sich in ihr breit. Wie sollte sie ihre Anwesenheit diplomatisch erklären? Katie McLaren würde es wieder als Eindringen auffassen. Nein, das hier war keine gute Idee gewesen.

Sie ging zur Kellertür. »Frau Danuscha?«, rief sie nach unten.

»Kommen gleich«, hörte sie die Antwort und gleich darauf ein schepperndes Geräusch, als würde etwas umfallen. Susanne fuhr zusammen, horchte. Das musste man im ganzen Haus gehört haben, so laut, wie das gewesen war.

Sie lief hinaus und die Eingangsstufen hinunter. Nahm ihr Handy, rief die letzte gewählte Nummer auf und drückte auf Wahlwiederholung, als hinter ihr ein erstickter Laut ertönte. Sie drehte sich um. Danuscha stand im Türrahmen, die Augen weit aufgerissen. Sie sagte etwas, was Susanne nicht verstand. Durch das gekippte Küchenfenster konnte sie die Ansage des Anrufbeantworters hören, der angesprungen war.

»Kommen«, sagte Danuscha jetzt, und Susanne folgte ihr zurück ins Haus. Vor der Kellertreppe blieb die Haushaltshilfe stehen und schaute sie wortlos an.

Susanne ging hinunter. Die Tür zum Heizungskeller war nur angelehnt. Davor lagen verstreut Plastikeimer, Lappen, Papierrollen und diverse Flaschen mit Putzmitteln. Mit dem Fuß schob sie alles beiseite und wollte die Metalltür aufziehen. Doch etwas steckte in dem unteren Türspalt. Susanne beugte sich hinunter. Im dämmerigen Licht erkannte sie einen roten Ballerinaschuh.

18

Unwirsch starrte Dr. Enderlein Lilienthal an.

»Sie stören«, nuschelte der Rechtsmediziner, nahm den Kugelschreiber aus dem Mund und steckte ihn in seine Hosentasche. »Darf man erfahren, was Sie hier verloren haben?«

Lilienthal überhörte die Provokation. Körner und Enderlein hatten sich seit dem letzten Fall angefreundet, vermutlich hatte der Mediziner Probleme mit seiner Beförderung.

Lilienthal betrachtete den toten Körper. War immer noch fassungslos. Vor ihm lag seine witzige, gescheite Katie, mit der er unzählige Nächte lang durch die Portobello Road gezogen war. Die ihm die unmöglichsten Pubs gezeigt, ihm die Türen zu den angesagtesten Clubs Londons geöffnet hatte. Mit ihr hatte er den ersten Joint geraucht und auch vieles andere zum ersten Mal gemacht. Und jetzt lag sie in diesem Keller. Er spürte, wie Magensäure in seiner Kehle hochstieg. Ein Tatort mit einer Leiche war eine Sache, aber mit der Leiche eines Menschen, den man einmal begehrt hatte? Der Anblick ging unter die Haut. Er bemühte sich, seine Gefühle wegzuschieben, professionell zu bleiben.

Die Haare am hinteren Teil des Kopfes waren blutverklebt. Das Gesicht lag seitlich in einer großen roten Lache. Der dunkle Rock war dort zerrissen, wo er unter der Tür mit dem Schuh eingeklemmt gewesen war. Behutsam nahm er ihre rechte Hand hoch. Die Nägel des Zeige- und Mittelfingers waren abgebrochen. Was hatte er vorhin falsch gemacht? Er musste etwas übersehen haben. Nur was? Seit er hier war, stellte er sich diese Frage immer wieder und wieder, wie ein Mantra. Seine Katie war erschlagen worden. Hatte der Angriff auf ihren Onkel etwas damit zu tun? Die Spurensicherung mit Manni Langer war bereits im ganzen Haus zugange. Bisher deutete nichts auf einen Einbruch hin.

Sie hatte etwas gewusst und war wahrscheinlich deshalb in Gefahr gewesen. Und er hätte dranbleiben müssen, nicht so schnell mit der Befragung aufhören. Sein Fehler. Vielleicht wäre sie dann noch am Leben, dachte er und versuchte, den Schmerz in seiner Brust zu ignorieren.

Die Tür mit dem Totenkopfsymbol im hinteren Teil des Heizungskellers war jetzt sperrangelweit offen. Susanne, neben Langer stehend, betrachtete die mit Folie abgeklebten und durch Rußpulver sichtbar gemachten Fingerabdrücke. Beide redeten leise miteinander. Kurz blickte sie Lilienthal an und lächelte ihm aufmunternd zu. Was ihr nicht wirklich gelang.

Susanne hatte ihn sofort nach ihrer Entdeckung informiert. Für ihn war es wichtig, vor Ort zu sein, sich ein eigenes Bild zu machen. Die Ära Körner war vorbei. Jetzt war er Kriminalrat, hatte das Sagen und trug die Verantwortung.

Lilienthal schritt den mit Nummern gekennzeichneten Weg ab, den die Kriminaltechnik angelegt hatte, damit die Tatortuntersuchung nicht gestört wurde. Er betrat ein Gewölbe mit einer Decke aus Ziegelsteinen. An den Wänden Regale mit Weinflaschen, einige mit einer dicken Staubschicht. Katie hatte also nicht gelogen. Hinter der Tür mit dem Totenkopfsymbol verbarg sich der Weinkeller. Aber das war nur die halbe Wahrheit. Denn am Ende des Raumes stand ein Regal, das ein Kriminaltechniker gerade mit einem Kohlefaserpinsel mit Rußpulver bestäubte. Es war eine Attrappe, einzig dazu gedacht, den dahinterliegenden Durchgang zu verbergen: eine Metalltür, die nur angelehnt gewesen war, als Langer das Regal zur Seite schob. Versehen mit einem Hebel aus massivem Stahl und einem Nummerntableau, auf dem jetzt ein rotes Lämpchen blinkte. Lilienthal stieß vorsichtig die Tür weiter auf. Blieb stehen. Der Anblick übertraf alles, was er im Laufe seiner bisherigen polizeilichen Arbeit gesehen hatte. Desmond Holm hatte keine Kosten gescheut, um sein Geheimnis zu bewahren. Aber jemand war dahintergekommen. Und Katie hatte dafür mit ihrem Leben bezahlt.

19

Lilienthal fröstelte. Bei dem überstürzten Aufbruch vorhin hatte er sein Jackett im Büro vergessen. Ein leichter Luftzug strich über seine Haut, sodass sich die Härchen aufstellten.

Er stand vor einem schallisolierten Raum, dessen Temperatur und Luftfeuchtigkeit überwacht wurden und der weit größer sein musste als der Grundriss der darüberliegenden Villa. Warmes Licht durchflutete das unterirdische Reich. Der Fußboden war aus versiegeltem Eichenparkett und glänzte wie frisch gebohnert. Die Wände schimmerten seidig in Kobaltblau. Und angeordnet wie kostbare Solitäre hingen Gemälde in schweren goldenen Rahmen. Punktscheinwerfer beleuchteten indirekt jedes einzelne. Lilienthal, der kein Kunstkenner war, obwohl ihn seine Mutter bereits als Vierjährigen in Gemäldeausstellungen geschleppt hatte, um sein Kunstverständnis zu schulen, wie sie später erklärte, tippte auf Alte Meister des 18. Jahrhunderts. Ein großformatiges Bild in der Mitte des Raumes, das den Markusplatz in Venedig zeigte, fiel ihm auf. Ein Canaletto, vermutete er. Dessen venezianische Ansichten, die beinahe fotografisch genau waren, hatten ihn bei seinen Venedig-Besuchen beeindruckt. Allein den Wert dieses Gemäldes schätzte er auf einen zweistelligen Millionenbetrag. Er sah sich um und entdeckte einen goldenen Brokatvorhang an der Wand am Ende des Raumes. Lilienthal durchquerte den Raum und schob ihn zur Seite. Vor ihm war ein weiterer Durchlass. Der Raum dahinter lag im Dunkeln. Er tastete nach einem Lichtschalter und nahm, als er keinen fand, seine Taschenlampe, um in das Dunkel zu leuchten. Erschreckt trat er zurück. Umrahmt von goldenen Strahlen starrte ihm von einem großformatigen Bild ein riesiges Auge entgegen.

»Das Auge der Vorsehung oder auch das verlorene Auge.« Kalumet war unbemerkt hinter ihn getreten. »Es soll die stets sich enthüllende Wahrheit symbolisieren.« Er blickte Lilienthal grinsend an: »Bin ich gut, oder bin ich gut?«

»Mensch, Leo, du bist ja schlauer, als die Polizei erlaubt«, brummte Lilienthal. Als er einen Schritt nach vorn machte, flammten überall Lichter auf. Anscheinend reagierten sie auf Bewegung. Wie ein Sternenhimmel leuchteten unzählige Spots an der Decke und tauchten das Kabinett in magisches Licht.

»Hammer«, kommentierte Kalumet die Beleuchtung.

Im Raum verteilt standen Glasvitrinen. Lilienthal trat zu der mittleren und entdeckte in ihr eine golddurchwirkte Leinwand, die einen fliegenden Adler mit einer Königskrone in einem Kreis zeigte. Darunter waren drei Weltkugeln in einer Art Gestell abgebildet. Er beugte sich vor und wusste schon, bevor er die Schrift gelesen hatte, die sich um das Motiv rankte, was dort stand: »Große National-Mutterloge Zu den drei Weltkugeln«. Im Arbeitszimmer seines Onkels Ernst Albrecht hing eine nicht ganz so prächtige Variante davon.

»Holm ist ein Freimaurer«, stellte Kalumet fest, der jetzt vor einer Reproduktion des bekannten Bildes stand, das Friedrich II. als Meister vom Stuhl bei einer Meistererhebung zeigte.

»Finde heraus, in welcher Loge er Mitglied ist«, ordnete Lilienthal an, der sich bereits die anderen ausgestellten Stücke ansah.

Neben den bekannten Freimaurer-Artefakten aus vergangenen Jahrhunderten wie Zirkel und Winkelmaß, die, aus Gold und mit ungewöhnlichen Ornamenten verziert, in kostbaren Schatullen lagen, entdeckte er auf einem kleinen Sockel eine fein gearbeitete Taschenuhr mit aufwendig getriebenem Goldgehäuse und Symbolen im perlmuttunterlegten Ziffernblatt.

Kalumet gesellte sich wieder zu ihm. »Eine andere Möglichkeit wäre, dass Holm einfach nur ein Sammler ist, der sich auf die Freimaurer spezialisiert hat.«

Lilienthal überlegte. »Wären wir nur auf Bilder gestoßen, würde ich das in Betracht ziehen. Aber zusammen mit den Kunstwerken?« Er sah sich weiter um. Auf den ersten Blick nicht zu erkennen, verdeckt durch einen schimmernden Vorhang im gleichen Farbton wie die Wände, entdeckte er eine Nische. Lilienthal ging hin, Kalumet folgte ihm. Mit einer schnellen Bewegung zog er den raschelnden Stoff zur Seite.

Vor ihnen stand ein Sockel aus schwarzem, poliertem Stein, darauf eine Glasglocke.

»Da ist ja gar nichts darunter«, meinte Kalumet.

»Richtig, Leo. Und warum wohl?«

Kalumet zuckte mit den Schultern.

»Schau dir das mal an.« Lilienthal deutete auf die Wände der Nische. Der ganze Innenraum war über und über mit zart glänzenden Muscheln bedeckt. »Ich glaube, das Eckchen wurde noch nicht seiner Bestimmung zugeführt. Lauert sozusagen in Wartestellung.« Er zeigte auf die zwischen den Muscheln kunstvoll eingebauten Punktstrahler, die auf die Mitte des Sockels ausgerichtet waren. »Alles ist schon vorbereitet für etwas, das Holm wichtig ist. Das er unbedingt haben will.«

Kalumet nickte. »Aber das, was er gewollt und vielleicht gefunden hat, wollte noch jemand. Vielleicht sind sie einander in die Quere gekommen.«

»Und vielleicht musste Katie deshalb sterben«, ergänzte Lilienthal leise.

20

Enderleins Eulenaugen hinter den dicken Brillengläsern schielten fast vor Begeisterung, als er die Kripobeamten in den Sektionssaal führte.

Vor ihnen aufgebahrt lag der tote Körper Katie McLarens.

Lilienthal versuchte, seine Emotionen unter Kontrolle zu bringen. Er wollte nicht schon wieder an die lebenslustige junge Frau denken, in die er so verliebt gewesen war. Er bemerkte, dass Susanne, die neben ihm stand, ihn forschend ansah.

»Die Tote«, begann der Rechtsmediziner zu dozieren, »weist Hämatome an beiden Handgelenken sowie an den Oberarmen auf.« Er griff nach einer Hand der Leiche und hielt sie hoch. »Abwehrspuren unter den Fingernägeln«, verkündete er. »Zwischen der Toten und einem Angreifer, ob männlich oder weiblich, konnte noch nicht hinreichend geklärt werden, muss ein heftiger Kampf stattgefunden haben.« Sanft legte er die Hand zurück auf den Sektionstisch. »Auf der Kleidung befanden sich keine Hautpartikel, was darauf hinweist, dass der oder die Täterin Handschuhe trug.«

Worauf Enderlein wohl hinauswill?, überlegte Lilienthal. Der Rechtsmediziner hatte um ihre umgehende Anwesenheit gebeten.

»Nun zum Hauptsächlichen«, dozierte Enderlein weiter. »Während des Kampfes erhielt das Opfer einen Schlag auf den Hinterkopf. Aus dem Wundkanal lässt sich schließen, dass es sich bei der Tatwaffe um einen länglichen Gegenstand aus festem Material gehandelt haben muss.« Er betrachtete den Leichnam und bewegte dabei die Finger, als würde er Klavier spielen. »Das Opfer stürzte zu Boden und verletzte sich unglücklicherweise an dem scharfkantigen Metall des Heizungssockels.«

»Können Sie präzisere Angaben zum Gegenstand machen, mit dem der Schlag ausgeführt wurde?«, unterbrach ihn Susanne.

Enderlein ignorierte ihre Frage, trat zum Ende des Seziertisches und deutete auf den Schädel der Leiche: »Erstens«, sagte er mit erhobener Stimme, »kam es durch den Schlag zu einem Schädel-Hirn-Trauma und zweitens durch die Sturzverletzung zu starkem Blutverlust. Die hier Anwesenden dürften sich unschwer an die Blutlache erinnern.« Er machte einen Schritt vom Sektionstisch zurück, wippte auf den Fußspitzen und sagte bedeutungsvoll: »Aber daran ist das Opfer nicht gestorben.«

Lilienthal kannte Enderleins melodramatische Ausführungen zur Genüge. Wusste aus leidvoller Erfahrung, dass er Zwischenfragen ignorierte, die sich im Laufe seines Vortrages von selbst beantworten würden.

»Die hier vor uns liegende Frau starb an einem Aneurysma.«

»Also kein Totschlag«, murmelte Lilienthal.
»Ja und nein«, knurrte Enderlein missbilligend.
»Ich dachte, ein Aneurysma bekommen nur ältere Herzkranke?«, entgegnete Susanne.
»Denken ist Glückssache, Frau Kommissarin«, erwiderte der Rechtsmediziner bissig. »Natürlich können auch junge Menschen ein Aneurysma bekommen. Wobei in diesem Fall der Schlag auf den Schädel mitauslösend war. Wie gesagt, ganz so einfach liegen die Dinge nicht im Leben, auch wenn Sie, die Damen und Herren von der Mordkommission, die einfachen Erklärungen vorzuziehen belieben.«
»Aber der Täter hat durch den Schlag billigend in Kauf genommen, dass das Opfer daran stirbt, oder?«, hakte Susanne nach.
Enderlein rollte mit den Augen. »Liebe Dame, der Schlag war heftig, aber nicht heftig genug, um allein tödlich zu sein. Und die Tatwaffe nach den Wundrändern und meinen bisherigen Erkenntnissen zu urteilen nicht scharf. Aus diesen Gründen musste der Schlag nicht zwingend zum Tod führen.« Er versenkte seine Hände in den Kitteltaschen und musterte Susanne spöttisch. »Aber«, fügte er maliziös hinzu, »kein Täter hat Anspruch auf ein gesundes Opfer.«
»Also können wir davon ausgehen, dass es sich hier um eine Verletzung mit nicht erwartbarer Todesfolge handelt?«, fasste Lilienthal Enderleins bisherige Aussagen zusammen.
»Ich freue mich immer, wenn die Anwesenden meinen Ausführungen folgen können«, erwiderte der Rechtsmediziner und begab sich ohne eine Verabschiedung zurück in sein Büro.
»Das heißt, der Täter war nicht kräftig genug, um einen tödlichen Schlag auszuführen«, meinte Susanne.
»Oder er wollte Katie nicht töten, sondern nur zum Schweigen bringen.«
Lilienthal und Susanne verließen gemeinsam das rechtsmedizinische Institut, das sich gegenüber Schloss Lindstedt nahe dem Park Sanssouci befand, trennten sich dann aber. Er wollte zu Körner in die Klinik, sie zurück ins Präsidium und

das Team einschließlich Rödelheim mit den neuesten Infos versorgen.

Als Lilienthal in Körners Krankenzimmer trat, fand er Enne im lebhaften Gespräch mit dem Alten.

Körner musterte ihn wohlwollend. »Gratuliere, Maik«, sagte er und drückte mit seiner großen Pranke Lilienthals schmale Finger, sodass dieser befürchtete, sie könnten brechen. »Auch wenn das alles etwas ruckizucki über die Bühne ging, so freue ich mich doch, dass ich einen so würdigen Nachfolger bekommen habe«, meinte er herzlich.

»Richard hatte dich schon seit Längerem für den Posten vorgeschlagen«, ergänzte Enne.

»Na ja«, brummelte der Alte. »Meine Zeit ist abgelaufen. Das ist mir hier in der Klinik noch deutlicher geworden. Jetzt seid ihr jungen Leute dran. Zum Ende des Jahres hatte ich sowieso vor, mich zu verabschieden, aber unser Behördenchef hat mich gebeten, euch wenigstens in beratender Funktion noch ein Weilchen erhalten zu bleiben.«

Lilienthal war hin- und hergerissen. Den Alten im Rücken war nicht das, was er sich wünschte. Andererseits war Körner ein Fuchs, in Verwaltungsangelegenheiten konnte ihm keiner so schnell etwas vormachen. Er grinste schief und entschied sich dann für eine diplomatische Antwort: »Beratende Funktion für einen überschaubaren Zeitrahmen wäre nicht schlecht.«

»Du schäumst ja geradezu vor Freude«, brummte Körner. »War vielleicht doch keine so gute Idee. Na ja, Maik: Besser ins kalte Wasser springen und schwimmen lernen, als mit der Gummiente paddeln, was?«

»So oder so bist du ja nicht aus der Welt, Richard«, bemerkte Enne und erkundigte sich dann, ob es Neues im Fall Holm gebe.

Emotionslos und nur auf die Fakten bezogen versuchte Lilienthal, über Katies Tod zu berichten. Es gelang ihm nicht. Irgendwann brach seine Stimme, und er schwieg.

Enne, die mit jeder Minute blasser geworden war, zog ein Taschentuch hervor und wischte sich über die Augen.

Als Lilienthal sich wieder gefangen hatte, erzählte er, was sie im Keller der Villa entdeckt hatten.

»Freimaurer?« Körner wirkte überrascht. »Sind die denn immer noch aktiv?«

»Du weißt aber schon, dass Onkel Ernst Albrecht bei den Freimaurern ist?«, warf Enne ein. »Wenn ich mich nicht irre, ist er sogar Meister vom Stuhl. Vielleicht kann er dir Fragen beantworten, die im Zusammenhang mit der Sache auftauchen.«

»Darauf bin ich auch schon gekommen«, erwiderte Lilienthal kurz angebunden.

Körner zog nur die Augenbrauen hoch und schwieg.

Enne stand auf und trat ans Fenster. »Ich kann mich an das junge Mädel gut erinnern, temperamentvoll und lebenslustig. Ihr wart verlobt.«

»Das ist schon lange her, Mutter«, erwiderte Lilienthal genervt. Dass sie das vor Körner ansprach, fand er taktlos.

»Ja, eine Weile. Ich weiß noch, wie du von ihr geschwärmt und mich gebeten hast, nach London zu kommen, um sie kennenzulernen.«

Lilienthal trafen ihre Worte wie Pfeilspitzen. Wirklich, musste sie unbedingt jetzt davon anfangen?

Doch Enne redete einfach weiter. »Katie war impulsiv wie ein Vulkan. So voller Lebenshunger.« Sie wandte sich vom Fenster ab und ihm zu. »Dass ihr nicht zueinanderpasstet, war mir damals sofort klar. Aber sie war deine erste große Liebe, das ist immer etwas Besonderes.«

Lilienthal wich ihrem Blick aus. Die Situation war nur noch peinlich.

»Der McLaren-Clan«, spann Enne ihre Erinnerungen weiter, »war für dich und mich in so mancher Hinsicht eine Herausforderung.« Sie drehte sich zu Körner und lächelte. »Die Familie legte sehr viel Wert auf Äußerlichkeiten.«

Körner nickte interessiert, Lilienthal hingegen hätte seiner Mutter am liebsten den Mund zugehalten.

»Und dann eure Verlobungsfeier.« Enne lachte trocken auf. »Im ›St. James's‹ in Mayfair, vornehmer ging es kaum. So viele Gäste. Waren das nicht über hundert?«, fragte sie Lilienthal.

Der zuckte nur mit den Schultern. »Möglich.«

»Ohne Smoking ging da nichts, Richard, viele trugen sogar Cut.« Sie schmunzelte. »Und die Damen natürlich Abendgarderobe. Lauter junge Frauen mit diesen verrückten Hüten, mein Gott.« Sie setzte sich wieder neben Körners Bett auf den Stuhl. »Maik und ich mussten uns erst mal passend einkleiden. Trotz deines feinen Zwirns hast du neben Katie ausgesehen wie ein Fisch auf dem Trockenen«, bemerkte sie noch etwas uncharmant. »Na ja, lange hat die Verlobung auch nicht gehalten.«

»Danke für die ausführliche Schilderung, Mutter«, platzte Lilienthal endgültig der Kragen. »Das ist Vergangenheit. Und bei allem Schmerz und aller Trauer arbeite ich jetzt an einem Mordfall. Das ist Fakt, und ich werde alles daransetzen, den oder die Täter zu finden.«

»Amen«, brummte Körner.

Enne ging auf den Ausbruch ihres Sohnes nicht ein. »Natürlich wirst du den Fall aufklären«, sagte sie. »Aber wäre es nicht angebracht, dass du nach England fliegst und der Familie dein Beileid aussprichst?«

»Du willst, dass ich die emotionale Labilität der Familie für meine Ermittlungen ausnutze?«, fragte er misstrauisch.

»Also bitte, Maik, was hältst du denn von mir? Das wäre mehr als taktlos. Nein, natürlich hatte ich bei der Bemerkung keine Hintergedanken.« Sie zwinkerte Körner zu, was Lilienthal zum Glück nicht bemerkte. »Aber natürlich ergeben sich vor Ort auch Möglichkeiten in dieser Richtung.«

»Womit habe ich das nur verdient?«, stöhnte Lilienthal. »Warum kannst du nicht einfach eine nette alte Pensionärin sein, die Marmelade kocht und Kreuzworträtsel löst, anstatt mir jedes Mal erklären zu müssen, wie ich meine Ermittlungen führen soll?«

»Man kann nicht alles haben«, erwiderte Enne trocken. Und nach einer kurzen Pause, als wenn es ihr erst in diesem

Moment eingefallen wäre, fügte sie hinzu: »Aber der Vorteil ist nicht von der Hand zu weisen. Du könntest das eine mit dem anderen verbinden.«

»So wie du dir das vorstellst, geht das nicht«, widersprach ihr Lilienthal. »Und den offiziellen Weg kann ich vergessen. Ich müsste erst ein Amtshilfegesuch stellen, und ihr kennt den Behördenalltag. Das dauert. Kommt also überhaupt nicht in Frage.« Er stand auf.

»Aber ein Besuch bei der Familie wäre wirklich eine gute Möglichkeit. Bestimmt kannst du dort mehr über Holms Aktivitäten und Katies Rolle dabei erfahren, Maik«, mischte sich Körner ein.

»Ausgeschlossen«, entgegnete Lilienthal.

Als er an der Tür war, kam Enne ihm hinterher und hielt ihm eine Kette hin. An den goldenen Gliedern hing ein Anhänger. »Wenn du zu Onkel Ernst Albrecht gehst, konntest du ihn fragen, ob er so was kennt?«

Lilienthal nahm die Kette und hielt den Anhänger mit dem Stein ins Licht. »Woher hast du das?«, fragte er misstrauisch.

»Die Kette hatte sich in einem Rad des Rollstuhls verfangen, den ich im Heiligen See gefunden habe. Das wollte ich dir eigentlich gleich nach Richards Unfall am Telefon erzählen.«

»Warum hast du das nicht der Polizei gemeldet?«

»Natürlich habe ich den Fund des Rollstuhls gemeldet.«

»Aber nichts von der Kette erzählt, die du mitgenommen hast.« Er stöhnte auf. »Damit hast du dich strafbar gemacht.«

»Aber ich habe doch nichts gestohlen«, erwiderte Enne empört. »Der Rollstuhl war entsorgt.«

Lilienthal steckte kopfschüttelnd die Kette ein und verließ das Krankenzimmer.

»Schau sie dir vorher genau an!«, rief Enne ihm noch hinterher.

21

Während er die Eingangsstufen vom Klinikum hinunterlief, rief Lilienthal seinen Onkel Ernst Albrecht an und bat um ein Gespräch. Er habe ein paar Fragen wegen eines ungeklärten Falles und sei sicher, dass ihm sein Lieblingsonkel mit seinem Hintergrundwissen helfen könne.

»Schleimer«, knurrte der zurück. »Aber wenn es pressiert, komm bitte gleich. Ich habe nur wenig Zeit, maximal ein Stündchen.«

Lilienthal fuhr über die Glienicker Brücke Richtung Wannsee, dann weiter nach Zehlendorf und klingelte wenig später an der Eingangspforte des Grundstücks am Waldsee. Das Haus im Bauhausstil der zwanziger Jahre des letzten Jahrhunderts hatte sein Onkel schon vor langer Zeit erworben.

Ernst Albrecht öffnete. Das Outfit seines Onkels überraschte Lilienthal. Er trug einen Smoking mit weißer Seidenweste und passendem Halstuch.

»Komm rein, mein Junge«, begrüßte ihn der beinahe Achtzigjährige. Von aufrechter Statur und hohem Wuchs, mit einer Fülle silbrig glänzender Locken gesegnet, wirkte er trotz seines fortgeschrittenen Alters immer noch kraftvoll und vital.

Lilienthal folgte ihm ins Arbeitszimmer. Hinter dem einfachen schwarzen Schreibtisch blickte ihm aus einem schlichten schwarzen Rahmen das sehende Auge der Freimaurer entgegen.

»Was gibt es so Dringendes, Maik?«, kam Ernst Albrecht gleich zur Sache, nachdem beide Platz genommen hatten.

»Ich ermittle gerade in einem Fall, bei dem wir auf Symbole der Freimaurer gestoßen sind. Und hatte gehofft, von dir mehr darüber zu erfahren«, erwiderte Lilienthal, wohlweislich ohne Fakten zu nennen.

Ernst Albrecht blickte ihn aus seinen eisgrauen Augen nachsichtig an. »Du drückst dich sehr vage aus, mein Lieber«, meinte er bedächtig. »Wie heißt es in den Krimis so schön? Über laufende Ermittlungen wird nicht gesprochen, was?«

Lilienthal nickte nur.

Ernst Albrecht lehnte sich zurück und legte seine manikürten Hände übereinander. »Nun, die Freimaurerei wird auch Königliche Kunst genannt.« Er blickte auf das nachtblaue Revers seines Smokings. »Ich bin fast schon auf dem Weg zu einem unserer Treffen, bei denen angemessene Kleidung Voraussetzung ist. Bei der Tempelarbeit wollen wir den Alltag hinter uns lassen. Innerlich wie äußerlich. In Anlehnung an unsere Geschichte spielen dabei Symbole eine große Rolle. Die bekanntesten sind Winkel und Zirkel, die aus dem Handwerks-Brauchtum der mittelalterlichen Kathedralen-Erbauer stammen. Aber interessanter für Außenstehende ist wohl der Totenkopf. Er soll uns an die Vergänglichkeit des Lebens erinnern und daran, unsere Lebenszeit sinnvoll zu nutzen. Aber auch der mythische Weltberg ist interessant, die Ur-Erde in Gestalt einer Stufenpyramide, die auch Zikkurat genannt wird.«

Lilienthal wies auf das Bild, das hinter dem Schreibtisch hing. »Und was bedeutet dieses Symbol?«

Sein Onkel schwieg kurz und sagte dann: »Das ist das Auge der Vorsehung. Man spricht auch vom allsehenden Auge oder dem Auge Gottes.« Danach hielt er erneut inne.

Als Lilienthal bereits überlegte, ob sich bei seinem Onkel doch die unverkennbaren Zeichen des Alters eingestellt und er seine Anwesenheit vergessen hätte, fuhr dieser fort: »Das Auge wird von einem Strahlenkranz umgeben, beides wiederum von einem Dreieck umschlossen. Das Motiv steht für die Trinität.«

Lilienthal wollte etwas einwerfen, aber Ernst Albrecht hob die Hand: »Für uns Freimaurer ist das Dreieck sehr wichtig. Wir deuten es als Zeichen des Feuers und der aufklärenden Wissenschaft.« Und mit leiserer Stimme fügte er hinzu: »Drei ist die heilige, die göttliche Zahl.«

Er stand auf, trat zu dem Bild und murmelte, sodass Lilienthal Mühe hatte, ihn zu verstehen: »Das offene Auge symbolisiert die sich stets enthüllende Wahrheit.« Er schaute seinen

Neffen prüfend an. »Verstehst du, Maik? Das Auge fordert zu Weisheit auf und appelliert an das Gewissen. Um es allgemeinverständlich auszudrücken: Es repräsentiert das Gute, welches das Böse stellt und besiegt.«

Als Lilienthal sich das Bild genauer ansah, stieg eine Erinnerung in ihm auf. »Findet sich das Symbol nicht auch auf den amerikanischen Ein-Dollar-Noten?«

Der Onkel lächelte. »Gut beobachtet, mein Lieber. Schon die Gründerväter der Vereinigten Staaten, George Washington und Benjamin Franklin, waren aktive Freimaurer. Aber die Idee, die Pyramide mit dem allsehenden Auge auf der Rückseite des Dollarscheins zu verewigen, kam von Roosevelt.« Er ging zu einem Tischchen und goss für sich und Lilienthal aus einer Karaffe etwas Wasser in zwei Gläser. Nahm wieder gegenüber seinem Neffen Platz und meinte: »Lass mich erst etwas Allgemeines zu den Freimaurern sagen.«

Nachdem er einen Schluck getrunken hatte, stellte er das Glas zurück auf den Tisch und begann: »Über die Freimaurer wird seit jeher viel spekuliert. Das hängt damit zusammen, dass wir uns bei Eintritt in eine Loge verpflichten, über alles, was dort geschieht, Schweigen zu bewahren. Auch wenn dies häufig Anlass zu Verschwörungstheorien gibt, die sich seit der modernen Freimaurerei Anfang des 18. Jahrhunderts um die ›Königliche Kunst‹ ranken, so legen wir doch nach wie vor Wert auf diesen Aspekt. Das Schweigen. Wobei das im Zeitalter des Internets und der sozialen Netzwerke deutlich schwieriger geworden ist als damals. Goethe, Lessing, Voltaire oder Friedrich II., die als sogenannte ›Suchende‹ einer Loge beitraten, hatten es da einfacher.«

Etwas ließ Lilienthal bei den letzten Worten seines Onkels aufhorchen. Etwas, was ihm bereits in einem anderen Zusammenhang aufgefallen war.

Ernst Albrecht schaute seinen Neffen eindringlich an: »Wir sind kein Verein oder Club, dem jeder beitreten kann. Zum Beispiel ist es nach wie vor Frauen nicht gestattet, sich bei einer Loge zu bewerben, auch wenn das dem heutigen Gesellschaftsverständnis widerspricht.« Er ließ den Satz ein paar Sekunden lang nachklingen. »Wir möchten uns als Brüder in unserem ›Schonraum‹, wie wir unsere Logen nennen, über gesellschaftlich relevante Themen austauschen und uns dabei auch persönlich weiterentwickeln. Deshalb wollen wir unter uns bleiben. Frauen würden dabei nur stören, weil wir Männer uns in ihrer Anwesenheit anders verhalten.«

Lilienthal, der wusste, dass Ernst Albrecht in der Familie als Charmeur galt, fand dessen Aussage logisch, auch wenn sie jedem emanzipatorischen Ansatz der heutigen Zeit zuwiderlief. Natürlich würde er das nie in Gegenwart seiner Mutter oder Susannes zugeben.

»Auch wer sich materielle Vorteile von der Mitgliedschaft verspricht oder finanziell nicht gefestigt ist, hat kaum Aussicht, aufgenommen zu werden«, sprach sein Onkel weiter.

»Elitärer geht es kaum noch, oder?«, bemerkte Lilienthal amüsiert.

Ernst Albrecht nippte erneut an seinem Wasser. »Wenn man es so sieht, könntest du recht haben«, erwiderte er ruhig und beugte sich vor. »Aber wir wollen freie Männer von gutem Ruf sein, und dazu gehört auch eine gewisse materielle Unabhängigkeit.« Er schob das Glas hin und her. »Auch Kurt Tucholsky und Axel Springer waren Freimaurer, wusstest du das?«

Lilienthal schüttelte den Kopf. Das war ihm nicht bekannt gewesen. Auf einmal fiel ihm wieder ein, woran er sich vorhin nicht hatte erinnern können. *An eternal seeker*, ein ewig Suchender. Das hatte als Randnotiz in dem Buch in Holms Bibliothek gestanden. Nur wer hatte das notiert? Desmond Holm selbst? Das Buch war alt und die Schrift bereits verblasst gewesen, erinnerte er sich.

Der Onkel schob die gestärkte weiße Manschette am rechten Arm zurück und schaute auf seine Uhr. »Das Thema ist komplex, das gebe ich zu. Ich würde gern ohne zeitlichen Druck mit dir darüber reden, aber das müssen wir leider vertagen. Nur ein Punkt noch, den ich persönlich als sehr wichtig empfinde. Die fünf Grundideale der Freimaurerei sind Freiheit, Gleichheit, Brüderlichkeit, Toleranz und Humanität.« Er erhob sich. »Aber nicht dass du denkst, wir sind so etwas wie eine Ersatzkirche, Maik. Unter unseren Mitgliedern sind alle Konfessionen vertreten, sogar ›Gottlose‹, wie wir sie nennen, sind dabei.« Er ging zur Tür und lächelte verhalten. »Ich selbst war bei meinem Eintritt areligiös, bin aber durch die Freimaurer der protestantischen Religion wieder nähergekommen.«

Lilienthal mutmaßte, dass dieser Wandel auch mit dem fortgeschrittenen Alter des Onkels zusammenhängen könnte, hielt sich aber mit einem Kommentar zurück.

Da fügte Ernst Albrecht, als hätte er die Gedanken seines Neffen gelesen, hinzu: »Und das hat nichts mit meinem sich immer rascher nähernden Ende zu tun. Wir Freimaurer glauben an einen allmächtigen Baumeister, und zwar aller Welten.«

Vor der Haustür verabschiedeten sie sich. Lilienthal war enttäuscht. Nichts, was er von Ernst Albrecht erfahren hatte, machte den Anschein, als könnte es ihm in seinem aktuellen Fall weiterhelfen. Als er den Schlüssel für seinen Jaguar hervorholte, berührten seine Finger die Kette mit dem Anhänger, die Enne ihm mitgegeben hatte. Er zog sie heraus und zeigte sie seinem Onkel.

Der Rubin leuchtete sogar in dem dämmerigen Abendlicht. Ernst Albrecht ließ die Glieder der Kette durch seine Finger gleiten. Besah sich aufmerksam die altertümliche Schließe. Schaute sich den roten Stein an. Hielt ihn hoch und kniff die Augen zusammen. Er setzte seine Lesebrille auf, griff in seine Westentasche und holte eine in Gold gefasste Lupe hervor.

Lilienthal sah ihm überrascht dabei zu.

Der Onkel betrachtete den Stein durch das Vergrößerungsglas, murmelte etwas, was Lilienthal nicht verstand. Nahm schließlich die Brille ab und wischte sich über die Stirn, bevor er seinen Neffen ernst anblickte. »Hast du sie gesehen?«

»Was denn?«, fragte Lilienthal und wollte nach dem Anhänger greifen.

»Die göttliche Zahl«, erwiderte Ernst Albrecht, während seine Finger das Schmuckstück fest umschlossen. »Sie ist mit dem Schliff zusammen in den Edelstein graviert. Auf den ersten Blick kaum sichtbar. Nur für Eingeweihte bestimmt. Woher hast du das?«

22

Empört ließ sich Verena in Ennes Lieblingssessel fallen und fuhr blitzschnell wieder hoch. Hinter ihr schoss fauchend Churchill hervor, sprang in hohem Bogen zu Boden und verschwand unter dem Tisch.

Enne zog ihn gegen seinen Willen hervor, nahm ihn auf den Arm und kraulte seinen Kopf. »Armes Dickerchen«, murmelte sie, »hast dich erschreckt.«

Der Kater, der wie ein nasser Sack in ihren Armen hing, wand sich, plumpste zurück auf den Teppich und verschwand mit steil aufgerichtetem Schwanz beleidigt durch die offen stehende Terrassentür.

»Gibt es was Neues von deinem Staatsarchiv?«, fragte Enne harmlos und setzte sich ihrem Patenkind gegenüber. In Wahrheit brannte sie auf jedes Detail zu dem versuchten Mord.

»Heute war noch mal jemand von der Kripo im GStA«, antwortete Verena und klang empört. »Alle haben es mitbekommen. Der Pförtner hat mich ausgerufen. Gerade der, der mich doch jetzt sowieso auf dem Kieker hat.«

»Wer war es denn?«, wollte Enne wissen.

»Ein Kommissar. Ich glaube, er hieß Rödelheim«, erwiderte Verena.

»Und was wollte er wissen?«, hakte Enne nach.

»Ich musste ihm alles noch mal erzählen.« Verena stöhnte theatralisch. »Warum ich so früh im GStA war. Warum ich nicht auf direktem Weg hoch zu meinem Arbeitsplatz gegangen bin. Ob noch jemand bei mir war. Ich hatte den Eindruck, der verdächtigt mich.«

»Soso«, murmelte Enne.

»Der glaubt allen Ernstes, dass ich mit jemandem zusammenarbeite. Dass ich und mein Komplize den Mann früh ins Archiv hinbestellt haben. Außerdem wollte er wissen, wie ich mein Studium finanziere«, schnaufte Verena wütend. Und schaute, bevor sie sich wieder in den Sessel setzte, nach, ob der diesmal auch wirklich frei war.

Enne überlegte. Wieso hatte man Verena nach ihren Finanzen gefragt? War bei dem Fall Geld im Spiel?

Obwohl Desmond Holm der Onkel von Katie gewesen war, konnte sie sich an ihn nicht erinnern. Aber auf der Verlobungsfeier waren auch so viele Menschen gewesen. Kontakt pflegte sie immer noch zu Katies Großmutter, Lysann Holm, einer beeindruckenden Persönlichkeit. Auf der Feier damals hatte man sie nebeneinander platziert, und trotz des Altersunterschieds waren sie sich sofort sympathisch gewesen. Dass die Verlobung in die Brüche ging, hatte ihrer Freundschaft mit Lysann keinen Abbruch getan. Maik wusste nichts davon. Wenn er es erfahren hätte, hätte er sich womöglich darüber mokiert, und ihre Freunde wählte sie immer noch selbst aus. Da ließ sie sich nicht reinreden.

Lysann war die Mutter von Desmond Holm. Ihre Freundin hatte ihr häufig von ihrer Familie erzählt, eigenartigerweise aber kaum von ihrem Sohn. Nur, dass er schon seit Langem in Deutschland lebe und es ihm finanziell gut gehe.

»Möchtest du einen Kaffee oder lieber was Stärkeres?«, fragte sie Verena.

»Ich hätte Lust auf Bier. Aber nur, wenn du mittrinkst.«

»Gute Entscheidung!«, rief Enne bereits aus der Küche. Nahm Gläser aus dem Schrank, stellte zwei Flaschen Neuzeller Pilsner auf ein Tablett und trug alles ins Gartenzimmer hinüber.

»Warum bist du eigentlich so früh zum Staatsarchiv gefahren? Sonst arbeitest du doch hier etwas vor und fängst erst später dort an«, wollte sie wissen, während sie die Flaschen öffnete und ihnen einschenkte.

Verena nahm ihr Glas, trank und wischte sich den Schaum von den Lippen. »Ich wollte einfach mal in Ruhe dort arbeiten, bevor der Tagesbetrieb losgeht«, erwiderte sie. »Das habe ich auch dem Kommissar gesagt.« Dabei vermied sie es, Enne anzusehen. Sie unterdrückte ein Gähnen, nahm noch einen Schluck, ließ den Rest stehen und erhob sich. »Entschuldige, aber ich muss noch einiges für morgen vorbereiten.«

»Schon gut.« Enne blickte ihr nachdenklich hinterher, als sie das Zimmer verließ. Bisher hatte sie nie bemerkt, dass ihr Patenkind sie anlog. Aber Verenas Erklärung eben, weshalb sie so früh im Geheimen Staatsarchiv gewesen war, war fadenscheinig. Um in Ruhe arbeiten zu können. Wirklich nicht besonders originell.

23

Verena atmete aus, nachdem sie ihre Zimmertür hinter sich geschlossen hatte. Enne anzulügen war ihr nicht leichtgefallen. Aber das, was sie an dem Morgen vor drei Tagen, als sie in aller Herrgottsfrühe zum GStA fuhr, vorgehabt hatte, war allein ihre Sache. Ihre ganz private Angelegenheit.

Sie nahm das zusammengefaltete Papier aus ihrer Tasche. Die Kopie eines Briefes ihrer verstorbenen Großmutter. Sie entfaltete ihn und las ihn wohl zum hundertsten Mal. Da stand er wieder, der Name. Ein alter preußischer Familienname. Der damals, als ihre Eltern und Großeltern noch lebten, nie erwähnt worden war. Obwohl es ihr Familienname war. Der richtige. Das wusste sie, seit sie diesen Brief in einem alten Schuhkarton mit anderen Papieren im Nachlass der Großmutter gefunden hatte. Eigentlich war das die Motivation gewesen, sich beim GStA PK zu bewerben. Sie wollte wissen, warum ihre Familie ihn abgelegt und ihr gegenüber nie mehr erwähnt hatte.

Und an dem Tag bevor sie den Mann im Aktenaufzug entdeckt hatte, war sie fündig geworden. Wendt hatte sie gebeten, für sein Forschungsprojekt über eine adelige preußische Familie etwas herauszusuchen, und dabei hatte sie in einem Konvolut aus unterschiedlichsten Archivalien einen Nachlass mit diesem Namen gefunden. Ihrem Familiennamen. Aber ihre private Recherche musste sie jetzt zurückstellen. Sie durfte nicht auffallen. Musste aufpassen, um ihren Stipendiatenplatz nicht zu gefährden.

Verena setzte sich an ihren schmalen Schreibtisch vor dem Fenster und verteilte die Unterlagen und Notizen aus ihrer Tasche neben ihrem Notebook. Zuunterst lugte der Aktendeckel hervor. Sie zog ihn heraus und schlug ihn auf. Betrachtete das Pergamentstück unter dem Seidenpapierdurchschlag. Was verbarg sich hinter der Zahlen-und-Buchstabenkombination?

Entschlossen ließ sie das Notebook hochfahren. Googelte Freimaurerlogen in Deutschland und erhielt diverse Einträge. Sie legte den Block, auf dem sie die möglichen Signaturen notiert hatte, daneben und tippte unter Suchbegriff »FM 5.2, 3, 151, 12« ein. Diese Kombination ergab keinen Treffer.

Sie machte einen neuen Versuch, ersetzte die »3« durch ein »B«. Jetzt wurden Logen von Baden-Baden bis Burgsteinfurt aufgelistet.

Sie öffnete ihre Tasche, kramte und fand ihre Lupe. Konzentrierte sich auf die dahinterstehenden Zahlen auf dem Original. Eins und Fünf waren gut zu erkennen, aber die danach könnte auch eine Sieben sein. Sie notierte auf ihrem Block: »FM 5.2, B, 157, 12« und verglich die Zahlen mit den Online-Treffern. Die Logennummern Baden-Baden bis Burgsteinfurt endeten bei »156«.

Nachdenklich betrachtete sie den Bildschirm. Hatte derjenige, der vor ihr die Signatur überprüft hatte, das Gleiche wie sie herausgefunden, nämlich, dass es zu der Signatur keinen Eintrag gab, und deshalb das Papier weggeworfen?

Du verzettelst dich, dachte sie ärgerlich. Verschwendest

deine Zeit, nur um dich vor deiner eigentlichen Arbeit zu drücken. Sie musste mit der Dissertation weiterkommen. Resigniert schob sie das Papier zurück in die Sichthülle, legte ihre Notizen hinzu und den Aktendeckel zur Seite.

Griff nach den anderen Unterlagen, öffnete eine Datei auf dem Laptop und las die letzten Absätze, die sie geschrieben hatte. Sie hatten überhaupt keinen Bezug zu den vorherigen Ausführungen. Die Argumentation, die keine war, würde man ihr um die Ohren hauen. Kurzerhand markierte sie die Zeilen und löschte sie.

Missmutig starrte sie auf den Bildschirm. Warum nur hatte sie Enne vorhin nicht die ganze Wahrheit gesagt? Ihre Patentante hatte es bemerkt, da war sie sich sicher. Ihr konnte man nicht so leicht etwas vormachen. Sollte sie Enne ins Vertrauen ziehen? Ihr erzählen, dass sie einen Brief der Großmutter gefunden hatte? Und was darin stand? Ihr den Namen sagen und auch, dass sie unter diesem Namen Dokumente im GStA gefunden hatte? Sie stand auf und kam dabei an den Aktendeckel, sodass er zu Boden fiel. Ärgerlich hob sie ihn auf und warf ihn nach kurzem Nachdenken in den Papierkorb.

Als sie im Geheimen Staatsarchiv angefangen hatte, war ihr Dr. Wendt als Mentor zur Seite gestellt worden. Er war ein guter Lehrmeister, gab sich streng, was die Forschungsarbeit betraf, war aber immer hilfsbereit, wenn sie etwas nicht verstand oder Hilfe benötigte. Anfangs nur freundlich, war er nach und nach immer herzlicher geworden und hatte sie unter seine Fittiche genommen.

Eines Tages, als sie schlecht gelaunt vor einer Archivale gesessen hatte und etwas nicht entziffern konnte, hatte er zu ihr gesagt, dass er ihr etwas zeigen wolle. Mehr höflich als interessiert ging sie hinter ihm her auf den Flur. Vor einer schmalen Tür blieb er stehen, zog einen großen Schlüssel aus seinem Kittel und schloss auf. Der Geruch nach abgestandener Luft schlug ihnen entgegen.

Wendt winkte ihr, ihm zu folgen. Die Kammer war voller

einfacher Metallregale. Staunend besah sie sich die ausrangierten Geräte, die ihr vorkamen wie aus dem Museum. Graue metallene Computergehäuse mit winzigen Bildschirmen, nicht mal so groß wie ein DIN-A4-Blatt. Rechenmaschinen mit einer Kurbel an der Seite. Sogar einen Abakus entdeckte sie. Aber Wendt ging an den Geräten vorbei in die hinterste Ecke des Raums, verschwand aus ihrem Blickfeld. Sie hörte ihn unterdrückt fluchen, und kurz darauf kam er zurück, rieb sich den Kopf und hielt etwas an sich gedrückt.

»Eine Rarität, Frau Näther«, sagte er.

Amüsiert sah sie dabei zu, wie Wendt einen in ein Leinentuch gewickelten Gegenstand auf einem ausrangierten Fotokopierer absetzte und ihn dann vorsichtig auspackte.

»Eine Wood-Lampe«, erklärte er dabei stolz.

Sie nahm die kleine Lampe, die an eine Rotlichtlampe erinnerte, in die Hand und musterte sie.

»Schriften von Pergamenten abzuschaben und diese erneut als Beschreibstoff zu verwenden war früher ganz normal«, erläuterte Wendt ihr. »Sie wissen ja, Pergament, also behandelte Tierhaut, war teuer, das wurde nicht einfach weggeworfen, sondern wiederverwendet.« Wendt schaute versonnen, während er mit der Hand über die Lampe strich. »Mit der Wood-Lampe konnten wir früher verborgene und vermeintlich für immer verlorene Aufzeichnungen wieder sichtbar machen. Übrigens nennen sich die Schriften, die sozusagen auf abgeschabten Texten aufgebracht wurden, Palimpseste, aber das ist ein eigenes Forschungsgebiet.«

Als er ihre staunende Miene bemerkte, fügte er hinzu: »Mit Hilfe der Wood-Lampe wurde zum Beispiel auch Ciceros Schrift ›De re publica‹ im Vatikan entdeckt. In meiner Anfangszeit als Archivar feierten wir das Gerät noch als Wunderwaffe«, erinnerte sich Wendt, während er die Lampe wieder in den Stoff wickelte. »Heute gibt es neuere und effizientere Techniken wie etwa die Digitalisierung und spezielle Vergrößerungen. Aber zum Wegwerfen ist die Wood-Lampe dennoch zu schade.«

Als er ihren begehrlichen Blick bemerkte, huschte ein Lächeln über sein Gesicht. »Wenn Sie möchten, leihe ich sie Ihnen für einige Zeit aus. Zum Ausprobieren.«

Sie nahm ihm die Wood-Lampe vorsichtig ab, trug sie zu ihrem Arbeitsplatz und legte sie in einen Karton.

»Jeden Tag erleben wir die Störanfälligkeit unserer Computer und der modernen Technik. Da ist es nicht von Nachteil, wenn man sich mit Geräten auskennt, die früher eingesetzt wurden«, gab Wendt ihr noch mit auf den Weg.

Irgendwann hatte sie die mit Quecksilberdampf gefüllte Gasentladungslampe mit einem Entladungsgefäß aus Quarzglas mit nach Hause genommen. Sie erzeugte UV-Strahlen, das hatte sie noch nachgelesen und dann beides weggestellt und vergessen.

Jetzt klangen ihr Wendts Worte wieder in den Ohren: »Schriften von Pergamenten abzuschaben und diese erneut als Beschreibstoff zu verwenden war früher ganz normal.« Sie nahm den Aktendeckel aus dem Papierkorb. Einen Versuch ist es wert, dachte sie und schlug ihn auf.

Sie öffnete die Tür des Kleiderschranks und kniete davor nieder. Schob ihre Sportsachen energisch beiseite, um an die Kartons dahinter zu gelangen. Der erste, den sie öffnete, enthielt Socken, Schals und ausrangierte T-Shirts.

»Verena, dein zweiter Name ist Chaos«, brummte sie. Zog den nächsten Karton vor und hob den Deckel: Notizen zu ihrer Diplomarbeit. Obendrauf ein Zettel: »Eventuell zur Weiterverwendung«. »Na toll«, murmelte sie.

Im letzten Karton befand sich Funktionsunterwäsche, aber genauso wie in den ersten beiden keine Lampe. Sie überlegte. Wo hatte sie das verdammte Ding nur hingetan? Die Lampe war eine Leihgabe, sie gehörte ihr nicht einmal. Sie stand auf, stellte sich auf die Zehenspitzen, zog ihren großen Koffer vom Schrank und wuchtete ihn aufs Bett. Als sie ihn öffnete, quoll ein Sammelsurium von Dingen aus ihm heraus. Winterpullover, Skianzug, Skibrille, Handschuhe und Wollsocken.

Kurzerhand warf sie alles auf den Boden. Ganz zuunterst lag sie, in einem Badetuch. Die Wood-Lampe. Sie wickelte sie aus ihrem Schutz.

»Simsalabim«, flüsterte sie grinsend, stellte die Lampe auf den Schreibtisch und setzte sich davor. Bisher hatte sie das Gerät noch nicht ausprobiert. Es wirkte irgendwie geheimnisvoll. Sollte sie Enne jetzt sofort von der Entdeckung dieses ominösen Papierstückchens erzählen und ihr die Lampe zeigen? Zu gern wollte sie ihre Entdeckung mit jemandem teilen.

Sie ging zur Tür, öffnete sie einen Spalt und hörte Enne, die anscheinend telefonierte. Als sie die Tür wieder schließen wollte, wurde Ennes Stimme laut. Entschieden lehnte sie etwas ab. Neugierig lauschte Verena.

»Nein, das geht nicht«, sagte Enne gerade. »So gern ich auch kommen würde, wirklich. Es würde nur Ärger geben, meine Liebe.« Es folgte noch ein Murmeln, und das Gespräch war beendet.

Leise schloss Verena die Tür und ließ sich auf ihr Bett fallen. Ja, entschied sie. Sie würde Enne von dem mysteriösen Papier erzählen. Und später auch davon, dass sie im GStA ihre Familiengeschichte recherchierte. Sie würde sie ins Vertrauen ziehen. Aber nicht heute. Immer eins nach dem anderen.

Sie sprang auf und trat auf den Flur. Unten wurde eine Tür geöffnet.

»Kann ich dir etwas helfen?«, rief sie.

»Nein danke, ich komme schon zurecht.«

Gleich darauf hörte sie, wie Enne die Kellertreppe hinunterlief. Sie spähte über das Treppengeländer, hörte sie wieder hochkommen und sah, wie sie einen Koffer hinter sich herzog. Wollte sie verreisen? Davon hatte sie ihr gegenüber nichts erwähnt. Enttäuscht schloss Verena die Tür.

24

Vorsichtig positionierte Verena das Pergament unter der dicken bläulichen Glühbirne der Wood-Lampe, zog die Vorhänge vor das Fenster und löschte das Licht. Wenn versucht worden war, auf dem Pergamentstück den ursprünglichen Text zu überschreiben, dann könnte ihr dieses vorsintflutliche Gerät Gewissheit verschaffen. Sie drückte auf den altmodischen Schalthebel.

Einige Sekunden lang mussten sich ihre Augen an das eigenartige Licht der Lampe gewöhnen, dann konnte sie erkennen, wie das Dokument seine Färbung und Schattierung veränderte. Auf einmal schienen sich die Zeichen reliefartig von dem Pergament abzuheben. Neue Zeichen wurden sichtbar, nahmen eine bleigraue Färbung an.

Verena lehnte sich zurück, atmete tief durch, um ihr wild schlagendes Herz zu beruhigen. Unten im Haus hörte sie Enne hin und her laufen. Erneut richtete sie ihre Aufmerksamkeit auf die Schriftzeichen, die undeutlich am rechten Rand des Pergaments aufgetaucht waren. Es gab keinen Zweifel mehr, sie konnte zwei Tintensorten unterscheiden. Eine chemische Analyse der Tinte musste warten, aber anschließend würde sie wissen, aus welchem Jahrhundert der ursprüngliche Text stammte. Sie griff nach ihrem Vergrößerungsglas, notierte, was sich vor ihr abzeichnete, und lehnte sich zurück. Das, was durch die Wood-Lampe dort auf dem Rand des Pergaments zum Vorschein gekommen war, war nicht für die Augen von Fremden bestimmt.

Sie schaltete die Wood-Lampe aus und erhob sich. Ein Geheimnis, dachte sie aufgeregt. Was, wenn dieses Pergament etwas mit dem Anschlag auf den Mann im Lastenfahrstuhl zu tun hatte? Die Polizei musste über ihren Fund informiert werden.

Sie fummelte in ihrer Jeanstasche und zog das zerknitterte Visitenkärtchen heraus. Eine Telefonnummer stand dabei. Aber würde Hauptkommissar Rödelheim, der sie so herablassend behandelt hatte, ihr überhaupt zuhören?

Vielleicht doch besser Wendt?, überlegte sie. Unschlüssig

hockte sie sich wieder auf die Bettkante. Oder Enne? Aber die schien gerade mit anderen Dingen beschäftigt zu sein.

Möglicherweise würde sie selbst demnächst ja mehr herausfinden, dann könnte sie Wendt Fakten präsentieren. Fakten sind das Gerüst, das man benötigt, um zu logischen Schlüssen zu gelangen, so lautete Ennes Leitspruch.

Entschlossen stand Verena vom Bett auf, verstaute das Pergament und ihre Notizen und stellte die Lampe in den Schrank.

Schwere graue Wolken schoben sich über den Himmel, als Verena am nächsten Morgen das Haus verließ und sich auf das Rad schwang, um nach Dahlem zu fahren. Die durchsichtige Regenpelerine hielt zwar die Feuchtigkeit ab, trotzdem fröstelte sie. Das Wetter hatte abrupt in den Herbstmodus umgeschaltet. Die Sonne hatte an diesem Tag verschlafen und sich entschieden, erst später zu erscheinen.

Als sie vorhin leise die Treppe hinuntergeschlichen war, hatte sie Enne bereits reisefertig in der Küche vorgefunden.

»Eine Freundin hat mich gebeten, sie zu besuchen. Die Bitte konnte ich ihr einfach nicht abschlagen«, hatte sie erklärt. Während sie noch eilig verschiedene Sachen in ihre Handtasche warf, bat sie Verena, daran zu denken, Churchill Futter zu geben und bei jedem Verlassen des Hauses die Alarmanlage einzuschalten. In letzter Zeit sei in der Umgebung wieder verstärkt eingebrochen worden.

Verena hob die Hand an die Stirn und erwiderte: »Kater füttern, Haus abschließen, Alarmanlage einschalten – aye, aye, Sir.«

»Na, na, na«, drohte Enne mit erhobenem Zeigefinger. »Wenn schon, dann: Ma'am.« Schmunzelnd strich sie ihr über die Wange und drückte ihr etwas in die Hand. »Damit du in der Zwischenzeit nicht Hunger leiden und Lebendfallen im Garten aufstellen musst. Wildschweine haben wir ja genug im Angebot.« Ehe Verena sich bedanken konnte, griff Enne schon nach ihrem Koffer und der Handtasche und war zur Tür hinaus.

»Gute Reise und komm gesund wieder!«, rief Verena ihr noch nach, als die Tür schon ins Schloss fiel. Dann erst sah sie die beiden Hundert-Euro-Scheine und fühlte etwas wie Scham in sich aufsteigen. Enne sorgte sich immer noch um sie, obwohl sie kein Kind mehr war und dank der Erbschaft ihrer Großeltern für sich selbst aufkommen konnte. Sie würde ihr alles erzählen. Gleich wenn sie zurückkam, nahm sie sich fest vor.

Ordnungsgemäß meldete Verena sich im Hauptgebäude beim Pförtner an, der sie zwar misstrauisch beäugte, aber nichts sagte.

Über den Verbindungsgang lief sie zum rückwärtigen Gebäudeteil und weiter bis zum Magazinsaal.

Auf ihrem Tisch fand sie eine Liste der zu erledigenden Aufgaben von Wendt. Daneben zwei Post-its. »BITTE VORBEREITEN«, stand in Großbuchstaben auf dem ersten. Auf dem zweiten: »Komme gegen neun Uhr. Arzttermin mit meiner Frau.«

Unschlüssig blickte Verena auf die beiden Zettel und dann auf ihr Handy. Es war sieben Uhr dreißig. Um diese Zeit machten die Magaziner immer ihre Kaffeepause. Entschlossen griff sie nach ihren Notizen. Sie war so weit gekommen, jetzt musste sie auch das Dokument finden, zu dem die Signatur gehörte. Natürlich würde sie damit zum alten Wendt gehen und ihm alles zeigen. Aber erst später.

Faber est suae quisque fortunae. Jeder ist seines eigenen Glückes Schmied. Der Spruch ihres alten Lateinlehrers ging ihr durch den Kopf, als sie zum hinteren Treppenaufgang lief. Immer noch war dort rot-weißes Flatterband gespannt. Sie bückte sich darunter hindurch und ging die Stufen nach unten. An der Außenwand des Lastenfahrstuhls konnte man das rotbraune Kontrastpulver, eine Mischung aus Ruß und Eisenoxid, erkennen. Auch der Absatz davor wies Spuren der Arbeit der Kriminaltechnik auf. Sie vermied es, auf die Reste zu treten, und schlüpfte erneut unter dem Flatterband hindurch zum nächsten Treppenabsatz.

Als sie die Tür zum unteren Magazinsaal einen Spalt breit öffnete, hörte sie, wie auf der anderen Seite eine Tür zufiel. Sie lauschte. Wartete. Dann ging sie vorsichtig hinein, schlich leise zur Fensterfront und spähte hinaus. Sah gerade noch, wie vor dem Eingang ein schwarzer Schirm aufgespannt wurde und jemand dicht an der Wand des Gebäudes entlanghastete. Sie blickte sich um. Sie war allein. Besser, sie beeilte sich mit dem, was sie vorhatte.

Vor ihr standen Regale in akkuraten Reihen, von oben bis unten beladen mit wertvollen Akten. Es war ruhig, nur die Neonlampen über ihr knisterten leise. Ein Hauch von Vergangenheit hing in der Luft.

Sie ging an den Regalreihen aus grauem Metall entlang und suchte nach der entsprechenden Buchstabenkombination. Verpackt in preußische Schürzen, lose Umschläge für eine oder auch mehrere Akten oder Blätter, lag hier das wertvolle Schriftgut des einstigen preußischen Staates. Gleich an einem ihrer ersten Tage im Geheimen Staatsarchiv hatte der alte Wendt ironisch bemerkt: »Wir arbeiten in einem Staatsarchiv, dem der Staat abhandengekommen ist.« Als sie ihn fragend angesehen hatte, hatte er melancholisch hinzugefügt: »1947, lange vor Ihrer Zeit, beschloss der Kontrollrat der Alliierten, den Staat Preußen mit seiner Zentralregierung und allen Behörden aufzulösen. Ein Novum in der deutschen Geschichte. Aber so war das nun mal nach einem der schlimmsten Kriege, den wir Deutschen angefangen haben.«

Verena prüfte die Schilder auf der Vorderseite der Aktenbündel. Über die Hälfte der Gänge hatte sie bereits durchsucht. Sie rieb sich die brennenden Augen, schaute auf die Uhr. Sie musste sich beeilen. Bald kämen die Magaziner von ihrer Frühstückspause zurück. Sie gähnte, blinzelte, riss die Augen auf. Da stand es. Direkt vor ihr. Die Repositur FM, die Freimaurerarchivalien. Langsam lief sie weiter, bis sie die Ziffer Fünf entdeckte. Ihr Herz klopfte ihr bis zum Hals, als sie den gesuchten Aktenfaszikel sah: GStA PK, FM, 5.1.4.

Heiße Freude durchflutete sie. Sie hatte es gefunden. Als

vom Gang her Schritte erklangen, streifte sie sich schnell Baumwollhandschuhe über, wollte danach greifen, hielt aber inne. Eine Tür klappte. Ein Mann sagte etwas. Gleich darauf lachte eine Frau. Sie musste weg, nach oben zu ihrem Arbeitsplatz. Wenn die Archivare sie hier finden würden, müsste sie sich auf die Schnelle eine glaubwürdige Ausrede ausdenken. Doch die Stimmen wurden leiser, entfernten sich. Eine weitere Tür klappte, dann herrschte wieder Stille.

Sie starrte auf die Aktenfaszikel auf dem Regalbrett vor sich. Alle waren mit säurehaltigem Papier geschützt und mit einem einfachen Bindfaden verschnürt.

Sie hörte ein kaum wahrnehmbares Quietschen. Vorsichtig, jedes Geräusch vermeidend, entfernte sie sich. Öffnete die hintere Tür und rannte die Treppen hinauf. Der Aktenfaszikel, nach dem sie gesucht hatte, war mit einem neuen Faszikelband aus Baumwollgewebe verschnürt gewesen. Dafür gab es nur eine Erklärung: Die Akte war geöffnet worden.

25

Außer Atem ließ sie sich auf den Stuhl an ihrem Schreibtisch fallen und schaltete die Arbeitslampe ein. Ihre Sachen lagen immer noch dort, wo sie sie abgelegt hatte. Die Akte mit der geheimnisvollen Signatur war greifbar nahe gewesen. Aber sie hatte sie nicht herausgezogen, auch, weil feste Regeln für jede Ausleihe galten.

Du standest direkt davor, flüsterte ihre innere Stimme. Niemandem wäre es aufgefallen. Doch, dachte sie, demjenigen, der zuvor das alte Faszikelband gegen ein neues ausgetauscht hatte.

»Frau Näther«, schreckte sie die heisere Stimme des alten Wendt auf. Gebeugter als sonst, so schien es ihr, kam er mit seiner Aktenmappe in der Hand auf sie zu, auf seiner Stirn glitzerten feine Schweißperlen.

»Geht es Ihnen nicht gut, Herr Dr. Wendt?«

»Gab schon bessere Tage«, meinte er trocken, während er seine abgenutzte braune Tasche auf den Boden neben den Tisch stellte. »Nichts als Ärger.« Er zog ein weißes Leinentüchlein hervor und schnäuzte sich.

»Wie geht es Ihrer Frau?«, erkundigte sie sich.

»Ach, das wollen Sie gar nicht wissen«, entgegnete er gereizt. »Nichts Neues. Sie bekommt ihre Medikamente. Manchmal helfen sie, manchmal nicht.« Er fuhr sich durch das schüttere graue Haar. »Außerdem wurde vor einigen Tagen in meine Garage eingebrochen, das ist sehr ärgerlich.«

»Haben Sie die Polizei verständigt?«

»Wegen gebrauchtem Krempel? Die unternehmen doch sowieso nichts«, entgegnete er und streifte sich seinen grauen Arbeitskittel über. Blickte auf das Papier, das er ihr hingelegt hatte und auf dem nicht eine Position abgehakt war. Vorwurfsvoll schaute er sie über den Rand seiner Brille an.

»So geht das aber nicht, junge Dame. Wenn ich Sie bitte, etwas für unsere Arbeit vorzubereiten, erwarte ich, dass Sie das entsprechend erledigen.«

»Entschuldigen Sie bitte, Herr Dr. Wendt, aber ich habe etwas entdeckt. Es«, sie biss sich auf die Lippe, »es hat nicht direkt etwas mit unserer üblichen Forschungsarbeit zu tun.«

Prüfend blickte er sie an.

Kurz entschlossen holte Verena aus ihrer Mappe das Stück Pergament und ihre Notizen heraus. Breitete alles auf dem Tisch aus und erzählte, wo sie das Papier gefunden, was daran ihre Neugier geweckt und was sie darüber bereits mit Hilfe der Wood-Lampe herausgefunden hatte.

Wendt hörte ihr schweigend zu. Als sie geendet hatte, nahm er das Pergament und betrachtete es genauer. »Und jetzt wollen Sie mit mir in den anderen Magazinsaal und nach der Faszikelnummer suchen, nehme ich an?«

Sie wich seinem Blick aus.

»Sie waren bereits dort«, erriet er.

Verena nickte.

»Haben Sie unter der Signatur etwas gefunden?«

»Nein.« Sie verschwieg, dass sie sehr wohl etwas entdeckt hatte, dann aber gestört worden war.

»Sie wissen, dass ich Ihre Eigenmächtigkeit melden müsste?«

Verena nickte zerknirscht.

»Andererseits bewerte ich Ihre wissenschaftliche Neugierde positiv«, erklärte er und lächelte. »Dann wollen wir mal schauen, was sich hinter der mysteriösen Signatur verbirgt. Kommen Sie.«

Wenig später stand Verena mit Dr. Wendt zwischen den Regalen mit den Masonica-Beständen. Wendt fand die Signatur überraschend schnell, streifte seine Handschuhe über und zog den entsprechenden Aktenfaszikel heraus. Auf dem Arbeitstisch entfernte er das Band und öffnete das Aktenbündel.

Verena wartete. Fiel Wendt nichts auf? Bei Archivalien entging ihm doch normalerweise nichts. Sie zog sich ebenfalls Handschuhe über.

Er legte die Verpackung sorgfältig zur Seite. »Hier handelt es sich um Dokumente der Freimaurerloge ›Aux trois globes‹. Das ist die Große National-Mutterloge ›Zu den drei Weltkugeln‹, die älteste Freimaurer-Großloge Deutschlands.« Und da Verena nickte, fügte er hinzu: »Sie wissen, dass Friedrich II. die Loge in Rheinsberg gründete?« Er wartete eine Antwort nicht ab, nahm ein Dokument heraus und legte es auf die Tischplatte. »Hier, sehen Sie.« Stolz deutete er darauf. In französischer Sprache stand dort: »Protokollbuch der Loge ›Aux trois globes‹ vom 13. September 1740«.

»Das Gründungsdatum«, erklärte Wendt. Behutsam legte er die weiteren Seiten nebeneinander und überflog dabei kurz deren Inhalt. »Soweit ich das erkennen kann, enthalten diese Dokumente nichts, was nicht schon bekannt ist.« Er lächelte. »Ist Ihre Neugierde damit befriedigt?«

Verena schoss die Röte ins Gesicht. Albern und naiv kam sie sich vor. Sie hatte sich von einem alten Pergamentfragment zu einer Art Schnitzeljagd verleiten lassen. Geglaubt, ein neues Faszikelband sei ein Hinweis darauf, dass sich auch jemand anderes für die Akte interessierte, weil diese ein Geheimnis verbarg.

»Machen Sie sich nichts daraus«, sagte Wendt, der ihr Gefühlsleben zu erraten schien. »Das ist unser normaler Arbeitsalltag. Man archiviert, sucht, transkribiert und hofft immer mal wieder, den großen Wurf gelandet zu haben, der sich im besten Fall als ein kleiner herausstellt.«

Ein rhythmisches Klopfen ließ ihn zusammenfahren. Er zog sein Smartphone hervor und schaute auf das Display. »Sie entschuldigen mich bitte«, murmelte er und lief zur anderen Seite des Raumes.

Verena legte die Schriftstücke wieder zusammen. Strich mit den behandschuhten Fingern darüber. Schon immer hatte sie die Haptik von altem Papier geliebt. Es war ihr eine Ehre, diese jahrhundertealten Schriftstücke, die von einer längst vergangenen Zeit berichteten, berühren und lesen zu dürfen. Als die Ecke eines Schriftstücks unter einem anderen hervorsah, öffnete sie das Aktenkonvolut noch einmal, um es sorgfältig einzuordnen, damit es keinen Schaden nahm. Dabei strich sie über das Papier. Hielt inne. Strich noch einmal darüber. Stutzte. Es fühlte sich anders an.

Sie schaute hinüber zu ihrem Mentor, der noch immer telefonierte, zog einen Handschuh aus und fuhr mit der Handfläche über das Papier.

Wendt lehnte an einem Fenster, ins Gespräch vertieft.

Verena nahm das Blatt und hielt es unter die Arbeitslampe. Im hellen Schein kontrastierten die feinen Buchstaben dunkel mit dem elfenbeinfarbenen Papier.

»Frau Näther? Was machen Sie denn da? Wo sind Ihre Handschuhe?«

Erschrocken fuhr Verena herum. »Schauen Sie doch nur, Herr Dr. Wendt«, sagte sie aufgeregt.

26

Auch Wendt berührte das Papier. »Tatsächlich«, sagte er. Griff nach seiner Aktentasche, nahm ein abgenutztes Lederetui heraus, öffnete es und zog eine feine Pinzette hervor. Mit ihrer Hilfe löste er behutsam die beiden Seiten voneinander, aus denen das Dokument bestand. Zwischen ihnen lag ein versiegelter Umschlag.

»Bitte«, flüsterte Wendt und hielt Verena das Kuvert hin. »Sie haben es entdeckt, Ihnen gebührt die Ehre.«

Mit bebenden Fingern nahm Verena den Umschlag und legte ihn unter die Lampe des Arbeitstisches. Das Siegel leuchtete dunkelrot.

Wendt beugte sich darüber, nahm seine Brille ab, putzte sie und betrachtete es erneut. »Das Siegel Friedrichs des Großen«, sagte er bedeutungsvoll.

»Das dürfen wir nicht einfach brechen, oder?«

»Wo denken Sie hin.« Er griff nach seiner Lupe und neigte sich wieder tief über das Kuvert.

»Es wurde bereits geöffnet«, sagte er schließlich. »Überzeugen Sie sich selbst.«

Sie nahm die Lupe und konnte deutlich den feinen Riss erkennen, der sich unterhalb des Siegels langzog.

»Bitte notieren Sie Datum, Uhrzeit und in welchem Aktenfaszikel wir das Schriftstück gefunden haben«, ordnete Wendt an.

Während Verena ein Notizbüchlein hervorzog und alles aufschrieb, fotografierte er mehrmals das Kuvert. »Ich denke, damit haben wir unseren Fund erst einmal ausreichend dokumentiert.« Er nahm ein sauberes Leinentuch aus einer Schublade und breitete es auf der Arbeitsplatte aus. Behutsam, als wäre es zerbrechlich, legte er das Kuvert darauf, griff erneut nach der Pinzette und hob damit langsam und vorsichtig das Siegel an.

Atemlos verfolgte Verena jeden von Wendts Handgriffen.

Dann sammelte sich ihr Mentor für einen Moment und öffnete das Kuvert.

Vorsichtig zog er ein Pergament heraus, faltete es beinahe zärtlich auseinander und legte es auf das Tuch.

Gebannt starrte Verena auf einen Brief. Schwungvoll geschriebene Buchstaben, die sich zu Worten in französischer Sprache zusammensetzten. Sie versuchte, sie zu lesen, aber Wendt hatte sich schon wieder über den Brief gebeugt und verdeckte ihn.

»Ein Autograf«, sagte er kaum hörbar und schaute sie an. Seine bleichen Wangen hatten sich gerötet. »Frau Näther, das, was Sie hier sehen, ist ein handschriftlich verfasster Brief Friedrichs des Großen.«

Verena schaute ihn entgeistert an.

Wendt lächelte: »Meine Hochachtung. Wenn ich das richtig einschätze, ist dieses Autograf besonders wertvoll. Ich werde es an mich nehmen und dafür sorgen, dass es wissenschaftlich ausgewertet wird.« Er schlug Brief und Kuvert jeweils in einen Bogen Seidenpapier ein, erhob sich ächzend und ging zu einem Regal, in dem Kartonagen lagen. Mit einem Karton kam er zurück zum Schreibtisch und legte Brief und Kuvert wieder zwischen die zwei Dokumentseiten, diese zurück in den Aktenfaszikel und alles zusammen in den Karton. Dort, wo sie die Akte entnommen hatten, deponierte er einen gelben Schein mit der Signatur der Akte.

»Ich werde sofort die Direktorin informieren.« Er sah sie ernst an. »Sie bewahren bis auf Weiteres bitte Stillschweigen über unseren Fund.« Wendt strich über den Karton und lächelte. »Ein schöner Tag, Frau Näther, obwohl er für mich nicht gut angefangen hat.« Er klemmte sich seine Aktentasche unter den Arm, nahm vorsichtig den Karton und verließ den Magazinsaal.

Enttäuscht sah ihm Verena hinterher. Wieso durfte sie ihn nicht begleiten? Sie hatte doch die Entdeckung gemacht, nicht er. Und hätte er nicht alles so lassen müssen, wie sie es vorgefunden hatten? Schnell zog sie ihr iPhone hervor. Als Wendt den Karton geholt hatte, hatte sie den Brief fotografiert. Sie wollte wissen, was darin stand. Sie schickte sich das Bild an ihre Mailadresse.

Zurück an ihrem Arbeitsplatz vergrößerte sie das Foto auf ihrem Laptop und beugte sich vor.

»Sanssouci, den 26. Juli 1747«, konnte sie lesen.

Die Tür des Magazinsaals wurde aufgestoßen, und zwei Archivare betraten lauthals diskutierend den Raum. Als sie Verena entdeckten, rief einer von ihnen, ein schlanker dunkelhaariger Mann Anfang dreißig: »Was haben Sie denn mit Dr. Wendt gemacht? Wie eine Rakete ist er an uns vorbeigeschossen, hätte uns beinahe umgerannt.«

Schnell klappte sie ihren Laptop zu, verstaute alle Unterlagen in ihrer Tasche, winkte den beiden zu und lief zum Ausgang des Saals.

Vor der Tür zum Büro der Direktorin atmete sie ein paarmal durch, klopfte und drückte dann, ohne auf eine Antwort zu warten, die Klinke hinunter. Die Tür war verschlossen.

»Na, Nätherchen, alles in Ordnung?« Peer Schmied von der Aktenausgabe bog schmunzelnd um die Ecke.

»Alles im grünen Bereich«, erwiderte Verena mit schiefem Grinsen.

»Wenn du Frau Dr. Kuhn suchst, die ist heute mit dem Leitungsstab auf Schloss Meseberg.« Als er ihren enttäuschten Blick bemerkte, fragte er: »Ist es wichtig?«

»Hast du Dr. Wendt gesehen?«, fragte Verena einer Eingebung folgend.

»Wendt?«, erwiderte Schmied. »Ja, der hat eben das Haus verlassen.«

27

Was wollte der von ihm? Er musterte den groß gewachsenen, schlanken Mann im weißen Kittel mit der hohen Stirn, die in den blanken Schädel überging.

»Jetzt kümmere ich mich um dich, Desmond«, hatte er zu ihm gesagt und ihn angesehen, als würden sie sich schon ewig kennen. Aber er kannte ihn nicht. Sein Lächeln wirkte aufgesetzt, bemüht freundlich. Leute, die so lächelten, hatte er noch nie gemocht.

»Du kommst wieder auf die Beine, alter Schwede. Wird schon wieder«, sagte der Mann im Kittel, umfasste das Bettgestell am Fußende und ruckelte sanft daran.

Sofort flammte der Kopfschmerz wieder in ihm auf.

»Du wolltest mir doch helfen, mein Handicap zu verbessern, darauf sollten wir jetzt zügig hinarbeiten.«

Hinarbeiten, was war denn das für eine Ausdrucksweise? Und wer war Desmond? Vage kam ihm der Name bekannt vor. Und was faselte der andere von einem Handicap? Golf spielen, das war was für alte Männer, aber doch nicht für ihn. Er war in den besten Jahren. Unruhig zuckten seine Hände über die Bettdecke. Er blickte hilfesuchend zu dem zweiten Mann, der etwas weiter entfernt stand. Dunkelhaarig, mit klarem, durchdringendem Blick und einer Nase, die ihm gleich bei dessen Eintreten aufgefallen war. Sie sah aus wie die vom Alten Fritz auf dem Bild »Das Flötenkonzert Friedrichs des Großen« von Adolph von Menzel, das in der Alten Nationalgalerie hing. Eine hervorragende Kopie davon prangte zu Hause über dem Flügel und war ihm von Kindheit an vertraut. Aber wo war sein Zuhause? Sosehr er sich auch anstrengte, es wollte ihm nicht einfallen.

Der Kittelmensch nahm seine Hand. Tätschelte sie, als wäre er ein Kleinkind. »Wird schon wieder«, wiederholte er sich.

Dachte der, er verstünde ihn nicht? Er versuchte ihm die Hand zu entziehen. Er hatte es noch nie gemocht, wenn man ihn anfasste, und schon gar nicht Leute, die er nicht kannte. Den Namen des zweiten Mannes hatte er nicht verstanden. Er strahlte eine angenehme Ruhe aus, seit der mit im Zimmer war, fühlte er sich nicht mehr so verletzlich. Er blickte in dessen Augen. Der Zweite nickte ihm zu. Mit ernster Miene, drängte sich nicht auf.

Dass er in einem Krankenhaus war, das wusste er. In einem anderen als zuvor. Er war ja nicht blöd, auch wenn die anderen dachten, er bekäme nichts mit. Er hatte es sofort bemerkt. An der Wand gegenüber seinem Bett hing ein Druck von Emil Nolde: »Sonnenblumen«. Er mochte die ausdrucksstarken Farben Noldes, auch wenn über dessen Vergangenheit in der Nazizeit kontrovers diskutiert wurde. Seine Bilder waren einfach nur schön. Das konnte er beurteilen. Vor dem Fenster stand ein lackierter Holztisch mit zwei weißen Ledersesseln und darauf eine Vase mit Blumen. Waren die hier farbenblind? Rosafarbene Dahlien. Die passten doch überhaupt nicht zu der apricotfarbenen Wand und störten sein ästhetisches Empfinden.

Als er bemerkte, dass sich der Kahlköpfige im weißen Kittel leise mit dem anderen unterhielt, setzte in seinem Kopf wieder das Stechen ein. Er stöhnte. Sie sollten gehen. Beide. Er wollte seine Ruhe haben.

»Hören Sie auf, mich wie ein Kleinkind zu behandeln!«, sagte er ärgerlich. »Und Ihr kumpelhaftes Geduze verbitte ich mir.« Er versuchte, seiner Stimme mehr Volumen zu geben, den herablassenden Ton, der ihm eigentlich in Fleisch und Blut übergegangen war, anzuschlagen. Doch über seine Lippen kamen nur unzusammenhängende Laute. Sein Kopf sank in die Kissen zurück. Verzweiflung schoss in ihm hoch.

Lilienthal und Dr. Thomas Stinnes hatten sich ihm sofort zugewandt, als der Patient zu sprechen versuchte. Aber Desmond Holm hatte nur Unverständliches von sich gegeben und schloss jetzt schon wieder die Augen.

»Seine Wachzeiten sind momentan ziemlich kurz«, erklärte Stinnes Lilienthal. »Ich hatte gehofft, dass er mich als seinen langjährigen Freund erkennen würde, aber dem scheint nicht so zu sein. Leider.«

Die beiden Männer traten auf den Flur der Privatstation im obersten Stockwerk des Ernst-von-Bergmann-Klinikums in Potsdam.

»Können Sie abschätzen, wann Herr Holm wieder seine Gedächtnisleistung zurückerlangt?«, wollte Lilienthal wissen.

Stinnes zuckte mit den Schultern. »Schwer zu sagen. Unter Umständen ist eine vollständige Rehabilitation nicht mehr möglich.« Er nickte einer vorbeieilenden Schwester freundlich zu, bevor er sich wieder an Lilienthal wandte.

»Die Kollegen vom Campus Benjamin Franklin haben bereits den GCS-Wert ermittelt. Dabei erhält der Patient für bestimmte Reaktionen Punkte«, erklärte Dr. Stinnes. »Holms Wert liegt bei etwa drei bis acht, was auf ein schweres Schädel-Hirn-Trauma hindeutet. Bei dieser Diagnose bleiben Folgeschäden in der Regel nicht aus. Der Patient ermüdet schnell, leidet unter einer Aufmerksamkeits- und Konzentrationsschwäche. Vielfach auch unter Gedächtnis- und Denkstörungen. Und wie Sie selbst bemerken konnten, besteht immer noch eine Aphasie, also eine Sprachstörung.«

»Hat er auch eine Amnesie?«, wollte Lilienthal wissen.

Dr. Stinnes nickte. »Die vorläufigen Tests sprechen für eine retrograde Amnesie. Das heißt, dass sich der Patient an einen Zeitraum vor der Hirnschädigung nicht mehr erinnern kann. Diese Art von Amnesie kann von Sekunden bis zu Monaten reichen. Auch dass er keine Angaben zur eigenen Person machen kann, passt ins Bild. Störungen dieser Art treten meist in der Frühphase nach dem Ereignis auf. Wir müssen ihm einfach Zeit geben.«

»Zeit«, erwiderte Lilienthal seufzend, »ist genau das, was wir bei unseren Ermittlungen nicht haben.«

28

Alles veränderte sich. Die Wand mit dem Nolde-Bild löste sich auf. Zerfiel in immer winzigere Farbteilchen. Die Männer, die eben noch vor seinem Bett gestanden hatten, wurden kleiner, schemenhafter und verblassten schließlich. Die Dunkelheit, die ihn umgab, ließ ihn ruhig werden. Der Schmerz zog sich zurück und verschwand.

Auf einmal hörte er Stimmengewirr. Weiches Sächsisch. Holm drehte sich um, ließ seinen Blick durch den Saal schweifen. Kein Platz war frei. Das war seine Welt. Gleich würden alle an seinen Lippen hängen. Sparsam nur würde er seine Gesten einsetzen, sich langsam und deutlich artikulieren, Pausen zwischen den Sätzen machen. Warten, bis deren Inhalt in den Köpfen angekommen war. Das erhöhte die Aufmerksamkeit. Er war Profi. Er wusste, wie man Menschen faszinieren konnte. Manipulieren, würden manche sagen, aber das Wort mochte er nicht. Fand es unanständig und auch zu profan für das, was er tat und konnte.

Er sah sich als eine Art Künstler. Denn für das, was er den Leuten zu sagen hatte, brauchte es Cleverness und vor allem Empathie. Niemand hier erwartete eine trockene betriebswirtschaftliche Abhandlung von ihm. Anerkennung, das war es, wonach die Menschen im Saal in erster Linie lechzten. Und die konnte er rüberbringen. Auf Abruf.

Irene Rademacher hatte ihn soeben auf der improvisierten Bühne angekündigt. Jetzt nickte sie zu ihm hinunter in die erste Reihe. Rasch rückte Holm noch einmal die Krawatte zurecht, nahm seine Unterlagen und lief mit weit ausholenden Schritten zum Rednerpult. Wartete, bis sich das Getuschel und das Räuspern gelegt hatten.

Die Belegschaft war vollständig anwesend, wie ihm Irene Rademacher vorhin zugeraunt hatte. Die Männer und Frauen saßen an rechteckigen Resopaltischen, randvolle Aschenbecher vor sich, dazwischen Gläser und Club-Cola-Flaschen, und schauten ihn erwartungsvoll an. Warteten. Nach dem Verhandlungsmarathon der letzten Wochen würde er ihnen heute endlich die Ergebnisse mitteilen. Hier in der Kantine der Elisabethenhütte im sächsischen Schwicka.

Neben ihm am Pult stand selbstbewusst Irene Rademacher,

Exportleiterin des Werks und Verhandlungsführerin für die Leute vom Kombinat. Mit sportlich kurzen kastanienroten welligen Haaren, in dunklen Hosen und einer weißen Bluse, unter der sich ihr praller Busen wölbte. Bis eben hatte sie zu den Kollegen gesprochen, sie eingestimmt auf das, was er gleich verkünden würde.

Verkaufen. Dafür war er hier, um denen da vor ihm den Verkauf schmackhaft zu machen. Ihnen blühende Landschaften zu versprechen. Kohl hat gute Vorarbeit geleistet, dachte er und hielt ein zufriedenes Grinsen zurück. Aber auch Irene Rademacher. Dass sie ein Glücksfall war, hatte er sofort bei ihrer ersten Begegnung gewusst.

Am 1. März 1990 hatte der Ministerrat der DDR unter der Modrow-Regierung die Gründung einer »Anstalt zur treuhänderischen Verwaltung des Volkseigentums« beschlossen. Irene Rademacher hatte zur Oppositionsgruppe »Demokratie jetzt« gehört, die die Vorlagen für die Sitzung des Runden Tisches ausarbeitete und zusammenstellte. Die Treuhandanstalt, kurz THA, war noch in der Spätphase der DDR gegründet und mit der Aufgabe betraut worden, die volkseigenen Betriebe der DDR nach den Grundsätzen der sozialen Marktwirtschaft zu privatisieren und deren Effizienz und Wettbewerbsfähigkeit zu sichern oder sie, wenn nicht anders möglich, stillzulegen.

Im Sommer 1990 waren der Treuhand circa achttausendfünfhundert Betriebe mit mehr als vier Millionen Beschäftigten unterstellt. Mit der Wiedervereinigung wurde sie zu einer bundesunmittelbaren Anstalt des öffentlichen Rechts und kam unter die Fachaufsicht des Bundesfinanzministeriums. Doch ihre Ausstattung mit Personal und Sachmitteln war mehr als unzureichend für die anstehenden Aufgaben, weshalb die Bundesregierung entschied, erfahrene westdeutsche Wirtschaftsführer mit an Bord zu holen.

Nachdem Detlev Karsten Rohwedder, der erste Chef der Treuhandanstalt, am 1. April 1991 von RAF-Terroristen ermordet worden war, wurde Birgit Breuel, ehemalige Finanzministerin von Niedersachsen, zu dessen Nachfolgerin gewählt. Die ihn, Holm, in die Behörde geholt hatte. Bis jetzt lief für ihn alles ausgezeichnet.

»Schnell privatisieren, da das die beste Form der Sanierung ist, und entschlossen da sanieren, wo Zukunft möglich ist. Aber auch behutsam stilllegen.« Das waren die drei Grundsätze, die Birgit Breuel ihm und seinen Kollegen mit auf den Weg gegeben hatte, doch im Grunde lag alles mehr oder weniger in seinem eigenen Ermessen.

Irene Rademacher ist unbestreitbar eine Respektsperson in diesem Betrieb, dachte er nun wieder, da sie nebeneinanderstanden.

»Kolleginnen und Kollegen!«, hatte sie den Menschen in der Kantine zugerufen. »Wir mit unseren Produktionsmitteln sind nicht irgendein volkseigener Betrieb, der jetzt der Treuhand unterstellt ist. Nein, liebe Kollegen, unsere Produkte sind marktfähig, auch im kapitalistischen Ausland.« Sie hielt das Cover eines Magazins hoch. »Inzwischen sind wir berühmt. Zeitungen haben über uns geschrieben, sogar ›Der Spiegel‹. Man kennt das Kombinat und uns jetzt auch in Westdeutschland.«

Geschickt wie ein Profi aus der Medienbranche zieht sie die Belegschaft auf unsere Seite, hatte er anerkennend gedacht.

»Wir sind stolz darauf, dass unsere Keramik-Isolatoren in der ganzen Welt begehrt sind!«, fuhr sie fort, und die Belegschaft jubelte wieder. »Kollegin Brandner«, sie zeigte auf eine füllige Frau mit hochtoupierten aschblonden Haaren in der ersten Reihe, »wird es bestätigen. Die Auftragsbücher der Elisabethenhütte sind voll bis in das nächste Jahr hinein. Und das ist allein unserer Arbeit zu verdanken. Das ist unser Erfolg.«

Wieder musste sie warten, bis das Klatschen der Menge verebbt war. »Wir sind keine Bittsteller«, sagte sie dann etwas ruhiger. »Wir können auch Forderungen stellen und deshalb gelassen in die Zukunft schauen.«

»Jawohl«, schallte es ihr entgegen. »Wir sind das Volk.«

Sie hatte die Rufe und den Applaus lächelnd über sich ergehen lassen. »Daran konnte die Treuhand nicht vorbei, dem hat Herr Holm vorhin beigepflichtet. Also macht euch keine Sorgen, Kollegen und Kolleginnen. Unsere Produkte werden geschätzt, wir werden geschätzt. Unser Betrieb wird nicht geschlossen.«

Einen besseren Einstieg hätte er sich nicht wünschen können. Jetzt bestätigte er knapp, was Irene Rademacher angedeutet hatte, dass die Investoren ihm die Tür einrannten. Verschwieg auch nicht, dass seine Aufgabe darin bestand, ertragsorientiert einen möglichst hohen Privatisierungserlös zu erzielen, dabei aber möglichst viele Arbeitsplätze zu erhalten, was jedoch gerade im Fall der Elisabethenhütte eine extrem komplexe Vertragsgestaltung voraussetzte.

Der letzte Satz ging im allgemeinen Jubel unter. Die Gesichter vor ihm glänzten, waren so voller Hoffnung. Das hatte er beabsichtigt. Mit seiner positiven und vertrauensvollen Art die Leute auf das Kommende einzustimmen. Niemand hier merkte, dass das alles nur Show war. Die Atmosphäre im Raum war gelöst, beinahe ausgelassen. Die Menschen vor ihm glaubten, was er sagte, und das war das Wichtigste. Dafür war er hier.

29

Als Lilienthal zurück ins Präsidium kam, entdeckte er auf dem Parkplatz Rödelheims Wagen. Der schon wieder, dachte er gereizt. Ging vorbei an seinem Dienstzimmer zu seinem ehemaligen Büro, das jetzt das von Susanne war.

Die Tür war nur angelehnt. Als er sie aufstieß, sah er Susanne vor ihrem Laptop sitzen, neben sich Heike und Rödelheim, auf dem kleinen Besprechungstisch vor ihnen die Fallakte Holm. Heike sagte gerade etwas zu den beiden, strich sich mit einer verlegenen Geste eine Strähne ihrer blonden Haare, die sich gelockert hatte, aus der Stirn.

Rödelheims Charme hat es ihr offensichtlich angetan, dachte Lilienthal amüsiert. Als er eintrat, grinste ihn durch die offen stehende Tür zum Nachbarbüro Kalumet an, der hinter seinem Computer saß.

Susanne nickte ihm zu und deutete auf den Stuhl neben sich. »Wir haben auf dich gewartet«, sagte sie diplomatisch.

Kalumet schlenderte mit zwei Bechern Kaffee heran, reichte Lilienthal einen und setzte sich dazu.

»Manni Langer hat mit seinen Experten das Kellergewölbe nicht nur kriminaltechnisch untersucht, sondern auch eine Liste vom gesamten Inventar in Holms Schatzkammer gemacht«, informierte Susanne Lilienthal. »Und unser Berliner Kollege hat den Staatsminister für Kultur im Bundeskanzleramt eingeschaltet und den zuständigen Beamten über die Bilder und Artefakte in Holms Gewölbe umfassend informiert.«

Lilienthal nickte. Das war der korrekte Dienstweg. Deswegen musste Susanne Rödelheims Vorgehen nicht besonders hervorheben, dachte er ärgerlich.

»Heike hat vorhin die Liste auch dem Brandenburger Ministerium für Wissenschaft und Kultur persönlich übergeben.«

»Sehr schön, Heike«, lobte Lilienthal.

»Eine Kommission wird sich um die Alten Meister und die anderen Gemälde bezüglich eventueller Restitutionsansprüche kümmern, für uns sind vor allem die Devotionalien der Freimaurer von Interesse. Heike hat sich schlaugemacht, sodass wir inzwischen wissen, dass das Geheime Staatsarchiv in Dahlem über einen großen Bestand an Freimaurer-Archivalien verfügt. Es ist also davon auszugehen, dass Holms nächtlicher Besuch und seine Sammlung freimaurerischer Gegenstände in einem Zusammenhang stehen«, ergänzte Susanne.

»Das GStA PK verwaltet treuhänderisch einen einzigartigen Archivkomplex: die noch erhaltenen Überlieferungen deutscher Freimaurerlogen und freimaurerischer Organisationen vom 18. bis zum 20. Jahrhundert«, erklärte Heike. »Dabei handelt es sich um Schriftgut, das nach der Auflösung der Freimaurerlogen in den Jahren 1933 bis 1935 beschlagnahmt und in die Zuständigkeit des Reichssicherheitshauptamtes, also des Gestapo-Archivs, überführt wurde.«

»Das in der Emser Straße saß?«, unterbrach sie Rödelheim.

»Ja, in dem Gebäude, in dem die Loge ›Goethe zur Gestaltung des Lebens‹ residierte«, bestätigte sie, und eine zarte Röte überzog ihre Wangen.

Aus den Augenwinkeln bemerkte Lilienthal, dass Kalumet Heike nachdenklich beobachtete.

»Wegen der zunehmenden Bombardierungen in den 1940er Jahren wurden die Logenakten vor Kriegsende in die schlesischen Schlösser Wölfelsdorf und Schliersee ausgelagert. Dort wurden sie von der Roten Armee sichergestellt, die sie in das Zentrale Staatliche Spezialarchiv nach Moskau brachte.«

»Es wäre interessant zu wissen, was heute noch in Moskau lagert«, brummte Kalumet.

»Vielleicht wäre es das«, entgegnete Heike schnippisch. »Aber es wäre auch nicht schlecht, wenn du mal recherchierst, was an Kunst die deutschen Truppen und die NS-Institutionen der Sowjetunion geraubt und zerstört haben. Die Deutschen haben den Krieg angefangen, nicht die Sowjets, Leo«, bemerkte sie spitz. Und da er verblüfft über ihre heftige Reaktion schwieg, fuhr sie fort: »Außerdem kamen 1957 im Zuge der Übergabe von der damaligen UdSSR tausendvierhundert laufende Meter Logenbestände in das Zentrale Staatsarchiv in Potsdam zurück.«

»Das wo war?«, wollte Kalumet wissen.

»Der Hauptstandort des ZStA Potsdam war in der Berliner Straße 98. Später wurden die Freimaurer-Archivalien an das ZStA der Dienststelle Merseburg übergeben. Erst nach der Zusammenführung der Archivbestände 1993 und 1994 zogen die Akten von Merseburg in das Stammhaus nach Berlin-Dahlem um. Wobei aus Platzgründen die Bestände zuerst bei der BEHALA, der Berliner Hafen- und Lagerhausgesellschaft, am Westhafen untergebracht wurden.«

Kalumet zog Susannes Laptop zu sich und gab etwas ein. Schien einen Text zu überfliegen und drehte den Computer dann zu Heike.

»Nur der Ordnung halber.« Er wies auf den Bildschirm. »Bis heute lagern noch umfangreiche Bestände freimaurerischer Provenienz im Zentralen Staatsarchiv in Moskau«, informierte er die anderen. »Auch Unterlagen, die von der Roten Armee 1945 in Deutschland erbeutet wurden. Zwar wurden einige wichtige in den 1950er Jahren der DDR zurückgegeben, aber das Gros verstaubt weiter im Zentralen Staatlichen Spezialarchiv in Moskau. Bis 1990 wusste nur der KGB von seiner Existenz. Bis zu diesem Zeitpunkt hatte selbst in der DDR niemand eine Ahnung davon, dass sich der Umfang der noch in der Sowjetunion befindlichen Kulturgüter in einer solchen Größenordnung bewegt.«

»Es war Weltkrieg, Leo, da ging es nicht überall korrekt zu.«

»Verteidigst du so ein Verhalten etwa, Heike?«, fragte Kalumet stirnrunzelnd. »Seit dem Zweiten Weltkrieg sind mehr als siebzig Jahre vergangen, da dürfte man selbst von Russland erwarten, über eine Rückgabe des sich unrechtmäßig angeeigneten Kulturguts nachzudenken.«

»Jens war auch noch mal im Geheimen Staatsarchiv«, übernahm Susanne.

Aha, dachte Lilienthal, ist man also schon beim Du angekommen. Er versuchte, seinen aufsteigenden Ärger zu unterdrücken, den Ball flach zu halten. Heute Abend, wenn er mit ihr allein war, könnte er ihr immer noch diplomatisch seine Vorbehalte gegen Rödelheim erklären.

Lässig zog dieser mehrere Blätter mit dem Briefkopf des GStA PK aus der Fallakte. »Diese Übersicht haben mir freundlicherweise die Mitarbeiter zusammengestellt. Es gibt neunundsechzig Berliner Logen und eine in Potsdam.«

»Falls Holm bei einer von ihnen Mitglied ist, solltest du, Leo, es mit diesen Infos schnellstens herausfinden«, meinte Lilienthal und gab ihm die Bögen.

»Interessant ist für mich auch die Stipendiatin Verena Näther, die Holm entdeckt hat und Zugang zum Archiv des GStA hat«, bemerkte Rödelheim.

»Wie jeder andere Mitarbeiter auch«, meinte Kalumet.

Rödelheim blätterte in seinem Notizbuch. »Dennoch macht die Frau so einiges für mich verdächtig.«

Lilienthal wartete.

»Erstens: Warum war sie so früh im GStA? Zweitens: Warum hatte sie Zutritt zum Magazingebäude? Ich habe mich erkundigt. Normalerweise dürfen Stipendiaten nur in Begleitung eines Archivars dort arbeiten, und nur die Archivare haben einen Schlüssel zu den Magazinsälen. Drittens: Warum wollte sie ausgerechnet über den zweiten Treppenaufgang ins erste Geschoss gehen? Dafür musste sie im Erdgeschoss erst mal den Kartenraum durchqueren. Der erste Aufgang wäre viel praktischer gewesen. Das alles finde ich schon äußerst merkwürdig.«

Lilienthal fand Rödelheims Darlegung bisher nicht besonders aufregend, hielt sich aber weiter zurück.

»In dem alten Gebäude mit Regalkilometern an Akten und Dokumenten macht immer irgendetwas irgendwelche Geräusche.« Rödelheim beugte sich vor. »Aber Frau Näther hört ein Geräusch, das ihr ungewöhnlich vorkommt. In einem stillgelegten Lastenaufzug, der früher für den Aktentransport vorgesehen war.«

»Und sie handelt eigenmächtig. Auf eine Vermutung hin«, übernahm Susanne. »Hält sich nicht an den Dienstweg. Wohlgemerkt, sie ist nur Stipendiatin. Jemand, dem man anscheinend großzügig Zugang zu den Archiven gewährt hat.«

»Und noch etwas ist merkwürdig«, fuhr Rödelheim fort. »Nach allem, was passiert ist, durfte sie ihre Arbeit noch am selben Tag wieder aufnehmen.« Er blickte in die Runde. »Warum hat sie nicht mindestens fürs Erste Hausverbot bekommen? Wir sollten uns die junge Dame mal näher ansehen.«

Lilienthal räusperte sich. »Verena Näther ist für mich keine Unbekannte.«

»Aha?«, bemerkte Rödelheim interessiert.

»Sie ist das Patenkind meiner Mutter und wohnt momentan bei ihr.«

»Und das erfahren wir erst jetzt?« Susanne funkelte Lilienthal an. »Das hättest du sofort sagen müssen.«

»Dazu fehlte die Gelegenheit, Susanne«, erwiderte er schärfer als beabsichtigt. »Außerdem habe ich das erst bemerkt, als ich ihren Namen in der Akte der Berliner Kollegen gelesen habe.« Er wandte sich an Rödelheim. »Wir in Potsdam hatten bisher keine Möglichkeit, mit Verena Näther oder anderen Zeugen zu sprechen.« Er blickte wieder in die Runde. »Das fürs Protokoll, können wir jetzt weitermachen?«

»Lilienthal?«, murmelte Rödelheim plötzlich. »Enne von Lilienthal, Fallanalytikerin beim LKA Berlin, das ist doch deine Mutter?«, fragte er dann süffisant.

»Sie ist pensioniert. Aber was hat das mit unserem aktuellen Fall zu tun?«, entgegnete Lilienthal kühl.

»Die Frau ist legendär«, erwiderte Rödelheim. »Ihre Fallanalysen werden auf der Akademie als Musterbeispiele fur hervorragendes Arbeiten herangezogen.«

»Haben Sie ein Problem damit?«, fragte Lilienthal boshaft. Und da Rödelheim ihn nur angrinste, wandte er sich an die anderen, die den Wortwechsel interessiert verfolgt hatten. »Ich halte den Ansatz des Kollegen Rödelheim betreffend Verena Näther jedenfalls für richtig. Heike, bitte überprüfe sie. Der Fokus sollte dabei auf ihrer Arbeit und ihren Kollegen liegen. Leo, du klärst ab, was die Ministerien in Potsdam und Berlin weiter mit den Bildern und Artefakten aus Holms Kabinett vorhaben. Die Familie Holm wird wissen wollen, wie weiter mit seinen Kunstschätzen verfahren wird. Die Abstimmung erfolgt weiterhin zwischen Ihnen beiden«, er blickte zu Susanne und Rödelheim, »damit die Behörden beider Bundesländer auf dem gleichen Stand sind.« Er hielt inne. Als niemand etwas sagte, fuhr er fort. »Ich habe mich zwischenzeitlich auch über die Freimaurer sachkundig gemacht.« Er erzählte, was er von seinem Onkel erfahren hatte, ohne seine Quelle offenzulegen.

»Das alles kann man auch im Internet nachlesen«, kommentierte Rödelheim herablassend, als Lilienthal fertig war.

»Und? Haben Sie?«, entgegnete Lilienthal kalt. »Jedenfalls glaube ich, auch wenn die Ergebnisse der Findungskommission darüber, was genau Holm in seinem Keller versteckt hat, noch ausstehen, dass er die Stücke nicht legal erworben hat.«

Kalumet machte sich eine Notiz.

»Übrigens wurde die erste Freimaurerloge in Europa in London gegründet.« Lilienthal beugte sich vor. »Holm ist gebürtiger Engländer. Auch das sollte in unsere Überlegungen mit einfließen.«

»Ihnen ist aber schon klar, dass Sie als befangen gelten, weil Sie mit Katie McLaren ganz offensichtlich mehr als nur gut befreundet waren, oder?« Rödelheim grinste breit.

Lilienthal betrachtete ihn kühl. »Das ist nicht der Fall. Ich hatte sie viele Jahre lang nicht gesehen. Keinerlei Kontakt zu ihr. Ihr soziales Umfeld ist mir vollkommen unbekannt.« Er räusperte sich. »Deshalb habe ich mich auch entschlossen, nach England zu fliegen und mich dort bei der Familie umzuhören.«

Er war über sich selbst überrascht, als er das seinem Team mitteilte. Gleichzeitig wusste er, dass das die richtige Entscheidung war. Enne und Körner hatten sofort erkannt, dass die Familie mehr wissen musste. Es war einfach eine zu heiße Spur.

Cui bono? – Wem gereicht es zum Vorteil? Das war bei Verbrechen schon immer die entscheidende Frage gewesen. Wer also hatte einen Vorteil von Katies Tod? Wer hätte einen von Holms gehabt? Wenn er sich bei der Familie diplomatisch umhörte, würde er hoffentlich mehr erfahren.

30

»Nach England, du?« Susannes meergrüne Augen schossen Blitze in seine Richtung. »Jens und ich sind die ermittelnden

Beamten in diesem Fall, schon vergessen? Wenn jemand fliegt, dann wir.«

Lilienthal überraschte ihre heftige Reaktion. Wie sie da vor ihm saß und ihn ansah, hätte er sie am liebsten in den Arm genommen. Aber er war der Chef, und das musste er hier und jetzt sofort klarstellen.

»Ich fliege allein, Susanne, und tarne es als privaten Beileidsbesuch. Mir ist bewusst, dass das gegenüber der Familie nicht fair und moralisch sogar ein wenig anstößig ist, aber es ist die beste Möglichkeit, mehr herauszubekommen. Wenn ihr beide als ermittelnde Beamte hinfliegen würdet, bräuchtet ihr zudem ein offizielles Ersuchen, und das dauert, wie ihr wisst. Außerdem kennt mich Katies Familie. Mit mir werden sie eher und persönlicher sprechen als mit euch.«

Rödelheim, der den Disput zwischen den beiden mit hochgezogenen Augenbrauen verfolgt hatte, nickte bei Lilienthals letzten Worten. »Da ist was dran. Ich bin zwar nicht gerade begeistert von Ihrem geplanten Alleingang, Herr Kriminalrat«, er konnte sich einen spöttischen Unterton bei der Anrede nicht verkneifen, »aber durch Ihre Verbindung zu Katie McLaren haben Sie nun mal einen deutlich anderen Zugang zu ihrer Familie als wir.«

Lilienthal war verblüfft. Rödelheims Schützenhilfe kam unerwartet.

»Meinen Segen haben Sie jedenfalls.« Damit stand er auf und verabschiedete sich.

Blöder Hund, dachte Lilienthal, war aber gleichzeitig erleichtert, dass von Rödelheims Seite keine Einwände kamen. Er wandte sich zu seinem Team und erhob sich ebenfalls. »Über mein Handy könnt ihr mich jederzeit erreichen. Ich fliege morgen.«

Susanne ging zu ihrem Schreibtisch und vertiefte sich in ihre Unterlagen. Sie vermied es, seinem Blick zu begegnen.

»Wollen wir etwas essen gehen?«, fragte er sie leise, als er neben ihr stand.

Sie schüttelte den Kopf. »Ich will mit Heike noch mal die

Liste mit den Kunstobjekten durchgehen. Kann spät werden.«

Enttäuscht ging Lilienthal in sein Büro und ließ sich in den Bürosessel fallen. Warum nur war alles so kompliziert? Warum war Susanne, seit er zum Kriminalrat befördert worden war, ihm gegenüber so distanziert? Sie hatte von seiner Bewerbung für die Bundespolizei gewusst. Dass er dort die Karriereleiter hinauffallen würde, war für ihn und sie klar gewesen. Gut, er hatte sie vorher nicht über sein Gespräch mit Steffens informiert, aber er musste ja auch nicht über jede Aktion in seinem Leben Rechenschaft ablegen. Und jetzt hatte er eben im Potsdamer Präsidium eine weitere Stufe erklommen. Längst überfällig sei das gewesen, so hatte sie sich sogar erst vor Kurzem ausgedrückt. Aber jetzt hatte sie anscheinend Probleme damit, dass er ihr Vorgesetzter war.

Er lehnte sich zurück. Verdammt, sie hatten zwei Fälle zu klären, das sollte für eine ermittelnde Kommissarin doch Vorrang haben, oder nicht? Mit einem Opfer hatte er eine Beziehung gehabt, aber das war lange her. Eine Jugendliebe. Die hatte doch jeder, das musste man doch nicht breittreten. Sie waren erwachsen, keine Achtzehnjährigen mehr, die jede Einzelheit ihres Vorlebens durchkauten. Plötzlich fiel ihm auf, dass Susanne bisher kaum über ihre Vergangenheit gesprochen hatte. Mal abgesehen von ihrer Kindheit auf dem großen Hof ihrer Eltern, der seit Generationen der Familie gehörte. Er hatte es respektiert, dass sie darüber schwieg. Und ehrlicherweise musste er auch zugeben, dass ihn ihr Vorleben nicht sonderlich interessierte. Über den Vater von Max hatte sie ebenso nie gesprochen. Was ihm, darüber war Lilienthal sich insgeheim im Klaren, sogar gelegen kam. So konnte er ein unbelastetes Verhältnis zu dem Kind aufbauen. Ungetrübt von einem präsenten Vater, der Max regelmäßig besuchte oder ihn zu sich nahm. Lilienthal mochte den kleinen Jungen. Sehr sogar. Mäxchen war mit seinen vier Jahren erstaunlich aufgeweckt und verständig. Er hatte sich schon mit der Vorstellung angefreundet, ihn immer um sich zu haben. Seit Susanne in

Potsdam arbeitete, lebte der Junge vorläufig bei ihrer Schwester. Es wurde Zeit, dass auch für das Kind klare Strukturen geschaffen wurden. Susanne, Max und er, eine kleine Familie. Und jetzt machte Susanne einen auf distanziert.

Von draußen hörte er Stimmen. Behördenalltag. Heute Abend, wenn sie in seinen Armen lag, würden sie an anderes denken, und alles würde wieder gut sein. Ganz bestimmt. Er lächelte bei dem Gedanken.

Lilienthal nahm sein iPhone und öffnete das Adressbuch. Scrollte durch die Namen. Suchte nach Collin, Katies Bruder. In seiner Zeit in London hatten sie sich häufig getroffen. Collin, wesentlich älter als Katie, die Jüngste im McLaren-Clan, fing damals gerade als Investmentbanker in der Londoner City an. Mit ihm und Katie war er durch die angesagtesten Pubs der Stadt gezogen. Manchmal auch nur mit Collin. Tagsüber der seriöse Banker, mutierte der nachts ins Gegenteil. Keinem noch so schrägen Vergnügen war er abgeneigt. Auch nachdem Lilienthal zurück nach Berlin gegangen war, hatten sie hin und wieder telefoniert. Collin war pfeilgerade die Karriereleiter hochgeschossen. Aber mit den Jahren war ihr Kontakt nach und nach eingeschlafen. Als Lilienthal jetzt fündig wurde, tippte er kurz entschlossen auf den Kontakt und wartete.

Ein paar Minuten später steckte Kalumet seinen Kopf durch die Tür. »Kommst du mit? Bierchen mit Pizza?«, fragte er.

Lilienthal hob den Daumen, notierte schnell etwas auf einem Block, nahm sein Jackett und folgte dem Kollegen.

»Mir ist da noch was eingefallen, Maik«, sagte Kalumet, als beide die Eingangsstufen des Polizeipräsidiums hinunterliefen.

Das »Pfeffer und Salz« in der Brandenburger Straße war wie immer gut gefüllt, aber sie hatten Glück. Gerade als sie hereinkamen, erhob sich im hinteren Teil ein Pärchen, und sie setzten sich.

Doch der vertraute Ton, der zwischen ihnen noch bis vor

Kurzem an der Tagesordnung gewesen war, wollte sich einfach nicht einstellen. Kalumet studierte die Speisekarte so interessiert, als müsste er darüber eine Masterarbeit schreiben.

Lilienthal bestellte zwei große Bier, und als sie sich zuprosteten, fragte er sich, was, außer dass er nun einen höheren Rang bekleidete, zwischen ihnen anders geworden war. Er war doch immer noch der Gleiche. Warum verhielt sich Kalumet so distanziert? Oder bildete er sich das nur ein?

Kalumet hatte sich endlich entschieden und bestellte wie Lilienthal eine Pizza mit Salami satt.

»Ein aufgeblasener Hund, der Rödelheim«, bemerkte er, nachdem sie getrunken hatten.

»Wär ich nicht drauf gekommen«, meinte Lilienthal grinsend, wischte sich den Schaum von den Lippen und orderte vorsorglich gleich die nächste Runde. »Alles okay mit dir und Heike?«, wollte er dann wissen.

Kurz nachdem Kalumet sich von Offenbach nach Potsdam hatte versetzen lassen, waren er und Heike ein Paar geworden. Nicht immer unproblematisch, da Kalumet gern auch anderen Frauen hinterherschaute. »Wie kommst 'n jetzt darauf?«, stöhnte er. »Aber eh ich misch uffreche, is es mir libber egal«, erwiderte er dann in breitem Offenbacherisch.

Lilienthal fand Kalumets Einstellung zu seiner Beziehung goldrichtig. Er selbst hatte leider nicht den emotionalen Abstand zu Susanne und litt jetzt darunter. Weil du sie liebst, flüsterte ihm seine innere Stimme zu. Genau das macht dich so hilflos.

»Wann fliegst du morgen?«, fragte Kalumet in seine Gedanken hinein.

»Kurz nach zehn. Gerade eben habe ich mit Katies Bruder telefoniert. Wir kennen uns von früher. Er ist wegen der Trauerfeierlichkeiten in Silverdale. Katies Leichnam wurde bereits überführt.«

Kalumet winkte dem Kellner. Sein Glas war schon wieder leer. »Mir ist da noch was eingefallen, Maik. Dieses aufwendig ausgebaute Kellergelass hat der Holm doch extra für seine

Kunstschätze machen lassen. Es wäre interessant zu wissen, welche Firma den Ausbau übernommen hat.«

31

Lilienthal spurtete durch die Menschenmenge. »Boarding«, blinkte auf der Anzeigetafel für den Flug »BA 1898« um zehn Uhr zehn nach Manchester.

Obwohl er ziemlich heruntergekommen war, war der Flughafen Tegel mit seiner sechseckigen Architektur für ihn der schönste Flughafen der Welt. Trotz aller Unzulänglichkeiten in den letzten Jahren. Unschlagbar, was die kurzen Wege und die schnelle Abfertigung betraf. Konzipiert von Meinhard von Gerkan vor über fünfzig Jahren und ausgelegt für jährlich zwei Komma fünf Millionen Passagiere, musste er heute mehr als zweiundzwanzig Millionen Reisende bewältigen. Wenn Lilienthal an den BER dachte, stellten sich seine Nackenhaare auf. Nicht nachvollziehbar, was da alles schiefgelaufen und wie viel Geld des Steuerzahlers in den Sand gesetzt worden war. Aber mit fremdem Geld wirtschafteten Bauherren ja immer großzügig.

Der Stau auf der A 100 ab Kaiserdamm bis zur Ausfahrt nach Tegel hatte ihn im Taxi den letzten Nerv gekostet. Er war mehr als spät dran gewesen. Der Fahrer, ein übergewichtiger Endfünfziger, ließ sich von Lilienthals Nervosität nicht aus der Ruhe bringen. »Dit is Normalität, Meester. Jeduld is aller Weisheit Anfang«, hatte er erklärt. Und als Lilienthal darauf hinwies, dass er womöglich seinen Flug verpassen würde: »Allet andre jeht uffs Herz.«

Der Flugbegleiter wollte gerade die Flugzeugtür schließen, da hechtete Lilienthal noch hinein. Er schob seinen Pilotenkoffer unter den Vordersitz seines gestern noch gebuchten Platzes und ließ sich aufatmend nieder. Die zwei jungen Männer neben ihm hoben nicht mal ihre Köpfe, sondern tippten hektisch weiter auf ihren Smartphones herum, als wollten sie einen Preis im Schnellschreiben ergattern.

Wenige Minuten später rollte das Flugzeug zur Runway und bekam die Startfreigabe. Fest in den Sitz gedrückt genoss Lilienthal den Steigflug und schaute aus dem Fenster. Unter ihm lag die Stadt im morgendlichen Dunst. Dann dachte er an das gestrige Gespräch mit Collin.

Dessen kühle Zurückhaltung war nicht zu überhören gewesen.

»Wirklich?«, hatte er auf Lilienthals Ankündigung, dass er zu den Trauerfeierlichkeiten für Katie kommen würde, bemerkt.

»Natürlich, Collin«, antwortete Lilienthal etwas verletzt. »Das ist doch selbstverständlich. Aber natürlich komme ich auch wegen der Sache mit eurem Onkel.«

»Wegen Desmond?«, fragte Collin gedehnt nach. »Du leitest die Ermittlungen, oder?«

Besser, ich lasse gleich die Hosen runter, dachte Lilienthal. Collin würde es ja sowieso erfahren. »Ja. Desmond ist Potsdamer, deshalb. Vielleicht hört es sich für dich merkwürdig an, aber gerade wegen meiner ehemaligen Verbindung zu deiner Familie fühle ich mich jetzt umso mehr verpflichtet herauszufinden, wer den beiden das angetan hat.«

Für einen Augenblick blieb es still, dann sagte Collin mit rauer Stimme: »Das musst du wirklich … Es herausfinden.« Und etwas lauter: »Das bist du uns schuldig, Maik. Desmond ist ein Holm, das darfst du nicht vergessen.«

Danach hatten sie noch einige höfliche Bemerkungen über ihre derzeitigen Lebensumstände ausgetauscht und waren so verblieben, dass Lilienthal, wenn er in Manchester in den Zug stieg, Collin per WhatsApp Bescheid geben würde. Er würde ihn dann in Silverdale vom Bahnhof abholen.

Während das Flugzeug durch die graue Wolkendecke stieß, sich höher und höher in den unendlich blauen Himmel schraubte und gleichzeitig eine Kurve Richtung Westen machte, ließ Lilienthal den gestrigen Abend noch einmal Revue passieren.

Länger als gedacht war er mit Kalumet im »Pfeffer und Salz« geblieben. Nach einigen Bierchen stiegen sie auf den hauseigenen Rotwein um. Und es blieb nicht bei einer Flasche. Weit nach Mitternacht wies der Wirt sie freundlich, aber bestimmt darauf hin, dass er jetzt schließen würde, was beide komisch fanden, denn sie fingen doch gerade an, sich wieder wohl miteinander zu fühlen.

Vor dem Restaurant an der Brandenburger Straße klopfte er Kalumet freundschaftlich auf die Schulter und nuschelte: »Tolle Teambildungsmaßnahme.«

Und Kalumet wackelte zustimmend mit dem Kopf.

Etwas unsicher, da die Straße auf einmal in Wellen verlief, ging Lilienthal nach Hause zu seiner Wohnung im Holländischen Viertel.

Er schlich die Treppe hinauf, obwohl Susanne heute Morgen gesagt hatte, es habe sich wie ein Elefant angehört, was er maßlos übertrieben fand. Außerdem hatte Susanne, soweit er sich erinnerte, tief und fest geschlafen, als er unter ihre gemeinsame Bettdecke gekrochen war. Als er den Arm um sie legen wollte, rutschte sie weg. Dann eben nicht, dachte er und sank umgehend in tiefen Schlaf.

Vorhin war sie bereits fix und fertig angezogen und lief zur Tür, als er nur mit Boxershorts vom Vortag bekleidet in der Küche auftauchte. Auf sein heiseres »Hallo, mein Engel« erwiderte sie kühl: »Guten Morgen und guten Flug«, erwähnte kurz den nächtlichen Elefanten und griff dann nach ihrer Tasche, bevor sie zur Wohnungstür hinaus war. Verblüfft sah er ihr hinterher. Verstand ihre Reaktion nicht. Was hatte er so Schlimmes getan, dass sie ihn so kalt abservierte?

Aus dem Fenster sah er ihr nach, wie sie davoneilte. Der Duft von Sparkling Blush, ihrem Eau de Parfum, hing noch in der Luft. Zu gern hätte er sie vorhin in den Arm genommen, sie an sich gezogen und sich in ihren weichen Lippen verloren. Dann aber entschied er, dass er das Problem, das sie zweifellos mit ihm hatte, jetzt sowieso nicht lösen konnte. Das würde er später, wenn er zurück war, in Angriff nehmen. Um wieder einen klaren Kopf zu bekommen, hatte er schnell kalt geduscht, dann seine Sachen gepackt und eine Taxe gerufen.

Sonnenstrahlen blendeten ihn, sodass er die Augen zusammenkneifen musste. Sein Sitznachbar zog die Fensterblende herunter und vertiefte sich wieder in sein Telefon. Auch Lilienthal holte sein iPhone hervor und öffnete die Memofunktion. Wie sollte er bei den McLarens vorgehen, um möglichst viel zu erfahren?

Er notierte: »Erstens: Was wollte Holm im GStA? Zweitens: Kennen die Angehörigen von Holm und/oder Katie den Geheimkeller? Drittens: Warum ist Katie nach Potsdam gekommen? Viertens: Gehört Holm einer Freimaurerloge in England an? Fünftens: Sind und waren noch andere männliche Familienmitglieder Freimaurer?«

Nachdem er die Notizen gespeichert hatte, steckte er das Telefon zurück und dachte an Katies Beziehung zu ihrem Onkel.

»Kaffee oder Tee?«, fragte ihn plötzlich ein Flugbegleiter.

Lilienthal hatte kaum wahrgenommen, dass der Service begonnen hatte, und winkte ab. Eben war ihm etwas Wichtiges eingefallen. Katie hatte eine Eigenart gehabt, die ihn richtiggehend abgestoßen hatte. Penetrante Neugierde. Ihr Herumschnüffeln in seinen streng vertraulichen Sachen vom Yard war der ausschlaggebende Grund für ihn gewesen, mit ihr Schluss zu machen. Und Menschen ändern sich nicht, dachte er. Er war sich sicher, dass sie jede Ecke im Haus gekannt hatte.

Unwillkürlich fuhr seine Hand an seine Brust. Ertastete die kühle Fassung auf der Haut. Die Kette mit dem Anhänger, den er mitgenommen hatte. Als sich sein Onkel den Stein mit der so kunstvoll eingravierten Zahl fieberhaft, beinahe gierig angesehen hatte, war Lilienthal klar geworden, dass es sich dabei um etwas Besonderes handeln musste. Nur widerwillig hatte der Onkel ihm die Kette zurückgegeben. Seine Frage, worum genau es sich bei dem Anhänger handele, hatte er nicht beantwortet, bevor er sich zurückhaltend verabschiedete.

Der Airbus A320 ging vom Sink- in den Landeanflug über. Lilienthal hörte, wie das Fahrwerk ausgefahren wurde. Durch das schmale Fenster sah er graue Häuserzeilen unter schweren dunkelgrauen Regenwolken. Es ruckelte, als die Maschine auf der nassen Runway aufsetzte, dann ausrollte und an ihrer Parkposition zum Stehen kam.

Als Lilienthal an seinem iPhone den Flugmodus deaktivierte, sah er, dass Susanne ihm eine Nachricht geschickt hatte.

»Barabhebung Holm hunderttausend Euro vor dem Überfall. Im Haus kein Geld gefunden. Viel Erfolg, S.« Dahinter hatte sie ein grinsendes Smiley eingefügt.

Er fühlte sich, als wäre etwas Schweres, das ihn seit Tagen belastet hatte, binnen einer Sekunde von ihm abgefallen. Auch Kalumet hatte ihm geschrieben. Er las die Nachricht auf dem Weg zur Passkontrolle.

»Hi, Maik, eine Firma Rademacher hat 2004 die Umbaumaßnahmen bei Holm durchgeführt.«

»Überprüfen«, schrieb ihm Lilienthal knapp zurück.

Holm hatte also Geld abgehoben. Aber er hatte weder Geld noch irgendetwas anderes bei sich gehabt, als man ihn fand. Oder vielleicht besser: nicht mehr? War das Geld für jemanden im Geheimen Staatsarchiv bestimmt gewesen? Und wenn ja, für wen und wofür?

Die Pass- und Zollkontrolle zog sich. Ob das am Brexit oder an der Unlust der Beamten lag, war nicht auszumachen. Einen Moment glaubte er, vor sich in einer der Reihen seine Mutter zu sehen, aber das war natürlich völliger Unsinn.

Als Lilienthal endlich durch war, spurtete er zur Bahnstation. Sein Zug nach Lancaster sollte um zwölf Uhr zehn gehen. Er erwischte ihn gerade noch. Öffnete die Waggontür, lief den Gang entlang und ließ sich erleichtert auf einen Fensterplatz sinken. Durch die verschmutzten Scheiben sah er die Gebäude des Flughafens vorüberziehen und schrieb Collin eine kurze Nachricht, dass er bereits im Zug säße.

Der TransPennine Express glitt an Industrieanlagen vorbei und ließ bald auch die Häuser der Stadt, die sich längs des Bahndamms aneinanderreihten, hinter sich, passierte Bolton mit den alten Baumwollfabriken und setzte seinen Weg parallel zur Autobahn Richtung Preston fort. In der Ferne konnte Lilienthal bereits dunkelgrüne Hügel erkennen, die Vorboten des Lake District.

In Lancaster Castle Station stieg er aus und in die kleine Bahn nach Barrow um. Vor dem Zugfenster flogen unter den schweren dunklen Wolken Seemöwen elegant hoch, um dann im Sturzflug in die grauen und mit weißen Schaumspitzen gekrönten Wellen der Morecambe Bay einzutauchen. Lilienthal schob das Fenster herunter und atmete die frische Seeluft ein.

Der Zug passierte Carnforth. Auf einem Nebengleis zog eine alte Dampflok mehrere Holzwaggons. Rauchwölkchen kräuselten sich über dem Schornstein in der Luft. Lilienthal lehnte sich zurück. E-cua-dor, E-cua-dor, schienen die Gleise plötzlich zu summen. Bilder tauchten in ihm auf. Er schloss die Augen.

Sie saßen im Flugzeug. Nach Quito, der Hauptstadt von Ecuador. Enne und er, kaum vierzehn Jahre alt. Beide mit je einem Rucksack, darin nur das Nötigste, um quer durch das ecuadorianische Hochland zu reisen.

Dann hockten sie in heruntergekommenen grellbunt bemalten Überlandbussen, die bei jedem deutschen TÜV-Prüfer Schnappatmung ausgelöst hätten. Zwischen Indios in farbenprächtigen Ponchos, jungen Zicklein mit zusammengebundenen Beinen, Hühnern in geflochtenen runden Käfigen und quiekenden Ferkeln. Seine sonst so kontrollierte Mutter verständigte sich mit Händen und Füßen mit den Einheimischen und hatte sichtlich Spaß dabei. Kostete unbefangen vom fremden Essen, bei dessen Gerüchen und Anblick sein Magen ein Eigenleben entwickelte, das durch das Schaukeln der uralten Busse auf den unbefestigten Schotterpisten noch verstärkt wurde.

In Alausí warteten sie auf den Zug nach Guayaquil. Der Schienenstrang verlief direkt durch die Straßen der kleinen Stadt in den Bergen. Bei Sonnenaufgang schob sich die alte Diesellok mit ihren klapprigen Holzwaggons an den Häusern entlang. Der Zug war voll besetzt, sogar auf den halbrunden Waggondächern hockten die Menschen. Er kletterte eine kleine Leiter nach oben und drängte sich zwischen die Fahrgäste. Enne blieb mit ihrem Gepäck auf einer offenen Plattform unten zwischen den Indios. Der Zug wand sich auf der steilen Bergstrecke durch das Tal des Rio Chanchán. Die Lok schob die altersschwachen Waggons über ein Gefälle von fünfhundert Metern hinab durch die Kehren und über die Nariz del Diablo, die Teufelsnase. Voller Panik hielt er sich an einer Verstrebung fest. Da war plötzlich Enne neben ihm aufgetaucht, hatte seine Hand gehalten und ihm zugeflüstert: »Du bist ein Lilienthal, mein Sohn, vergiss das nicht.«

Als Lilienthal die Augen aufschlug, zogen draußen die sattgrünen Wiesen des Lake District vorbei. Er schaute auf seine Uhr. In wenigen Minuten musste der Zug Silverdale erreichen. Er griff nach seinem Pilotenkoffer und ging zum Ausgang. Ihm war, als hätte seine Mutter auf dieser Reise damals etwas zu ihm gesagt, was er erst vor Kurzem im Zusammenhang mit seinen beiden Fällen gehört hatte. Er grübelte, während vor dem kleinen Fenster die Strommasten vorüberglitten. Was war es nur gewesen? Aber immer wenn er glaubte, sich erinnern zu können, verflüchtigte es sich wie ein Atemhauch in einer frostklaren Nacht.

32

Lilienthal erblickte Collin sofort auf dem Bahnsteig, als der Zug einfuhr. Er war noch immer so dünn und hoch aufgeschossen wie eine Pappel. Schweigend umarmten sie sich. Lilienthal spürte, dass die Ruhe des anderen nur vorgetäuscht war, bemerkte dessen wachsamen Blick.

Ohne auf Lilienthals Protest zu achten, griff Collin den Pilotenkoffer und ging zu einem silberfarbenen Austin-Healey, der auf dem Bahnhofsvorplatz wartete.

Lilienthal erinnerte sich, dass Collin schon zu Londoner Zeiten eine Vorliebe für schnittige Sportwagen gehabt hatte. Er umrundete den Austin-Healey und strich dabei bewundernd über den Kotflügel. »Tolles Geschoss«, meinte er anerkennend, was bei Collin jedoch nur ein kaum sichtbares Lächeln hervorrief.

»Wie geht's?«, versuchte Lilienthal die Situation mit Small Talk zu entspannen, bemerkte aber sogleich seine Taktlosigkeit. »Und was machst du jetzt so?«, fragte er harmlos.

»So wenig wie möglich«, erwiderte Collin, ohne eine Miene zu verziehen.

Lilienthal grinste. Diese englische Eigenart, alles und jeden – auch sich selbst – auf den Arm zu nehmen, fand er immer wieder erfrischend.

»Wir haben dich bei Grandma untergebracht. Ich hoffe, das ist dir recht.«

Lilienthal war enttäuscht. Er hatte erwartet, mit Collin zusammen bei Katies Eltern zu wohnen.

»Grandma hat ein großes Haus und viel Platz«, fügte Collin hinzu, als hätte er Lilienthals Gedanken erraten. »Das ist die beste Lösung.«

Lilienthal vermutete eher etwas anderes. Dass die McLarens ihn wegen der geplatzten Hochzeit damals nicht in ihrer Nähe haben wollten.

»Falls du annimmst, der Grund wären Ressentiments aufseiten meiner Eltern, muss ich dich enttäuschen, Maik«, bemerkte Collin sogleich. »Grandma hat vielmehr darauf bestanden, dich zu beherbergen. Ich wohne übrigens auch bei ihr.«

Vereinzelte Regentropfen fielen auf die Windschutzscheibe, als sie losfuhren, und innerhalb weniger Minuten ging ein heftiger Platzregen nieder. Ungeachtet der Wetterlage und der vorgeschriebenen Höchstgeschwindigkeit von sechzig Meilen die Stunde fuhr Collin in rasantem Tempo die schmale, von Feldsteinmauern mit dahinterliegenden dichten Hecken gesäumte Landstraße entlang. Wenig später hielt er vor einem weitläufigen Hanggrundstück und einem eingeschossigen, lang gestreckten Gebäude, das hinter den vielen alten Bäumen nur zum Teil zu sehen war.

Sie stiegen aus, und Lilienthal folgte Collin den terrassenförmig ansteigenden Weg zur Eingangstür. Er war nie zuvor hier gewesen. Das Anwesen machte einen gediegenen, gepflegten Eindruck, es war offensichtlich, dass hier nicht gespart werden musste.

Collin schloss auf und ließ Lilienthal eintreten. Von der breiten Empfangsdiele führte ein Gang mit dickem Teppichboden durch das gesamte Haus. Ziemlich an dessen Ende öffnete Collin eine Tür.

»Grandma schläft um diese Zeit. Sie erwartet uns später zum Tee. Zum Zimmer gehört ein Bad, wenn du dich frisch machen willst. Ich habe noch etwas zu tun und bin in etwa einer halben Stunde zurück.« Er wandte sich zur Tür, zögerte. Plötzlich umarmte er Lilienthal heftig. »Du wärst mir der Liebste für sie gewesen«, murmelte er, dann ließ er ihn abrupt los und verließ das Zimmer.

Lilienthal spürte, wie sich ein Kloß in seinem Hals bildete. Seit er in England war, stürmte alles wieder auf ihn ein. Sie waren so unbekümmert gewesen. So voller Leidenschaft und wild. Er, Katie und Collin. Ein Dreigestirn. Nur in so jungen Jahren war man ohne jeden Zweifel an sich und seinen Fähigkeiten. Der rauschhafte Sex mit Katie. Sie hatten nie genug voneinander bekommen können. Ihre ausschweifenden Londoner Nächte, meist mit Collin. Lilienthal hatte schon damals seine Hände von Drogen gelassen. Hin und wieder an einem Joint gezogen, mehr nicht. Katie dagegen hatte regelmäßig Hasch konsumiert und im Laufe ihrer gemeinsamen Zeit leider nicht nur das.

Er blickte sich im Zimmer um. Das Eichenparkett knarzte bei jedem Schritt. Ein abgetretener Orientteppich mit blauroten Ornamenten, an der Wand ein Schrank aus dunklem Holz mit Schnitzereien und Glastüren, dahinter Bücher. Ein Schreibtisch, davor ein mit Leder bezogener Stuhl. Ein schmales Bett mit einer Patchworkdecke in der Ecke vervollständigte die Einrichtung. Als er an das Fenster trat, breitete sich vor ihm ein Garten aus, dessen Grenzen nicht auszumachen waren.

Lilienthal verstaute seine wenigen Sachen, holte sein Handy hervor und legte es auf den Schreibtisch, auf dem nur ein schmuckloses Holzkästchen stand. Der Akku musste aufgeladen werden. Er nahm das Ladekabel aus einem Kofferfach und suchte nach einer Steckdose. Er entdeckte eine neben dem Schrank, verband das Kabel damit und musste das Handy auf den Boden legen, da das Kabel zu kurz war. Als er sich aufrichtete, fiel ihm hinter der Glastür des Schrankes eine Fotografie auf. Aus einem silbernen Rahmen blickte ihm ernst ein schlanker junger Mann mit kurz geschnittenen dunklen Haaren in Uniform entgegen. Direkt vor dem Bild lag auf einem dunkelblauen Samtkissen ein Orden.

Lilienthal öffnete die Schranktür und nahm ihn heraus. Die Jahreszahlen »1914« und »1918« waren jeweils an den Seiten eingraviert. In der Mitte eine geflügelte Figur, die etwas in den Händen hielt, das aussah wie ein kleiner Tempel. Lilienthal legte den Orden zurück, betrachtete noch mal die Fotografie, hielt inne. Etwas passte nicht. Über dem schwarz gelackten Schirm der Mütze des Mannes wand sich eine goldene Kordel, darüber prangte ein Adler mit Königskrone. Der Mann trug die Uniform der RAF, der Royal Air Force. Auf einem Ärmel drei Streifen für den Rang des Wing Commander. Der Soldat auf der Fotografie war ganz offensichtlich ein Pilot aus dem

Zweiten Weltkrieg, aber warum lag vor ihm ein Orden, der laut den eingravierten Daten aus dem Ersten Weltkrieg stammte?

Lilienthals iPhone summte.

»Mit Firma Rademacher gesprochen. Später mehr, S.«, las er die eingegangene Nachricht. Vom Gang her hörte er Geräusche, dann klopfte es an seiner Tür, die geöffnet wurde, bevor Lilienthal etwas antworten konnte.

Lysann Holm kam herein. Groß, mit schlohweißen, kurz geschnittenen Haaren und feinen Gesichtszügen, die Augen von einem intensiven Veilchenblau. Sie trug ein schlichtes dunkelblaues Seidenkleid und stützte sich auf einen Stock mit silbernem Knauf.

»Herr von Lilienthal«, sagte sie in leicht eingerostetem Deutsch. »Oder darf ich wie damals Maik sagen?«

»Bitte, Frau Holm, natürlich«, erwiderte Lilienthal verlegen und ergriff ihre ausgestreckte Hand.

Wie vorhin schon Collin nahm auch sie ihn spontan in den Arm und drückte ihn für ihr hohes Alter erstaunlich fest an sich. »Ich freue mich, dich wiederzusehen«, flüsterte sie. »Auch wenn der Anlass ein trauriger ist.« Sie straffte sich wieder, wandte sich um und ging Richtung Tür. »Der Tee, der bei mir serviert wird, ist ganz ordentlich, und ein Teller mit frischen Scones wartet auch auf dich, mein Junge. Ich hoffe, du magst sie immer noch«, fügte sie hinzu.

Lilienthal nickte verhalten. Ein Schinkensandwich wäre ihm lieber gewesen. Nur Katies Familie zuliebe hatte er seinerzeit vorgegeben, am Afternoon Tea Gefallen zu finden. Er folgte der alten Dame in ein großes helles Wohnzimmer, das vollgestellt war mit diversen Sesseln und Couches.

Sie deutete auf einen Sessel und nahm ihm gegenüber Platz, als sich die Tür öffnete.

»Vorstellen brauche ich euch wohl nicht«, bemerkte Lysann mit ironischem Unterton.

Ein Tablett voller Teegeschirr und Gebäck balancierend, trat Enne in den Raum.

Als Lysann Lilienthals verblüfftes Gesicht bemerkte,

fügte sie hinzu: »Deine Mutter ist auf meinen ausdrücklichen Wunsch hier, Maik. Ich glaube, du weißt es nicht, aber wir sind seit langen Jahren befreundet. Als ich sie gebeten habe zu kommen, hat sie sich zuerst schlicht geweigert. Deinetwegen. Aber ich habe darauf bestanden.« Sie lächelte leicht. »Wer kann einer alten Frau, deren Tage gezählt sind, schon etwas abschlagen?«

Auch Collin hatte sich inzwischen zu ihnen gesellt und neben seiner Großmutter Platz genommen.

Bestimmt hat er davon gewusst, es mir aber mit keiner Silbe verraten, dachte Lilienthal enttäuscht. Er vermied es, seine Mutter anzusehen. Konnte sich des Eindrucks nicht erwehren, dass das hier zu einem verspäteten Familientreffen mit ungewissem Ausgang ausartete. Er hatte sich noch im Flugzeug eine Taktik zurechtgelegt, wie er vorgehen wollte. Das Auftauchen seiner Mutter hatte alles komplizierter gemacht.

»Gefällt dir dein Zimmer, Maik?«, wollte Lysann wissen. »Es ist das ehemalige Arbeitszimmer meines Mannes.«

»Danke, ich fühle mich sehr wohl dort«, erwiderte er pflichtschuldig.

»Roger war doch bei der Royal Air Force, oder?«, fragte Enne, anscheinend um eine entspannte Atmosphäre bemüht, während sie auf einem Beistelltischchen Tee in die hauchfeinen Porzellantassen goss.

»Ja, und ich bin heute noch stolz auf ihn. Die Piloten der RAF haben uns Berliner damals gerettet.« Lysann griff nach einem Scone. »Aber als ich Roger kennenlernte, war er noch nicht bei der Air Force.« Sie strich etwas Clotted Creme und Erdbeermarmelade darauf und biss vorsichtig ein kleines Stück von dem Gebäck ab.

»Ich dachte, ihr wärt euch erst 1948 am Flughafen Tempelhof begegnet?«, fragte Enne überrascht.

»Ach, meine Liebe, du weißt vieles nicht aus meinem Leben. Wie denn auch, wo wir uns nur so selten sehen und Zeit für einen gemütlichen Plausch haben.« Lysann nahm einen Schluck Tee. »Nun, um deine Frage halbwegs zu beantworten:

Roger war einer der Offiziere, die Berlin während der Blockade mit allem Lebenswichtigen versorgten. Aber ich hatte ihn bereits ein paar Jahre vorher kennengelernt.« Sie schaute zu Collin. »Dein Großvater war ein nobler Mann. Großzügig und voller Herzensgüte.«

»Ich weiß, Grandma. Er hat mir viel beigebracht. Erst durch ihn ist mir unsere Familientradition bewusst geworden.« Auch Collin sprach seinen Gästen zuliebe Deutsch und wandte sich nun an Enne. »Die Berliner haben die Piloten in ihren Rosinenbombern damals gefeiert, oder?«

»Ja, Rosinenbomber, das war das geflügelte Wort während der Luftbrücke«, bestätigte Enne. »Auch wenn sie alles von Trockenmilch bis zu Kohlen an Bord hatten. Rosinen eher nicht. Ohne diese Männer wären die Westberliner durch Stalin ausgehungert worden und elendig erfroren.« Enne strich sich einen nicht vorhandenen Krümel vom Rock. »Ich weiß das meiste über die Zeit auch nur aus Erzählungen meiner Eltern. Aufgewachsen bin ich im alten Westberlin, von allen Seiten eingemauert, so etwas prägt.« Sie schwieg einen Moment. »Das ist schon so lange her, aber immer noch bekomme ich eine Gänsehaut, wenn ich die Rede von Ernst Reuter höre, dem damaligen Regierenden Bürgermeister von Berlin.«

Auch Lilienthal kannte die Rede, war jedoch peinlich berührt, als seine Mutter leise sagte: »Ihr Völker der Welt! Schaut auf diese Stadt und erkennt, dass ihr diese Stadt und dieses Volk nicht preisgeben könnt.«

Collin hingegen hörte ihr fasziniert zu, und als Lilienthal sich zu dessen Großmutter drehte, wischte sie sich verstohlen über die Augen.

»Ihr müsst wissen«, sagte die alte Dame, »ich war damals eine von den vielen Hunderttausenden vor dem zerschossenen Reichstag. Und hatte zu dem Zeitpunkt keine Ahnung, dass mich ein britischer Soldat wie die berühmte Stecknadel im Heuhaufen suchte.«

»Grandpa?«, fragte Collin verblüfft, der die Geschichte nicht zu kennen schien.

Seine Großmutter nickte. »Wir waren uns ein paar Jahre zuvor weit weg von Berlin an der Elbe begegnet, und ich hatte es nie für möglich gehalten, ihn jemals wiederzusehen. Aber dein Großvater war schon immer hartnäckig.«

Lilienthal verdrehte innerlich die Augen. Wegen alter Kamellen war er nicht hergekommen. Irgendwie musste er das Gespräch auf Holm und Katie lenken.

»An der Elbe fing alles an.« Lächelnd blickte Lysann in die Runde.

»Lass die alten Geschichten doch, Grandma.« Collin nahm ihre Hand.

Sie strich ihm über die Wange.

Lilienthal bemerkte, wie sich seine Gesichtszüge verhärteten. Und plötzlich brach es aus Collin heraus: »Enne und Maik sind nicht wegen Katies Beerdigung hier. Denke daran, Grandma: Sie sind Polizisten und nur gekommen, um mehr über Katie und Desmond zu erfahren. Sie wollen mehr wissen, als ihnen zusteht. Du hättest Enne nicht auch noch einladen dürfen. Auch du bist eine Holm, bitte vergiss das nicht.«

Lilienthal zuckte zusammen. Eine Holm, vergiss das nicht, hallten die Worte in ihm nach. Das gestrige Telefongespräch fiel ihm ein. »Er ist immerhin ein Holm«, hatte Collin über Desmond gesagt. Jetzt wusste er auch wieder, woran er sich in der Bahn nicht hatte erinnern können. Auf ihrer Reise durch Ecuador hatte seine Mutter beinahe die gleichen Worte zu ihm gesagt. »Du bist ein von Lilienthal, vergiss das nicht.« Er hatte nie Wert auf diesen Namenszusatz gelegt, auf das kleine Wörtchen »von«. Fand es in der heutigen Zeit überflüssig. Doch auch wenn er versuchte, sich zu geben wie alle anderen, so war er doch in diese besondere Familie hineingeboren worden. Mit der Verpflichtung sich selbst und seinen Vorfahren gegenüber, Haltung zu bewahren und nicht aufzugeben, was auch immer das zu bedeuten hatte. Das hatte seine Mutter damals auf der Reise von Alausí nach Guayaquil gemeint.

Was waren die Holms für eine Familie? Gut situiert, so viel er wusste. Mehr war ihm nicht bekannt.

Er blickte zu seiner Mutter. Sie hatte die Augen halb geschlossen. Saß bewegungslos da. Seit seiner Kindheit wusste er, was diese Haltung zu bedeuten hatte. Hoch konzentriert analysierte sie etwas. Vielleicht spürte sie wie er, dass in dieser Familie etwas vor Außenstehenden geheim gehalten wurde. Etwas, was vermutlich mit Katie und ihrem Lieblingsonkel zusammenhing. Er musste es herausfinden.

33

Lysann gebot Collin zu schweigen und wandte sich an die Lilienthals: »Verzeiht einer alten Frau. Aber als ich hörte, dass Maik kommen würde, habe ich umgehend Enne angerufen und sie gebeten, mir ebenfalls einen Besuch abzustatten.«

»Granny, bitte«, mischte sich Collin erneut ein.

»Nein, Collin, jetzt rede ich«, sagte sie streng. »Als ich erfuhr, wo mein Sohn halb tot gefunden worden war, ist mir alles klar geworden. Desmond ist mein Sohn, aber mehr noch der seines Vaters.«

Collin rutschte nervös in seinem Sessel hin und her.

»Er ist der Spross einer alten, traditionsbewussten englischen Familie«, fuhr Lysann fort. »Alle männlichen Nachkommen treibt das Gleiche um. Auch Desmond trat in die Fußstapfen seines Vaters. Er konnte gar nicht anders. Er war besessen.« Das letzte Wort hing im Raum.

Collins Augen verengten sich.

Lysann atmete zitternd ein. »Ja, Collin, das trifft auch auf dich zu.« Ihre Lider flatterten, und kurz schloss sie die Augen. »Ich war nicht nur Rogers Ehefrau und Mutter seiner beiden Kinder, Desmond und Elisabeth, Collins Mutter.« Sie zögerte. »Ich war auch eine Eingeweihte«, sagte sie dann und betonte jedes Wort.

Collin hob die Hände.

»Ich weiß viel mehr, als du ahnst, mein Enkel.« Ein Hustenanfall hielt sie vom Weitersprechen ab.

Collin war kreidebleich geworden, eine blaue Ader trat an seiner Schläfe hervor. Wortlos reichte er seiner Großmutter die volle Teetasse.

»Danke«, murmelte sie und trank einen Schluck. »Roger wie später auch sein Sohn Desmond studierten in St Andrews. Eine andere Universität kam für die Holms nie in Frage.«

Collin sackte in seinem Sessel zusammen und flüsterte etwas.

Seine Großmutter beachtete ihn nicht, blickte zu Lilienthal und Enne. »Ich möchte, dass die Verbrechen an meinem Sohn und meiner Enkeltochter nicht nur aufgeklärt, sondern gerächt werden«, fügte sie kaum hörbar hinzu. »Auge um Auge, Zahn um Zahn. So steht es im Alten Testament. Auch wenn solches Denken nicht mehr politisch korrekt ist.« Sie schloss die Hand zur Faust, sodass die dünne Haut über den Knöcheln spannte. »Heutzutage wird dem Täter mehr Aufmerksamkeit und Mitgefühl entgegengebracht als dem Opfer. Das ist doch keine Gerechtigkeit.« Sie setzte die Tasse zitternd auf die Untertasse, sodass es klirrte. »Es ist gut, dass sich jemand der Ermittlungen annimmt, dem ich vertrauen kann. Vertrauen ist in diesem Fall für mich ausschlaggebend.« Sie wandte sich Enne zu. »Du bist nicht nur voller Herzensgüte, sondern besitzt auch einen scharfen Verstand. So wie du, Maik.« Erschöpft ließ sie sich zurücksinken. »Ihr müsst diejenigen finden, die das meinen beiden Lieben angetan haben.« Eindringlich blickte sie ihren Enkelsohn an. »Sie sind die Besten, Collin. Ich werde sie einweihen. In alles, was nötig ist.«

»Aber das wird deine Kräfte übersteigen«, wandte er rau ein.

»Vielleicht hast du recht, *my dear*«, erwiderte die alte Dame. »Für den Augenblick ist es tatsächlich genug. Ich werde mich ein wenig hinlegen.«

Collin half seiner Großmutter aus dem Sessel und begleitete sie zur Tür.

Auch Lilienthal erhob sich. Warum nur war Collin ihnen

gegenüber so misstrauisch? Er war doch hier, um die Verbrechen aufzuklären, die an seiner Schwester und seinem Onkel begangen worden waren. Nicht mehr und nicht weniger. Etwas verbarg sich hinter Collins Ablehnung, aber was?

Bevor sie den Raum verließ, wandte Lysann sich noch einmal zu ihm und Enne um: »Ich habe schon viel zu lange geschwiegen. Ich darf das Geheimnis nicht mit ins Grab nehmen«, sagte sie mit bebender Stimme.

34

Im schlichten Etuikleid, mit der von ihrer Mutter geerbten mehrreihigen Perlenkette um den Hals, dazu ein dezentes Make-up, so erschien Enne mit Lilienthal, der einen dunkelgrauen Blazer zu schwarzen Chinos trug, zum Essen. Sie hatten sich der englischen Dinner-Tradition angepasst, die in diesem Haus nach wie vor zelebriert wurde.

Das Speisezimmer, ein Raum mit breiter Fensterfront zum Garten hin, war mit schlichten, aber qualitativ hochwertigen Holzmöbeln eingerichtet. Die wenigen Aquarelle an der Wand, deren Auswahl für Kunstverstand sprach, gaben dem Raum ein freundliches Ambiente. Mary, die langjährige Hausangestellte mit streng zurückgebundenem grauen Haar, kariertem Rock und weißer Bluse, servierte diskret. Der Butternut-Squash-Soup, der die Lilienthals erst zögernd, dann aber mit Appetit zusprachen, folgte ein Shepherd's Pie. Für Lilienthals Geschmack zu fad, dafür fand er den Wein, einen Shiraz aus der Kapregion, ausgezeichnet, genau wie seine Mutter, die sich mehrmals nachschenken ließ. Ein Trifle aus Schlagsahne, Heidelbeeren und Biskuit rundete das Dinner ab, dann wechselten alle für Kaffee und Cognac in den angrenzenden Wintergarten.

Als sie es sich in Korbsesseln mit weichen Polstern bequem gemacht hatten, begann Lysann mit ihrer Erzählung: »Die ausgelagerten Bestände des Preußischen Geheimen Staatsarchivs waren Ende des Zweiten Weltkriegs im Graf-Moltke-Schacht in Schönebeck und im Berlepsch-Schacht in Staßfurt untergebracht. Beide gehörten der Preussag AG, und beide lagen südlich von Magdeburg und östlich der Elbe. Die Preußischen Bergwerks- und Hütten-Aktiengesellschaften gehörten dem Staat«, ergänzte sie. »Auch unersetzliches deutsches Kulturgut aus den Berliner Museen lagerte dort. Roger war damals schon promovierter Historiker, ihm kam der Inhalt der Kisten wie ein Schatz vor, als er sie Mitte April 1945 entdeckte. Die Alliierten beschlagnahmten den Fund, und Roger wurde als Leiter einer Fachkommission der Westalliierten eingesetzt. Nur mit einem kleinen Stab von ausgewählten Soldaten der British Army sollte er die Bestände sichten.«

»Aber hielten sich die Alliierten nicht nur kurz östlich der Elbe auf?«, unterbrach sie Enne.

»Du hast recht, meine Liebe.« Lysann nickte. »Nur circa zwei Monate lang besetzten die Amerikaner und Briten die Städte östlich der Elbe. Und das war mein großes Glück. Denn dort begegnete ich Roger im April 1945.«

»Noch im Krieg, Grandma?«, fragte Collin.

»Ja, erst am 8. Mai 1945 kapitulierte Nazideutschland bedingungslos.« Lysann Holm räusperte sich. »Dabei war ich ein Berliner Kind, geboren im gutbürgerlichen Bezirk Charlottenburg. Als einziges Kind des Branddirektors der Berliner Feuerschutzpolizei, wie sich die Feuerwehr unter den Nazis damals nannte, wuchs ich behütet auf, besuchte in Berlin ein Lyzeum. Ärztin wollte ich werden. Aber es kam anders. Im Sommer 1944 wurde meine Klasse, eine reine Mädchenklasse, wegen der mehrmals täglich stattfindenden Bombenangriffe auf die deutsche Hauptstadt evakuiert. Zusammen mit zwei Lehrerinnen kamen wir in einem geräumigen Haus nahe der Stadt Schönebeck unter.« Sie überlegte. »Sogar 1944 funktionierte die Organisation im Deutschen Reich fast noch reibungslos.«

»Erstaunlich«, bemerkte Lilienthal, dem Luftbildaufnahmen vom zerbombten Berlin nicht unbekannt waren.

»Unsere Lehrerinnen unterrichteten uns weiter, so gut es ging. Immerhin hatten wir ausreichend Verpflegung und waren weit weg von den Bomben, die auf Berlin fielen.«

Lilienthal rutschte unruhig in seinem Korbsessel hin und her. Was wollte ihnen Collins Großmutter mitteilen?

»Das änderte sich schlagartig, als die Alliierten immer näher rückten und die umliegenden Städte einnahmen«, erzählte sie weiter. »Die Versorgung mit allem Lebensnotwendigen brach zusammen. Jetzt waren wir nicht mehr die privilegierten Schülerinnen aus der Reichshauptstadt, sondern nur noch überflüssige Esser, die der einheimischen Bevölkerung das Nötigste wegnahmen. Noch dazu Berlinerinnen, die niemand dort mochte. Nun, um es kurz zu machen, bald waren unsere Lebensmittelvorräte und die letzten Säcke mit Kohlen, die wir noch hatten, aufgebraucht. 1945 war es bis in den April hinein eiskalt. Der Hunger, die Kälte und die Nachrichten von der heranrückenden feindlichen Armee verängstigten uns Mädels zusehend. Nachts lagen wir mit allem bekleidet, was wir besaßen, dicht an dicht auf unseren Strohsäcken, um uns zu wärmen. Die meisten meiner Mitschülerinnen wurden krank, mich erwischte es dank meiner robusten Konstitution nicht. Zusammen mit einer der beiden Lehrerinnen, die andere lag mit einer Lungenentzündung im Bett, versuchten wir Gesunden, in den umliegenden Gehöften Lebensmittel zu organisieren. Wir bettelten.« Lysann schwieg kurz. »Aber die Bauern wollten dafür im Gegenzug Schmuck oder Pelze, die niemand von uns besaß. Wenn überhaupt, erhielten wir nur eine Handvoll angefrorener Kartoffeln und ein paar Rüben.«

Collin strich seiner Großmutter beruhigend über die nervös an ihrem Rockbund nestelnden Hände. Sie lächelte ihm dankbar zu.

»Der Zustand der meisten Mädchen verschlechterte sich im Verlauf des Winters, aber auch um die kranke Lehrerin machte ich mir Sorgen. Wir hatten keine Medikamente, kein Essen, und das Gebäude war inzwischen derart ausgekühlt, dass selbst innen die Temperaturen nicht über null stiegen.«

Lilienthal schaute verstohlen auf seine Uhr, dann zu Collin, der seine Großmutter anstarrte, als wollte er sie hypnotisieren. Mit ihm wollte er reden. Davon versprach er sich weitaus mehr als von den langatmigen Jugenderinnerungen der alten Dame. Aber er hatte keine andere Wahl.

»Eines Abends hämmerte es an der Eingangstür, und wir hörten englische Worte. Unsere Lehrerin hatte uns darauf schon vorbereitet. Auf Zehenspitzen, die Gesünderen von uns stützten die Kranken, schlichen wir die Kellertreppe hinunter. Das Gebäude war alt, entsprechend auch der Keller. Verzweigte Gänge, viele Räume, von denen nochmals mit Holzbrettern verschlossene Verschläge abgingen. Am Ende eines Ganges befand sich der Heizungskeller, wo noch vor kurzer Zeit Berge von Koks gelagert hatten. Jetzt, da das Brennmaterial verbraucht war, hatte unsere gesunde Lehrerin eine schmale Tür dahinter entdeckt, die zu einem weiteren Raum mit Luftschacht führte. Das wurde unser Versteck. Zusammen mit ihr hatten wir, die Mädchen, die noch bei Kräften waren, ausrangierte Möbel, Gartengeräte und Ähnliches vor der Tür aufgestapelt und nur einen schmalen Durchgang für uns frei gelassen. Auch alte Matratzen hatten wir hinuntergeschafft, auf die wir die Kranken betteten. Eng zusammengedrängt hockten wir dort und horchten auf die Geräusche von oben. Ich hörte Befehle, dann Türenschlagen. Wir wagten nicht uns zu rühren. Endlich verstummten die Geräusche, und nach einer Weile schlich unsere Lehrerin wieder nach oben. Ich folgte ihr. Als sie die Tür zum Erdgeschoss öffnete, stand vor ihr ein britischer Soldat. Ich war ein Stück hinter ihr geblieben, konnte unentdeckt sehen, wie sie von ihm gepackt und dann in einem Jeep abtransportiert wurde. Jemand aus dem Ort hatte sie als Nazi denunziert.« Lysann blickte auf ihre Hände, dann bemerkte sie nachdenklich: »Ich maße es mir nicht an, heute darüber zu urteilen. Vielleicht hat derjenige so seinen eigenen Hals gerettet. Aber für uns bedeutete die Festnahme, dass wir auf uns allein gestellt waren. Viele Mädchen fingen an zu weinen, als ich ihnen erzählte, was passiert war. Ich beschwor sie, sich ruhig zu verhalten, denn ich glaubte nicht, dass wir wieder allein waren. Dann hörten wir wirklich Schritte. Jemand lief über uns entlang, dann die Kellertreppe hinunter. Durch einen Spalt in unserem Versteck sah ich, wie die Tür zum Heizungskeller geöffnet wurde. Wir hielten die Luft an, waren mucksmäuschenstill. Bis sich die Schritte wieder entfernten. Ich atmete schon auf, als ein Hustenanfall unsere kranke Lehrerin schüttelte. Wenige Sekunden später wurde die Tür zu unserem Versteck aufgestoßen, und ein Soldat schrie uns mit auf uns gerichteter Waffe an. Abgemagert, schmutzig und verängstigt krochen wir aus unserem Versteck. Der Offizier fragte mich, wer wir seien, und ich nahm meinen ganzen Mut zusammen und antwortete in meinem holperigen Schulenglisch, dass wir Schülerinnen aus Berlin seien und Hunger hätten. Dass viele von uns krank seien und wir schnellstens zurück nach Berlin wollten. Dass zu dem Zeitpunkt Berlin umkämpft und Hitler noch am Leben war, wussten wir nicht.

Der Offizier musterte unseren kläglichen Haufen, schickte uns in unseren eigentlichen Schlafraum mit dem Befehl, dass niemand sich entfernen durfte, und verließ mit unserer kranken Lehrerin und seinen Soldaten das Gebäude.

Am folgenden Tag wollte ich allein zum Quartier der Briten laufen, um zu versuchen, wenigstens eine unserer Lehrerinnen freizubekommen. Und irgendwo Essen aufzutreiben. Ich verließ das Gebäude gerade, da kam der Offizier vom Vortag zurück. Ihm folgte sein Adjutant mit einem Stoffsack auf dem Rücken. Darin waren Fleischkonserven, Kekse, Schokoladenriegel, alles Dinge, die wir seit Langem nicht mehr zu Gesicht bekommen hatten. Der Offizier beauftragte mich mit dem Verteilen, und kurz darauf hielt ein zweiter Jeep vor dem Haus, und mehrere Soldaten schleppten Kohlensäcke in den Heizungskeller.«

Lysann lächelte. »Von dem Tag an hatten wir zu essen, und die Umstände wurden erträglicher. Bald kam der junge Offizier jeden Tag. Er war immer höflich und zuvorkommend. Zuerst fragte er nur, ob es uns an nichts fehle, später dann«, sie schmunzelte, »wollte er mehr über mich und meine Familie wissen. Bald schon spazierten wir gemeinsam über den Deich an der Elbe. Ein Angehöriger der British Army und eine Deutsche – noch dazu ein Schulmädchen von sechzehn Jahren –, das war natürlich verboten.«

35

Fröstelnd zog Enne ihren dunkelblauen seidenen Morgenmantel über ihrem Schlafanzug zusammen. Winzige Tropfen benetzten ihre Wangen. Nieselregen hatte eingesetzt. Die Lichter des Krankenwagens entschwanden in der Ferne. Collin war mitgefahren.

Behutsam fasste Lilienthal seine Mutter am Arm. »Komm zurück ins Haus«, sagte er leise.

Am Abend zuvor war Lysann, nachdem sie ihre lange Erzählung beendet hatte, zu Bett gegangen. Das Sprechen hatte sie sichtbar angestrengt. Collin begleitete sie zu ihrem Zimmer und kehrte mit einem dreißig Jahre alten Glenfiddich Single Malt zu ihnen zurück. Die Geste wirkte wie ein Friedensangebot nach seinen vorangegangenen Beschuldigungen. Während sie den Whisky genossen – Enne lobte, es sei der beste, den sie je getrunken hatte –, umschifften sie jedes verfängliche Thema.

Als Enne weit nach Mitternacht zu ihrem Zimmer ging, öffnete sich die Tür von Lysanns Schlafraum. Die alte Dame, gekleidet in ein helles, wallendes Flanellnachthemd, bat sie hereinzukommen.

»Ich habe auf dich gewartet«, flüsterte sie und zog Enne zu einem Stuhl neben ihrem Bett. Nahm aus einer Nachttischschublade ein Kästchen und öffnete es.

»Fahr morgen nach Lancaster«, sagte sie und hob, als Enne sie verwundert anschaute, abwehrend die Hand. »Keine Widerrede. Du gehst zur NatWest Bank in der Church Street.« Sie drückte Enne einen Schlüssel in die Hand. »Der passt zu meinem Schließfach. Darin liegt ein Päckchen. Mehr nicht. Das nimmst du und bringst es mir.«

»Aber warum ich?«, fragte Enne. »Warum nicht Collin oder deine Tochter?«

»Du holst es. Darum wollte ich, dass du kommst. Ich habe schon zu lange gewartet. Es muss endlich ein Ende haben.«

Verständnislos blickte Enne auf das kleine Ding in ihrer Hand, dann zu ihrer alten Freundin, die mit zitternden Fingern einen Briefumschlag vom Nachttisch nahm und ihn ihr ebenfalls überreichte.

»In dem Kuvert ist meine Vollmacht. Die gibst du Rutherford, dem Leiter der Bank. Ich kenne ihn seit Langem. Einer von der alten Schule. Steht kurz vor dem Ruhestand. Er ist etwas umständlich, wahrscheinlich wird er nach einem Ausweis fragen. Also nimm ihn mit. Rutherford weiß Bescheid. Ich habe ihn gestern angerufen und dich angekündigt.« Sie hatte sich auf das Bett gesetzt, um Atem gerungen und schließlich geflüstert: »Ich vertraue dir, Enne von Lilienthal.«

Jetzt stand sie in der kühlen Morgendämmerung eines beginnenden englischen Herbsttages.

Morgen sollte die Trauerfeier für Katie im Hause McLaren stattfinden, heute Nachmittag wurden sie zum Tee bei den Eltern erwartet. Enne fühlte sich hin- und hergerissen. Natürlich war sie neugierig, was sich in dem Päckchen in dem Schließfach befand. Aber durfte sie es jetzt noch holen?

Der Notarzt hatte von einem Schlaganfall gesprochen. Niemand konnte wissen, ob Lysann sich wieder davon erholen würde. Oder, schlimmer noch, ob sie starb. Erneut dachte Enne an die dringlichen Worte der alten Freundin. Sie musste fahren. Musste ihren Auftrag ausführen. Sie hatte es Lysann in die Hand versprochen. Und ein Versprechen war immer noch ein Versprechen.

Zurück im Haus führte ihr Sohn Enne zu einem Sessel und verschwand in der Küche. Die Knie hochgezogen, die Arme darumgeschlungen, hockte sie nun dort und grübelte.

Die Situation gefiel ihr nicht. Schon jetzt hatten sie den Argwohn von Collin geweckt. Katie war tot, Desmond Holm schwer verletzt, und nun war auch noch dessen Mutter vermutlich mit einem Schlaganfall ins Krankenhaus eingeliefert worden. Es wäre das Beste, abzureisen, überlegte sie.

Ihr Sohn kam mit zwei Bechern Tee und einer unter den Arm geklemmten halb geleerten Flasche Whisky zu ihr zurück. Er reichte ihr einen Becher und gab einen kleinen Schuss Whisky hinzu. »Zur Beruhigung«, meinte er lakonisch.

»*Cheers*«, murmelte Enne, »auf dass unsere alte Lady wieder gesund wird.« Sie nahm einen großen Schluck. Sofort breitete sich in ihrem Inneren Wärme aus.

Ihr Sohn war mit seinem Tee ans Fenster getreten und schaute hinaus. Sollte sie ihm erzählen, was ihre Freundin ihr aufgetragen hatte? Aber Lysann hatte bewusst nur sie eingeweiht. Sie musste nach Lancaster fahren. Allein.

Sie ließ die Beine wieder vom Sessel gleiten und stand etwas wackelig auf. Hochprozentiges auf nüchternen Magen war nicht ihr Ding. »Ich mache mich jetzt einigermaßen präsentabel«, sagte sie. »Und danach gehe ich etwas an die Luft, um den Kopf freizubekommen. Heute Nachmittag müssen wir zu den McLarens und gute Miene zum … Du weißt schon.«

Als sie den Raum verließ, spürte sie seine nachdenklichen Blicke in ihrem Rücken.

36

Die NatWest Bank in der Church Street befand sich in einem etwas heruntergekommenen grauen Gebäude aus dem 19. Jahrhundert.

Enne hatte den Zug in Silverdale gerade noch erreicht und sich den Luxus erlaubt, vom Bahnhof eine Taxe zu nehmen. Am Schalter fragte sie nach Mr Rutherford, nannte ihren Namen und erklärte, dass sie im Auftrag von Mrs Holm komme. Kurz darauf tauchte aus dem rückwärtigen Teil der Schalterhalle ein hagerer Mann im dunklen Anzug auf, der sie an einen Bestatter erinnerte. Sein strähniges graues Haar ragte im Nacken über den Kragen, und Enne überlegte, ob sein Friseur eventuell pleitegegangen war.

Er begrüßte sie zurückhaltend und bat sie, sich auszuweisen.

Enne reichte ihm ihren Pass, woraufhin er sie in ein kleines Büro führte. Dort gab sie ihm auch die Vollmacht, die er eingehend studierte.

»Mrs Holm ist eine langjährige Kundin unseres Institutes«, sagte er salbungsvoll und musterte Enne durch dicke Brillengläser mit Eulenaugen. »Aber inzwischen werden ihre Bankgeschäfte von ihrem Enkel, Mr Collin McLaren, geführt. Er kümmert sich um das Vermögen.« Als Enne nickte, fuhr er näselnd fort: »Sie werden sicher verstehen, dass ich Ihre Anfrage vorher mit ihm abklären muss.«

»Selbstverständlich, Mr Rutherford«, erwiderte Enne kühl, wobei ihr das Herz bis zum Hals klopfte. »Aber ich möchte Sie darauf hinweisen, dass dies nicht im Sinne von Mrs Holm wäre.« Sie langte nach der Vollmacht. »Genau das wollte sie vermeiden und hat Ihnen deshalb auch meinen Besuch gestern telefonisch angekündigt. Wenn Sie jedoch darauf bestehen, Rücksprache zu halten, werde ich mich jetzt verabschieden.« Enne erhob sich, nahm ihre Handtasche und wandte sich zur Tür.

Rutherford sprang sofort auf und räusperte sich. »So warten Sie doch einen Augenblick. Ich möchte natürlich vermeiden, dass unsere langjährigen Geschäftsbeziehungen mit dem Hause Holm beziehungsweise McLaren durch diese, ähm … Angelegenheit Schaden nehmen. Aber verstehen Sie auch mich. Ich muss mich doch vergewissern, dass alles seine Ordnung hat.« Rutherford ging zum Telefon. »Ich rufe jetzt Mrs Holm an.«

Enne zuckte mit den Schultern. »Um diese Zeit hält meine Freundin ihren Vormittagsschlaf«, improvisierte sie. »Aber bitte, tun Sie, was Sie für nötig halten.«

Rutherfords nikotingelbe Finger, die bereits über dem Telefonhörer schwebten, zuckten zurück. »Nun«, murmelte er, »natürlich möchte ich die alte Lady nicht um ihre wohlverdiente Ruhe bringen.« Er schob das Telefon zur Seite, starrte mehrere Sekunden lang auf den Schreibtisch. »Also gut, wenn Sie mir dann bitte folgen wollen«, schnarrte er schließlich.

Enne nickte und versuchte unauffällig, die Schweißperlen wegzuwischen, die sich auf ihrer Stirn gesammelt hatten.

In einem verblichenen Segeltuch und von einer brüchigen Schnur zusammengehalten steckte das Päckchen in Ennes Handtasche, während sie eilig zum Bahnhof lief.

Dort erfuhr sie, dass der nächste Zug nach Silverdale erst in anderthalb Stunden ging. Gegenüber entdeckte sie ein kleines Café.

Ihre Handtasche unter den Arm geklemmt betrat Enne einen mit dunklem Holz getäfelten Raum. Bis auf zwei Frauen mittleren Alters, die sich an einem Fenstertisch bei Tee und Kuchen unterhielten, war das Café praktisch leer. Hinter der Theke polierte eine junge stupsnasige Frau Gläser.

Enne ließ sich in der hintersten Ecke nieder und bestellte einen Earl Grey und ein Käsesandwich. Wartete, bis alles vor ihr stand und die Stupsnasige sich ihrem Smartphone widmete, und holte das Päckchen aus der Tasche. Sie versuchte, die Schnur zu entfernen, aber die Knoten ließen sich nicht aufdröseln, und zu zerschneiden wagte sie sie nicht. Verärgert starrte sie das Päckchen an.

»Das könnte helfen.«

Erschrocken fuhr Enne hoch. Vor ihr stand die junge Bedienung und hielt ihr mit freundlichem Lächeln eine Gabel hin. Tatsächlich ließen sich mit Hilfe der Gabelzinken nach einigem Herumstochern die Knoten lockern.

Die junge Frau lächelte zufrieden und nahm die Gabel zurück. »Vielleicht noch einen Pimm's Cup?«

»Gern«, nickte Enne, und wenig später stand das Glas vor ihr. Sie nahm einen großen Schluck und begann, den Inhalt des Päckchens auszuwickeln.

Eine braune Lederschutzhülle kam zum Vorschein. Als sie sie aufklappte, lag darin ein schmales Büchlein.

Vorsichtig nahm sie es und legte es auf den Tisch. Betrachtete den Einband. Anscheinend ein Tagebuch. Der Klingelton ihres Handys riss sie aus ihren Gedanken. Collin? Hatte Rutherford ihn doch informiert? Aber es war ihr Sohn. Später, entschied sie, wischte den Anruf weg und ließ das Telefon zurück in ihre Tasche gleiten. Hörte noch, wie eine Nachricht einging.

Sie schlug die erste Seite des Buches auf.

»May you attain the strength, rise to wisdom and see the beauty«, stand dort in feiner Handschrift geschrieben.

37

Von Shakespeare vielleicht?, überlegte Enne und blätterte weiter. Auf dem nächsten Blatt ein Bild. In einem Rechteck mit abgerundeten Ecken lagen zwei Wesen, halb Löwe, halb Boot. Alles war mit schwarzer Tusche gezeichnet. Ein Familienwappen?

Darunter stand in akkurater Handschrift in Englisch:

Roger Desmond Clive Holm
Dr. der Kunstgeschichte
aktuell Offizier in der britischen Armee

Und auf der nächsten Seite in derselben Handschrift:

Die Ereignisse, die ich im Folgenden schildere, habe ich nach bestem Wissen und Gewissen aufgezeichnet. Manches sofort nachdem es sich ereignet hatte, einiges erst später.
Gott möge mir verzeihen, falls ich mich geirrt habe.
Roger Holm

Enne blätterte weiter. Die Schrift auf den folgenden Seiten war nicht mehr ganz so akkurat, die Worte erschienen ihr schnell hingekritzelt, sodass sie Mühe hatte, sie zu entziffern.

13. April 1945, Bad Salzelmen
Die Elbe. Endlich. Wir setzen über, mit schwerem Gerät. In den Dörfern weiße Fahnen an den Fenstern. Vereinzelt immer noch Beschuss. Aber viele Deutsche empfangen uns freudig winkend.

Schönebeck, eine kleine Stadt mit Hafen und Industrieanlagen. Die meisten Gebäude ohne Bombenschäden. Nehmen Quartier in Bad Salzelmen. Prächtige Villen am Kurpark. Am Bahnhof ein altes Gradierwerk. Noch intakt. Kommen notdürftig im alten Rathaus unter.

14. April 1945, Bad Salzelmen
Nach Hinweis auf versteckte Nazis Patrouille mit drei Mann. Durchsuchung. Haus auf den ersten Blick leer und eiskalt. Dann finden wir Mädchen! Evakuiert aus Berlin. Eine Lehrerin, mausgrau mit Herrenhaarschnitt, spricht Englisch mit grauenhaftem deutschen Akzent. Kann mir nicht in die Augen schauen. Die andere hat Hängebacken, quadratische Figur. Die Mädchen sind hohlwangig, haben dünne Hälse und so ängstliche Augen. Haben seit Wochen kaum etwas gegessen, erzählt eine. Sie ist groß und schlank wie eine Gazelle und hat veilchenblaue Augen. Haben bei den Bauern gebettelt, aber kaum was bekommen. Warum geben die Deutschen ihren Kin-

dern nichts? Sie haben Wurzeln aus dem Wald und Kartoffelreste von den Feldern gegessen, erzählt sie, und dass die Leute hier Berliner nicht mögen. Das Mädchen heißt Lydia Anne. Haben die Lehrerinnen verhaftet und in die Arrestzellen im alten Rathaus gesteckt. Nazis? Was machen wir jetzt mit den Mädchen? Habe ihnen fürs Erste Essen und Kohlen geschickt.

17. April 1945, Schönebeck
Durchsuchung der Werksanlagen auf der Salineninsel. Preussag AG. Salzgewinnung. Der Förderturm steht abseits. Wo sind die Arbeiter? Etwas stimmt hier nicht.

18. April 1945, Bad Salzelmen
Heute kam ein ehemaliger Arbeiter zu uns. Jacco de Vaar. Holländer und Fahrhauer bei Preussag. Kann ganz passabel Englisch. Im Graf-Moltke-Schacht soll nicht nur Salz lagern, sagt er. Munition, Sprengstoff? Er weiß nichts Genaues, aber es muss etwas Wichtiges sein. Kann ich ihm trauen?

19. April 1945, Schönebeck
Jacco bringt uns zum Bergmeister in ein altes schmales Haus in Barby, einem Ortsteil von Schönebeck. Heißt Wilhelm Rieger. Hat igelkurzes eisgraues Haar und ein Bulldoggengesicht. Unterm Jackett eine Wampe. Jacco ist unser Übersetzer, fragt ihn, was im Graf-Moltke-Schacht gelagert wird. Rieger schweigt und starrt Jacco hasserfüllt an. Erst als Jacco übersetzt, dass seine Frau und Kinder verhaftet werden, wenn er uns nicht hilft, sagt er: »Salz! Nur Salz lagert dort, sonst nichts.«

Er lügt, der weiß mehr. Morgen fahren wir ein.

20. April 1945, Preussag-Werksgelände
Scheißwetter. Eisregen und Sturmböen. Auf dem Areal alles ruhig. Niemand in den Gebäuden. Wo sind die Deutschen? Aus einem Fenster hängt ein weißes Tuch. Am Graf-Moltke-Schacht wartet eine Handvoll ehemaliger Arbeiter. Hat Jacco organisiert. Sie müssen den Förderkorb bedienen. Die Männer

reden nicht. Alle Nazis? Lasse drei meiner Leute oben, um sie zu bewachen.

Wir fahren ein. Bob Mustard, Gene Cunter, zwei kräftige junge Kerle aus Wales, Sergeant Charly Richmind und ich. Von der Preussag Rieger und Jacco. Mit Schutzhut, Grubenmantel, Karbidlampe. Rein in den Förderkorb. Waffen griffbereit. Glockenzeichen. Anfahren. Es ruckelt bedenklich. An einem Apparat kann man die Teufe ablesen. Der bergmännische Ausdruck für Tiefe, erklärt mir Jacco. Durch den starken Druck sind die gewaltigen Salzmassen bis zu einer Dicke von sechzig Metern zusammengeschoben worden. Die Salzlager sind vom Schacht aus in vier übereinanderliegenden Sohlen zu befahren, sagt der Holländer.

Rieger beobachtet mich aus kleinen Rattenaugen. Erst in vierhundertvierzehn Meter Tiefe steigen wir aus dem Korb. Ich höre kaum was. Befehle Rieger voranzugehen. Er spuckt aus, gehorcht erst, als ich meine Hand an die Waffe lege. Ringsum Schwärze. Nicht mal meine Füße kann ich erkennen. Wenn der Strahl der Karbidlampen auf die Decken und Wände fällt, blitzen die Salzkristalle auf.

Jacco ist neben mir, beobachtet Rieger ebenfalls. Ich bin angespannt. Wem kann ich vertrauen? Jacco? Oder steckt der doch mit dem Bergmeister unter einer Decke, und dessen Abneigung war nur gespielt? Wir laufen gebückt. Der Helm ist zu klein, ich bekomme stechende Kopfschmerzen. Unebener Boden. Keine Orientierung. Die Dunkelheit frisst jede Markierung. Immer weitere Gänge gehen ab. Ein Irrgarten.

Wohin führt uns Rieger? Verdammt. Wir stolpern über Schienenstränge, der Bergmeister immer vor uns. Trotz seiner Leibesfülle ist er schnell wie ein Wiesel. Kommen kaum hinterher. Gebe Befehl zum Anhalten. Sergeant Richmind bindet Rieger einen groben Strick um die Hüfte, der flucht. Richmind stößt ihm den Gewehrkolben in die Seite. Hass auf beiden Seiten. Wir stolpern weiter. Jacco sagt etwas, das ich nicht verstehe. Kommen an einen kaum schulterbreiten Durchlass. Auf allen vieren kriechen wir hindurch. Eine Falle?

»Da«, flüstert Jacco, schiebt sich an mir vorbei und richtet den Strahl der Lampe nach oben. Über uns ein zylindrischer Hohlraum. »Die Glocke«, flüstert er. So nennen sie das hier. Hoch und breit wie eine Kirche öffnet sich der Raum über uns. »Das gibt's nur im Graf-Moltke-Schacht. Salzpfeiler und hohe Gewölbedecken. Entstehen durch das besondere Solungsverfahren«, raunt Jacco. Im wandernden Lichtstrahl unserer Grubenlampen glitzert die Salzdecke wie Abermillionen Edelsteine. Ich kann den Blick kaum abwenden. Eine unterirdische Märchenwelt.

Dann sehe ich aus den Augenwinkeln einen Schatten. Rieger. Er rennt los. Die Dunkelheit verschluckt ihn. Sergeant Richmind stürzt, umklammert den Strick mit beiden Händen. Wird über den Boden geschleift. Ehe wir eingreifen können, ist er außer Sicht.

Jacco und ich stürzen hinterher.

Hören vor uns Richmind fluchen. Und ihn schreien: »Verdammt!«

Dann ein Schuss. Befürchte, dass mein Trommelfell geplatzt ist. Wo sind die beiden?

»Charly!«, brülle ich.

»Er ist entkommen, Sir!«, höre ich seine Antwort ganz aus der Nähe.

Ein Schatten taucht auf. Richmind. Er wankt uns entgegen. Die Uniformhose zerrissen. Presst die Hand mit dem schlaffen Seil gegen sein Bein.

Rieger ist verschwunden.

38

»Noch einen?«

Die Bedienung deutete auf das leere Glas vor Enne. Sie blickte verwirrt auf, wusste im ersten Moment nicht, wo sie war. Dann sah sie in das lächelnde Gesicht der jungen Frau und nickte. Kaum stand der zweite Pimm's Cup vor ihr, kippte sie ihn beinahe in einem Zug hinunter. Sie fühlte sich wie ausgedörrt. Hastig blätterte sie zum nächsten Eintrag.

21. April 1945, Staßfurter Militärkrankenhaus
In meinem Kopf dröhnt es, als ob neben mir eine Dampframme arbeitet. Kann andere Geräusche nur wie durch Watte hören. Mein Kopf ist kahl geschoren und mit Mullbinden umwickelt.

»Streifschuss«, hat der Medical Officer mir erklärt, als ich wieder zu Bewusstsein kam. »Ein halbes Ohr ist weg, aber Sie haben ja noch eineinhalb.« Witzbold.

Meine Schuld, es ist meine Schuld, hämmert es in meinem Kopf in Endlosschleife.

Charly Richmind, mein Sergeant. Gemeinsam sind wir in diesem grauenvollen Krieg durch dick und dünn gegangen. Bis Rieger, das Nazischwein, auf ihn geschossen hat. Bauchschuss. Die Ärzte haben alles versucht. Die Milz war zerfetzt, keine Chance.

Immer wieder läuft die Szene vor meinem inneren Auge ab: Ich stehe im Stollen. Wasser tropft von den Wänden. Richmind humpelt auf mich zu. Hält mir das Seil hin. Meldet: »Er ist entkommen, Sir!«

Ich schaue mich um. Auch Jacco ist plötzlich fort. Alles Nazis, denke ich. Ein fataler Fehler, dem Holländer zu vertrauen.

Richmind blutet aus einer Oberschenkelwunde. Auf einmal bemerke ich, wie er erstaunt erst an mir, dann an sich herunterschaut. Das Seil rutscht ihm aus der Hand, dann erst dringt der scharfe Knall an mein Ohr. Als vielfaches Echo donnert er durch die Stollen. Richmind presst jetzt beide Hände auf den Bauch. Blut quillt durch seine Finger, und wie in Zeitlupe sackt er vor mir zusammen. Dann spüre ich etwas Heißes an meinem Kopf. Bemerke noch, wie Mustard und Cunter mich zu Boden werfen, und höre, wie sie das Feuer eröffnen. Etwas Warmes läuft mir übers Gesicht, dann ist alles dunkel.

Später erfahre ich, dass sie Richmind und mich zur Stollenwand gezerrt, die Karbidlampen gelöscht und in die Richtung gefeuert haben, aus der der Schuss kam. Wenig später kroch Jacco zu ihnen, in einer Hand eine P08. Er berichtete, er sei Rieger gefolgt und habe gesehen, wie der das zweite Mal auf Richmind schoss. Er habe versucht, ihm die Waffe aus der Hand zu schlagen, habe sich auf ihn geworfen. Aber der fette Rieger habe sich wie ein Aal gewunden und ihm noch im Fallen die Pistole an den Hals gesetzt. Gerade als Rieger den Finger um den Abzug krümmte, habe Jacco seine Faust gegen den Lauf pressen können, sodass die Kugel Rieger traf. Direkt in seinen Schädel.

Mustard habe sofort die Waffe konfisziert, dann hätten mich meine Jungs getragen. Jacco, der Richmind wie ein Kind in den Armen hielt und uns zurück zum Einstiegsschacht führte, sei vorangegangen.

Enne schloss das Buch. Lehnte sich zurück, rieb sich die Augen, griff nach dem Glas. Es war leer.

Warum hatte ihre alte Freundin das Buch nach dem Tod ihres Mannes versteckt? Welches Geheimnis wurde darin offenbart?

Sie schaute auf die Uhr. Ihr blieb nicht mehr viel Zeit, bis der Zug fuhr. Erneut öffnete sie das Buch und las weiter.

25. April 1945, Bad Salzelmen
Gestern entlassen worden. Wieder im Quartier. Heute Besuch von Jacco. Er war noch mal im Schacht. Hat einen zugemauerten Seitenstollen entdeckt. Die Salzdecke dort soll keine vertikalen Löcher aufweisen, und es soll keine herabfallende Sole zu hören sein. Der ganze Stollen dort ist trocken, hat er erzählt. Jacco will mich hinbringen.

Seine Forderung: eine Ausreisegenehmigung nach England. Seine Frau und die drei Kinder leben schon seit einiger Zeit in Manchester.

Werde morgen einfahren. Mit Jacco. Auch wenn der Arzt Bedenken hat. Major Clark hat mir dreißig Mann genehmigt. Auch, um in dem Stollenlabyrinth Posten aufzustellen. Ich muss das Geheimnis im Graf-Moltke-Schacht lüften.

Einer von den Arbeitern auf dem Preussag-Gelände hat mir gesteckt, dass Riegers Sohn in der Schlacht bei Dünkirchen erschossen wurde. Durch britische Soldaten. Daher sein Hass auf die Briten.

28. April 1945, Preussag-Werksgelände
Ich bin Leiter der Fachkommission der Westalliierten für die gefundenen Bestände des Preußischen Geheimen Staatsarchivs. Die Ernennung kam heute. Erste Sichtung der gefundenen Bestände. Eine Handvoll Soldaten unterstützen mich.

Kann es immer noch nicht glauben, aber es ist wahr. Nachdem wir den zugemauerten Stollen geöffnet hatten, sind wir auf das Versteck gestoßen. Dank Jacco. Darin Akten des Preußischen Geheimen Staatsarchivs. Alle ordentlich verpackt. Meine Soldaten sind nette Burschen, haben aber keine Ahnung, was da vor ihnen liegt. Wie soll das gehen? Eine Sisyphusarbeit ohne wissenschaftliche Mitarbeiter!

2. Mai 1945, Preussag-Werksgelände
Major Clark verlangt Listen. Meine Männer arbeiten, so schnell es geht, aber ihnen fehlt nicht nur der Sachverstand. Sie haben auch keine Ahnung davon, was sie in den Händen halten. Gehen mit unersetzlichen Dokumenten um wie mit Fish 'n' Chips. Immer wieder muss ich sie ermahnen und alles, was sie tun, überprüfen. Wir brauchen mehr Zeit. Major Clark beobachtet mich mit Argusaugen. Mein Sergeant hat mir gesteckt, dass er die Listen durchsieht, wenn ich nicht da bin. Scheint sich für das brandenburg-preußische Hausarchiv zu interessieren. Ich vermute, er will bestimmte wertvolle Dokumente zum Abtransport in die Heimat vorbereiten.

3. Mai 1945, Bad Salzelmen
Die Russen erheben Anspruch auf alle Gebiete östlich der Elbe. Auch auf die, in die unsere Truppen und unsere Verbündeten, die Amerikaner, schon vorgedrungen sind.

4. Mai 1945, Preussag-Werksgelände
Absolut geheim: Bestimmte Archivalien sollen für die britische Krone gesichert werden, bevor die Russen kommen. Major Clark hat mir die Order gezeigt. Ich werde bis in die Nacht arbeiten.

5. Mai 1945, Preussag-Werksgelände
Noch vor Sonnenaufgang haben wir einen Transport mit Akten Richtung Bad Oeynhausen zum britischen Hauptquartier auf den Weg gebracht. Als Wissenschaftler sträubt sich alles in mir, einzelne historische Dokumente aus ihrem Kontext zu entfernen. Als ich protestierte, hat Clark gedroht, mich abzuziehen, sollte ich mich weigern.

20. Mai 1945, Bad Salzelmen
Versuche, den Mädchen zu helfen.

Meine Lysann, so nenne ich sie jetzt, mit den Veilchenaugen. So voller Unschuld und neugierig auf England. Treffen uns heimlich. Bringe ihr neue Wörter und Redewendungen bei. Sie will unbedingt besser Englisch sprechen.

Aber jemand hat mich bei Major Clark angeschwärzt. Er hat mir den Umgang mit ihr verboten. Es darf keine Verbrüderung stattfinden. Sogar die offizielle Anweisung hat er mir gezeigt.

Das Zusammentreffen mit Deutschen ist zu vermeiden. Freundlichkeit, Vertrautheit, Intimität, nichts davon ist erlaubt. Genauso wie das Betreten deutscher Häuser oder Wohnungen, der gemeinsame Genuss von Getränken, Händeschütteln, gemeinsames Spiel und Sport, der Austausch von Geschenken, die Teilnahme an deutschen Tanzveranstaltungen, Spaziergänge zu zweit. Und die Heirat einer deutschen Frau erst recht nicht.

Was denkt der Major denn von mir? Lysann ist doch noch ein Kind, und um Kinder muss man sich kümmern, das habe ich ihm auch gesagt.

Enne klappte das Buch zu und wickelte es wieder in den Segeltuchstoff. Sie schaute auf die Uhr. Schade, dass die Zeit nicht reichte, um jetzt sämtliche Eintragungen zu lesen. Bisher war ihr noch nicht klar, was daran so brisant war, dass ihre alte Freundin Lysann das Büchlein vor aller Welt versteckt hatte.

Schnell überprüfte sie ihr Handy. Zwei Nachrichten waren eingegangen. Die erste stammte von Collin. Nervös öffnete Enne sie.

»Grandma bei Bewusstsein. Heute siebzehn Uhr bei meinen Eltern. Gruß Collin.«

Sie atmete auf. Hoffte, dass Lysann vielleicht doch keinen Schlaganfall erlitten hatte.

Er hatte die Nachricht erst vor wenigen Minuten geschickt, also dürfte ihn Rutherford bis jetzt nicht über ihren Besuch in seiner Bank informiert haben.

Enne klemmte einen Schein unter das Glas, raffte ihre Sachen zusammen und eilte aus dem Café.

Erst als sie im Zug saß, öffnete sie die zweite Nachricht.

»Komm, so schnell du kannst! Maik.«

39

Der Zug war kaum im Bahnhof von Silverdale zum Stehen gekommen, da lief Enne auch schon hastig zum Ausgang und weiter durch die von alten Linden gesäumte Straße, bis sie atemlos das Haus ihrer Freundin betrat.

Collin hatte ihnen je einen Schlüssel gegeben, sodass sie unabhängig waren. Im Flur schlüpfte Enne aus ihren Schuhen, nahm sie in die Hand und schlich zu ihrem Zimmer. Als sie behutsam die Klinke ihrer Tür nach unten drückte, tippte ihr jemand auf die Schulter. Erschrocken fuhr sie herum.

Ohne Erklärung zog sie ihr Sohn in sein danebenliegendes Zimmer. »Du riechst nach Alkohol«, bemerkte er streng, nachdem er die Tür hinter ihr verriegelt hatte.

»Was gibt es denn so Dringendes?«, überging sie diplomatisch seine Bemerkung.

»Ich habe etwas gefunden.«

»Ach?«, machte sie nur. Und da er sie misstrauisch beäugte, schob sie schnell nach: »Und was?«

Er ging zum Schrank, öffnete die Glastür und nahm mehrere Bücher vom untersten Regalbrett.

Enne setzte sich in einen Sessel und ließ ihre Schuhe achtlos auf den Boden fallen. Pumps waren nicht mehr ihr Ding.

Lilienthal legte die Bücher neben sich auf den Teppich. »Fällt dir was auf?«

»Mach es nicht so spannend.« Enne gähnte verhalten, beugte sich dann aber doch neugierig vor. »Doppelte Rückwand?«

Er nickte, drückte gegen das Holz. Mit einem knarrenden Geräusch kippte die Wand nach vorn.

Plötzlich war Enne hellwach. Sie glitt neben ihn auf den Boden und spähte in den Schrank. Ein schmales Fach hatte sich aufgetan, darin dünne Bücher. Pendants zu dem, das in ihrer Tasche steckte. »Tagebücher?«

»Jep.«

»Von wem?«

»Roger Holm. Aber da ist noch was.« Er langte mit dem Arm in die Öffnung und zog aus der hintersten Ecke ein Kästchen hervor. Er hob den Deckel an, als sie von draußen Motorengeräusche hörten.

Lilienthal sprang auf, lief zum Fenster und sah hinaus. Der silberfarbene Austin-Healey rollte die Einfahrt hinauf. »Collin kommt.«

Enne wollte das Brett zurück vor die Bücher schieben. Es klemmte. Mehrmals presste sie mit ihrer Hand dagegen, aber es bewegte sich nicht. Als sie es endlich mit aller Kraft nach hinten drückte, klopfte es an der Tür. Schnell schloss sie die Schranktür und rappelte sich auf.

»Maik? Bist du da?« Es war Collin.

»Alles in Ordnung bei euch?«, fragte Collin höflich, als er eintrat, und lächelte müde.

Lilienthal nickte und bot ihm einen Stuhl an.

Als Collin sich sichtlich erschöpft darauf niederließ, meldete sich sein Handy. Er zog es aus seiner Hosentasche. »Rutherford?«, murmelte er erstaunt beim Blick auf das Display und ging ran.

Enne blickte zum Fenster hinaus, während sich ihre Gedanken überschlugen.

Mit knappen Worten und ausdrucksloser Miene beendete Collin das Gespräch und steckte das Gerät weg. »Ich hoffe, du hattest einen schönen Vormittag?«, wendete er sich an Enne.

Pokerface, befahl sie sich, während sie fieberhaft nach einer glaubwürdigen Erklärung suchte, für den Fall dass er nach ihrem Besuch bei der Bank fragen sollte. »Ich wollte mich ein bisschen ablenken«, erwiderte sie. »Bin nach Lancaster gefahren. Das Castle dort ist wirklich beeindruckend.«

»Es gehört immer noch der Queen«, erwiderte Collin. »Und war nicht nur eine Festung, sondern bis zu seiner Schließung 2011 auch das Gefängnis in Europa, das am längsten in Betrieb war. Viele bekannte Gerichtsverfahren fanden dort statt, auch die Hexenprozesse von Pendle. Die Angeklagten wurden im Well Tower eingekerkert und zum Tode verurteilt.«

Hexen? Tod? Wollte er damit etwas andeuten?, überlegte Enne alarmiert. Sie musste handeln. Sofort. Stöhnend presste sie sich eine Hand an die Stirn und lief ins Bad.

Erstaunt sahen Lilienthal und Collin Enne hinterher.

»Was hat denn deine Mutter?«, murmelte Collin und erhob sich. »Ich habe ein paar Kleinigkeiten zum Lunch mitgebracht, aber vielleicht sollte der besser warten.«

»Meine Mutter fühlt sich schon die ganze Zeit nicht wohl«, versuchte Lilienthal sich in Schadensbegrenzung.

»Hoffentlich nichts Ernstes«, sagte Collin und stand schon an der Tür.

Wieder allein im Zimmer klopfte Lilienthal leise an die Badezimmertür.

»Ja«, kam es kaum hörbar von drinnen.

Er öffnete die Tür einen Spaltbreit und entdeckte Enne, die auf dem Klodeckel hockte und etwas an sich presste.

»Ich sitze in der Klemme«, stöhnte sie.

»Das ist nichts Neues bei dir.«

»Nicht so laut«, zischte sie.

Lilienthal ließ sich auf den Badewannenrand nieder. »Ich höre.«

»Lysann hat mich gestern Abend noch gebeten, heute etwas aus ihrem Bankschließfach zu holen«, begann sie.

»Und jetzt liegt sie im Krankenhaus.«

»Mein Gott, ja, aber sie hatte schon alles dafür vorbereitet. Sogar den Zweigstellenleiter Rutherford über mein Kommen informiert. Es schien ihr sehr wichtig zu sein.«

»Den Rutherford, mit dem Collin gerade telefoniert hat?«, fragte er.

Enne nickte. »Wahrscheinlich hat er ihm erzählt, dass ich heute bei ihm war.«

»Du und deine Alleingänge, Mutter.« Über Lilienthals Nasenwurzel bildete sich eine steile Falte. »Du hättest mich einweihen müssen. Collin ist uns gegenüber sowieso schon misstrauisch, vermutlich können wir jetzt unsere Sachen packen.«

»Lysann wollte unbedingt, dass ich es hole«, erwiderte Enne kläglich. »Nur ich, Maik, verstehst du? Niemand aus der Familie. Ich vermute, niemand außer ihr weiß davon.« Sie seufzte theatralisch. »Bitte hilf mir, Herr Kriminalrat.«

»Kann ich irgendetwas für euch tun?«, hörten sie plötzlich Collins besorgte Stimme vor der Badtür.

Lilienthal quetschte sich durch den Türspalt nach draußen.

»Meiner Mutter ist ein wenig übel«, sagte er zu Collin. »Kreislauf, denke ich. Sie will sich etwas hinlegen.«

Als Collin abgezogen und er zurück im Bad war, hielt Enne ihm ein Päckchen entgegen.

»Das hier war im Bankschließfach«, flüsterte sie und entfernte das Segeltuch. »Es ist auch ein Tagebuch. Die Aufzeichnungen von Lysanns Mann, Roger, über die Zeit, als er in der British Army war. Am Ende des Krieges hat er ausgelagerte Bestände aus dem Geheimen Staatsarchiv in einem Salzbergwerk entdeckt. Ich konnte bis jetzt nur einen Teil lesen, aber wenn mich meine Intuition nicht täuscht, muss sich in dem Zusammenhang etwas ereignet haben, von dem niemand erfahren durfte.«

»Eine komische Familie«, brummte Lilienthal.

»Na ja, jede Familie wirkt auf Außenstehende befremdlich. Häufig wird etwas verschwiegen, manchmal sogar über Generationen hinweg. Aber irgendwann kommt die Wahrheit doch ans Licht.«

Lilienthal verdrehte die Augen. »Bist du jetzt unter die Küchenpsychologen gegangen?«

Sie drohte ihm mit dem Finger. »Bitte etwas mehr Respekt vor dem Alter.« Sie rutschte vom Klodeckel und streckte sich zu ihrer vollen Größe von hunderteinundsechzig Zentimetern. »Die Tagebücher drüben im Schrank sind dein Baby, Maik. Collin dürfte nichts von dem Geheimfach wissen, sonst hätte er nicht gestattet, dass Lysann dich hier einquartiert. Also an die Arbeit, aber hotti, flotti. Viel Zeit bleibt uns nicht.«

»Und was machst du?«

»Ich muss das hier zu Ende lesen«, erwiderte Enne, klemmte sich das Büchlein unter den Arm und ging zurück ins Zimmer. Leise öffnete sie die Tür und spähte auf den Gang. »Ich gehe jetzt in mein Zimmer und schlafe, falls Collin dich fragen sollte«, flüsterte sie.

Lilienthal hob den Daumen, als sie ihn kurz anblickte. »Was ist eigentlich in dem Kästchen in dem Geheimfach?«, raunte sie.

»Später«, gab Lilienthal zurück, und Enne huschte hinaus und schloss die Tür hinter sich.

»Geht es deiner Mutter besser?«, wollte Collin wissen, als Lilienthal zu ihm in die Küche kam.

»Sie ist nicht mehr die Jüngste«, erwiderte er ausweichend. »Das mit deiner Großmutter hat sie sehr mitgenommen.«

Collin nahm zwei Flaschen Guinness aus dem Kühlschrank, schob Lilienthal eine davon und ein Glas hin und goss sich ein. »Sie möchte Enne sehen.«

»Wer?«, fragte Lilienthal, nachdem er getrunken hatte.

»Grandma. Es geht ihr besser.«

»Endlich mal eine gute Nachricht.«

»Heute noch«, fügte Collin hinzu und starrte nachdenklich auf das Bier in seinem Glas. »Das wollte ich deiner Mutter eigentlich vorhin sagen.«

40

15. Juni 1945, Preussag-Gelände
Verdammt! Major Clarks Männer bringen alles durcheinander, nehmen die Akten auseinander. Ich habe die Übersicht verloren. Komme nicht weiter. Clark hat weitere Dokumente abtransportieren lassen, diesmal nach London.

30. Juni 1945, Bad Salzelmen
Die Mädchen wurden mit Begleitschutz durch uns zurück zur britischen Militärverbindungsmission nach Berlin gebracht. Ihre Eltern müssen gesucht werden.

Lydia Anne, meine kleine Lysann, Darling, du fehlst mir. Schon jetzt.

Erwarten jeden Tag die Russen.

15. Juli 1945, Preussag-Gelände
Sie sind da. Die Russen. Alles, was wir mühsam sortiert haben, haben sie beschlagnahmt. Haben alle Aufzeichnungen an die sowjetische Militäradministration in Person von Major Kirill Lewtrenko übergeben.

15. Juli 1945, abends, Preussag-Werksgelände
Lewtrenko – ein interessanter Typ. Schwarzes, lockiges Haar, dunkelblaue Augen, feine Gesichtszüge. Spricht Englisch. War vor dem Krieg Historiker in Leningrad. Ein Russe mit Kultur und Manieren.

20. Juli 1945, Preussag-Werksgelände
Dilettantisch und chaotisch, diese Russen. Haben meine Ordnung völlig zerstört. Verstauen alles in Säcken, die sie in einer leer geräumten, ungesicherten Förderhalle lagern. Vermutlich zum Abtransport in die Sowjetunion.

Das ist meine letzte Chance!

25. Juli 1945, Preussag-Werksgelände
Lewtrenko lässt mich weiterhin zum Material. Habe ihn davon überzeugt, das gehöre noch zur Übergabe. Muss mich mit den Russen gut stellen. Anders geht es nicht. Abends hat Lewtrenko Wodka mitgebracht. Muss aufpassen, was ich sage. Der hört genau zu und beobachtet mich.

1. August 1945, Preussag-Werksgelände
»Du hören von Wölfelsdorf und Schliersee? Schlösser in Schlesien? Dort Papierchen. Viele, viele. Mechste sehn, Briderchen?«, hat er mich gefragt. Ganz klar, Lewtrenko will mich aushorchen. Als ich verneint habe, hat er gelacht. »Zu spät, moy drug, proch Moskva«, hat er geantwortet und dabei schmierig gegrinst.

So viel Russisch verstehe ich schon. Alles weg nach Moskau. Wirklich alles?

2. August 1945, Preussag-Werksgelände
Lewtrenko ist wie ein Schatten. Steht plötzlich hinter mir. Nimmt sich einfach das Dokument, in dem ich gerade lese. Wir belauern uns gegenseitig. Wer verliert als Erster die Nerven?

3. August 1945, Preussag-Gebäude
Heute kam die Order. Muss bis spätestens 10. August zurück zu meiner Einheit. Stationiert in Bad Oeynhausen.

Lewtrenko hat mir wieder Wodka angeboten. Wenn er angetrunken ist, redet er Englisch und Russisch durcheinander. »Briderchen, jetzt musst du zurück. Traurig?« Dann hat er mich umarmt und geflüstert: »Ich weiß, wonach du suchst.«

4. August 1945, Preussag-Werksgelände
Die Russen haben jetzt einen Dolmetscher. Lewtrenko hat ihn organisiert. Einen Letten. Viktor Linow. Spricht außer Russisch noch fünf weitere Sprachen, sagt er. Ein schleimiger Typ. Hängt in seiner Uniform wie ein Sack Mehl. Wenn er grinst, sieht man seine braunen Stummelzähne. Lewtrenko hält viel von ihm. Linow interessiert sich auch für Autografen, für handgeschriebene Dokumente.

5. August 1945, Preussag-Werkshalle
»Komm nachts, ich dir was zeigen«, hat mir Lewtrenko zugeflüstert.

»Kein Interesse«, hab ich gesagt.

Da hat er gezischt: »Brandenburg-Preußisches Hausarchiv.« Und, als ich nicht reagierte: »Personalrepositur!«

6. August 1945, Mitternacht, Preussag-Gebäude
Lewtrenko möchte überlaufen. Hat mir die Personalrepositur aus dem Hausarchiv Friedrichs des Großen gezeigt. In der Hausakte befinden sich Schatullenrechnungen, Reinschriften mit königlichen Anmerkungen und den Rechnungsablauf erläuternde Schreiben der beteiligten Beamten. Ich wollte es ihm schon alles wieder zurückgeben, als ich Lewtrenkos Blick be-

merkte. Wachsam. Als ich weiterblätterte, lag es vor mir. Das Autograf! Er hat es gefunden. Hat mich nur die ersten Zeile lesen lassen. Er ist es. Der Brief, wonach unsere Familie schon so lange gesucht hat.

»Wenn du mir hilfst, gehört das Autograf dir. Wenn nicht, bringe ich dich um«, hat Lewtrenko gedroht.

Aber wie soll ich ihm helfen? Darauf steht die Todesstrafe. Ich habe trotzdem zugesagt. Ich muss das Autograf bekommen. Das ist meine Chance.

»Pass auf deinen Dolmetscher Linow auf«, hab ich zu ihm gesagt. »Der hört und sieht alles.«

Ich muss den Brief haben. Egal, wie.

Ich werde einen Plan ausarbeiten, wie ich Lewtrenko zu meiner Einheit bringen kann.

9. August 1945, Preussag-Werksgelände
Alles ist vorbereitet. Habe eine englische Uniform für Lewtrenko besorgt. »Heute Nacht, halte dich bereit«, habe ich ihm gesagt.

Aber er will unbedingt noch einmal feiern. Noch dazu mit Linow. Versteh einer die Russen. »Wichtig für russische Seele, glaub mir, Briderchen«, hat er gesagt. Die beiden trinken, ich nicht. Ich muss einen klaren Kopf bewahren.

Verdammt, wie soll ich einen betrunkenen Russen rausschleusen? Mache Lewtrenko verstohlen Zeichen. Aber der winkt mir nur und lacht. Springt auf und hakt sich bei Linow unter. Fangen an zu singen. Lewtrenko mit tiefem Bass, Linow imitiert eine Frauenstimme. Die sind total verrückt.

Fern der Heimat auf der Wacht
Schleichen Schatten durch die finst're Nacht
Der Feind kommt näher Schritt für Schritt
Der Tod marschiert in seinen Reihen mit.

Ich kenne das Lied. Es heißt »Mütterchen Russland, du Große« und ist so was wie ihre Nationalhymne, hat Lewtrenko mal gesagt. Singen die Russen oft. Meist abends am Feuer, danach liegen sie sich in den Armen und heulen Rotz und Wasser.

Auf einmal lässt Linow Lewtrenko los, wankt auf mich zu. Bleibt vor mir stehen und kotzt. Direkt auf meine Stiefel.

Ich springe auf, er klammert sich an mich. »Du blöder Engländer!«, kreischt er.

Lewtrenko krümmt sich vor Lachen.

Könnte beiden in die Fresse hauen. Beherrsche mich.

Lewtrenko schwenkt sein Glas und schreit: »Sa náschu drúschbu!« – Auf unsere Freundschaft!

Linow stolpert zu seinem Tornister. Nimmt etwas raus, läuft damit zu mir, hält es mir hin.

Trotz des schlechten Lichtes kann ich es erkennen. Mein Herzschlag setzt kurz aus. Die Personalrepositur, die Lewtrenko mir gezeigt hat. Linow öffnet den Aktendeckel, blättert mit seinen schmutzigen Händen darin herum. Nimmt ein Blatt heraus, lässt den Rest einfach fallen. »Ein Brief vom Fritz!«, grölt er hämisch.

Ich will ihn ihm wegnehmen. Er weicht mir aus. Stolpert, fällt beinahe.

Ich springe neben ihn, beuge mich vor und greife danach, da rotzt er mir ins Gesicht. Dieses Schwein.

Ich schlage zu mit voller Wucht. Kann nicht anders. Er hält das Kostbarste in seinen dreckigen Pfoten. Ich treffe ihn direkt am Kinn.

Er fällt wie ein Stein zu Boden. Liegt lang ausgestreckt vor mir.

Plötzlich steht Lewtrenko neben mir. In der Hand den Aktendeckel. Blitzschnell bückt er sich, nimmt Linow das Autograf weg, den Freifahrtschein für seine Flucht. Er wird es mir geben. Wie vereinbart, denke ich.

Aber Lewtrenko schaut mich nur an. Fixiert mich mit starrem Blick. Unerwartet lacht er los. Brüllt beinahe. Schwenkt die Akte mit dem Autograf über seinem Kopf. Stampft mit den Füßen auf wie ein Kosak. Hört nicht auf damit und ruft immer und immer wieder: »Meins, meins, meins.«

Aber ich muss das Autograf haben. Nur daran kann ich denken. Ich hechte auf ihn zu. Schmeiße ihn um. Greife danach. Habe es. Lewtrenko flucht, rollt weg. Wie der sich mit so viel Alkohol noch wie eine Katze bewegen kann? Und ehe ich auch nur ahnen kann, was kommt, springt er hoch und stürzt sich auf mich. Wie ein Bär. Reißt meinen Kopf nach hinten, seine Hände umklammern meinen Hals. Ich bekomme kaum noch Luft, aber lasse den Brief nicht los.

»Du bist ein Spion«, zischt er. Dann brüllt er los: »Ich bringe dich vors Militärgericht.«

Ich bäume mich auf, kann eine Hand befreien und steche meine Finger in seine aufgerissenen Augen. Ramme ihm meinen Ellbogen ins Gesicht und schlage immer wieder mit Wucht auf seinen Schädel. Bis er zusammensackt. Sehe noch, wie Blut aus seiner Nase und dem Mund rinnt. Dann renne ich los. Mit einem Teil von dem zerrissenen Autograf. Nur weg.

11. August 1945, britisches Hauptquartier, Bad Oeynhausen
Lewtrenko ist verschwunden. Linow hat man blutüberströmt am Eingang vom Graf-Moltke-Schacht gefunden. Ich hätte Lewtrenko getötet und versucht, auch ihn umzubringen, hat er ausgesagt. Ich kann mich an kaum etwas mehr erinnern. Nur an den Kampf mit Lewtrenko, bei dem das Autograf zerrissen wurde. Der Brief, in dem alles stehen muss. Habe nur einen Teil davon, den ich sicher verwahre. Wer hat die andere Hälfte?

Der Sergeant hat mir gesteckt, dass die Russen meine Auslieferung verlangen. Bin ich ein Mörder? O mein Gott, was habe ich getan?

12. August 1945, britisches Hauptquartier, Bad Oeynhausen
Lewtrenkos Leiche hat man trotz groß angelegter Suche nicht gefunden. Nachts kommen die Bilder. Ich sehe ihn, wie er vor mir liegt, das Gesicht zertrümmert und voller Blut. Ich habe ihn umgebracht. Ich bin ein Mörder. Es war Notwehr, aber niemand wird mir glauben.

Die Russen sagen, ich sei ein Spion. Hätte wertvolle Doku-

mente verschwinden lassen. Für heute hat sich eine Abordnung der russischen Militäradministration angemeldet.

12. August 1945, Mitternacht, Nordsee
Sitze mit anderen Soldaten im Frachtraum einer Armstrong Whitworth A.W.41 Albemarle. Im Dunkel der Nacht hat man mich zum Flugplatz gebracht. Werde ausgeflogen. In die Heimat. Die Russen haben mich offiziell wegen Spionage, des Mordes an Kirill Lewtrenko und des versuchten Totschlags an Viktor Linow angeklagt.

Habe in Anwesenheit meines Stabsoffiziers unter Eid ausgesagt, dass ich nichts damit zu tun habe. Die Anklage sei falsch, an den Haaren herbeigezogen. Lewtrenko und Linow seien noch am Leben gewesen, als ich sie am Abend vor drei Tagen verließ. Major Clark hat sich für mich eingesetzt, mich verteidigt. Der Russe wollte mich umbringen, hat er gesagt. Muss ihm dankbar sein. Er hat mich vor dem Militärgericht gerettet.

Enne blätterte um, aber die Seiten danach waren leer. Sie klappte das Tagebuch zu und legte ihr iPhone daneben. Während des Lesens hatte sie Seite für Seite fotografiert.

Roger Holm hatte den Russen wegen des Autografs von Friedrich II. umgebracht. Was hatte darin gestanden? Was war so wichtig gewesen, dass Holm und auch dieser Russe den Brief unbedingt haben wollten? Sie griff nach ihrem Notizbuch und schrieb:

Weiß Lysann, was in dem Brief von Friedrich II. steht?
Warum war der Inhalt für ihren Mann so wichtig, dass er dafür einen Menschen umgebracht hat?

Und nach einigem Zögern fügte sie hinzu:

Was wurde aus Viktor Linow?
Was hat das alles mit der Familie Holm zu tun?

»Lysann möchte dich sehen. Heute noch.«

Enne schrak zusammen. Ihr Sohn stand hinter ihr. Sie hatte ihn nicht hereinkommen hören.

»Geht es dir wieder besser, Mutter?«, fragte er etwas lauter und deutete Richtung Tür.

»Ja, schon viel besser«, antwortete sie in gleicher Lautstärke und drückte ihm blitzschnell das Tagebuch in die Hand, das er unter seiner Jacke verschwinden ließ.

Als Enne zur Tür blickte, stand dort Collin mit ausdruckslosem Gesicht.

»Ich fahre dich jetzt zu Grandma, Enne«, sagte er.

41

»Endlich«, sagte Lysann mit brüchiger Stimme. Und fügte hinzu: »Hast du es?«, als Enne neben ihr am Krankenhausbett stand.

»Wie versprochen«, erwiderte Enne. Sie griff nach der Hand der Freundin. »Aber du musst dich schonen, das hat noch Zeit.«

»Komm du mir nicht auch noch damit. Hätte ich in meinem Alter ein gesundes Herz, stünde ich im ›Guinness-Buch der Rekorde‹. Herzrhythmusstörungen und ein niedriger Blutdruck, haben die Ärzte mir erklärt. Alles völlig normal. Von wegen Schlaganfall. So weit bin ich noch lange nicht.« Lysann richtete sich auf. »Anstatt eines ordentlichen Frühstücks mit Porridge, gebratenen Würstchen und Rührei haben sie mir pfundweise Medikamente hingestellt. Aber bitte, wenn es der Pharmaindustrie dient.« Sie griff unter ihr Kopfkissen und zog ein zusammengeknülltes Taschentuch hervor. Ein lausbubenhaftes Grinsen huschte über ihr Gesicht, als sie Enne Tabletten in unterschiedlichen Größen zeigte. »Du wirst es nicht glauben, aber nach der Nichteinnahme dieser Wundermittel geht es mir schon bedeutend besser.«

Enne lachte verhalten.

Ihre alte Freundin blickte sie forschend an. »Du hast es gelesen, nicht wahr?« Als Enne zu einer Erklärung ansetzen wollte, winkte Lysann ab. »Natürlich hast du das. Und ich hätte es an deiner Stelle auch getan. Dann weißt du schon mal einiges, aber nicht das Wichtigste. Denn nicht immer ist das Offensichtliche das Wichtigste«, bemerkte sie kryptisch. »Wo befindet sich das Buch jetzt?«

»Maik hat es. Ich wollte es nicht mitnehmen. Wegen Collin. Er hat mich hergebracht«, setzte Enne zu einer Erklärung an.

»Schon gut, ich denke, es ist bei ihm in Sicherheit«, meinte Lysann nur und schob ihr Kissen zurecht. »Bevor du mich noch für schwachsinnig hältst, höre mir lieber zu.« Und leise begann sie zu erzählen: »Nach Rogers Tod habe ich Nachforschungen angestellt. Das Leben mit ihm war nicht immer eitel Sonnenschein, aber nun ja, von welcher langjährigen Ehe kann man das schon sagen«, murmelte sie. »Er litt an Depressionen. Dann wollte er niemanden sehen, verließ tagelang nur zu den Mahlzeiten sein Zimmer. Wenn ich fragte, was ihn so quäle, bekam ich keine Antwort. Heute weiß ich, dass es die Spätfolgen seiner Kriegserlebnisse waren, die ihn einholten. Aber damals dachte ich, er würde mich nicht mehr lieben. Hätte das deutsche Mädchen nur aus Mitleid geheiratet und bereute es.« Sie seufzte. »Ich hatte ja keine Ahnung, wie es ihm wirklich ging.«

Enne nickte.

»Erst kurz vor seinem Tod hat er sich mir geöffnet. Mir von seinen Erlebnissen erzählt und mir seine Aufzeichnungen gegeben.« Lysann presste die Lippen aufeinander. Dann sagte sie: »Warum hat er es nicht früher getan, Enne? Ich verstehe es bis heute nicht.« Sie atmete heftig. »Ich musste schwören, sie niemandem zu zeigen. Er habe große Schuld auf sich geladen, aus Habgier getötet. Und alles nur wegen einer Überlieferung, die seit Jahrhunderten wie ein Fluch über der Familie schwebe. Er habe verhindern wollen, dass einem Familienmitglied das Gleiche widerfährt.«

»Aber warum sollte jemandem aus seiner Familie das Gleiche widerfahren?«, unterbrach Enne die Freundin. »Das alles hat sich doch am Ende des Krieges abgespielt.«

Lysann schwieg, zerknüllte nachdenklich ein Batisttuch in ihrer Hand. Vom Gang war Stimmengewirr zu hören. »Gut«, sagte sie dann. »Damit du das verstehst, muss ich dir etwas über die Familie Holm erzählen.« Sie räusperte sich, griff nach einem Wasserglas, das auf dem Beistelltisch stand, trank und stellte es zurück. »England ist das Mutterland der Freimaurer. Gegründet von vier Londoner Logen etablierten sie sich unter dem ersten Großmeister Anthony Sayer im Jahr 1717 und schlossen sich zu einer Großloge zusammen. Einer der Vorfahren der Holms gehörte dazu, so wie seitdem alle männlichen Familienmitglieder.« Lysann machte eine kurze Pause. »Nach Deutschland kamen die Freimaurer zwanzig Jahre später. Ehrenwerte Männer gründeten in Hamburg die Loge ›Absalom‹.« Sie schaute Enne eindringlich an: »Und jetzt kommt Preußen ins Spiel«, sagte sie nach einer kurzen Pause. »Friedrich II. wurde als Kronprinz, übrigens ohne Wissen seines Vaters, von Hamburger Freimaurern in deren Bund aufgenommen. – La loge première. La loge du Roi notre grand maître«, murmelte Lysann.

Die erste Loge. Die Loge des Königs unseres großen Lehrers, übersetzte Enne in Gedanken.

»Durch Friedrichs Mutter, Tochter des Kurfürsten von Hannover, dem späteren britischen König Georg I., hatte Friedrich II. einen starken Bezug zu der englischen Verwandtschaft«, fuhr Lysann fort. »Seine Mutter plante sogar eine Doppelheirat ihrer ältesten Kinder mit Mitgliedern des englischen Königshauses. Nun, wie allgemein bekannt ist, entschloss sich der junge Friedrich aufgrund der despotischen Erziehung seines Vaters Friedrich I., die man heute als brutal bezeichnen würde, zur Flucht nach England. Sein Plan scheiterte. Aber später, als er nach dem Tod seines Vaters König von Preußen war, ließ er, um seine Wertschätzung gegenüber der englischen Mutterloge zu bezeugen, ein Geschenk nach London bringen.«

Enne sah ihre Freundin skeptisch an.

»Du hältst mich für eine Phantastin«, bemerkte Lysann lächelnd. »Aber ich kann es beweisen.«

Lautlos hatte sich die Tür geöffnet.

»Sie ist eine Betrügerin!« Collin stand im Türrahmen, das Gesicht kalkweiß, deutete er auf Enne. »Sie hat dein Schließfach ausgeräumt!«

42

Mein lieber Graf,
ich profitiere von der Abreise des Kapitän Willich, um Ihm die Versicherung meiner vollkommenen Hochschätzung zukommen zu lassen.

In ihrem Zimmer im Schneidersitz, den Laptop auf den Knien, las Verena gespannt weiter.

Ich habe Ihm zu diesem Zweck aufgetragen, über Bückeburg zu reisen, und Ihm eine Eskorte von 20 Soldaten unter Baron von Schelling, einem zuverlässigen Offizier, zur Seite gestellt. Willich wurde von mir instruiert, nur Ihm in persona, lieber Freund, ein von mir verfasstes Schreiben zusammen mit einer kleinen Schatulle zu übergeben. Beides ist an den Großmeister unserer Londoner Mutterloge adressiert.

Ich weiß, bei Ihm ist alles in guten Händen. Auch möchte ich Ihm, wenn möglich, meine Erinnerung in einer so gefühlvollen Weise vermitteln, dass es Ihm fast unmöglich wäre, mich zu vergessen. Dazu habe ich einen Anhänger mit einer goldenen Kette anfertigen lassen. Ein Karfunkel mit der göttlichen Zahl weist Ihn wie une carte d'identité aus. Ich bitte Ihn, beides anzunehmen. Es wird Ihn zu jeder Zeit an einen Freund und Mitbruder des Ehrwürdigen Ordens der Freimaurer erinnern, der für Ihn eine unendliche Dankbarkeit hegt. Weil Er sich so liebenswürdig angeboten hat, unserem lieben Mitbruder Lord Mounteby die Schatulle mit dem wertvollen Inhalt für die von mir so außerordentlich geschätzte Bruderschaft im fernen London mit meinen achtungsvollen Grüßen zu überbringen.

Ich mache mir Hoffnung darauf, Ihn, mein lieber Graf, nach erfolgter Mission recht bald wiederzusehen und aus Seinem Mund zu hören, wie mein Geschenk auch vom Prince of Wales aufgenommen wurde. Er wird die Güte haben, Sein Antwortschreiben auf dem gleichen Wege mir zu retournieren.

Ich bin mit vollkommener Hochachtung,
mein lieber Graf, Sein sehr treu verbundener Freund
Frederic

Verena las die Zeilen mehrmals. Ein Begleitbrief Friedrichs des Großen an einen Freund. Was stand darin, dass man ihn versteckt hatte? Sie legte den Laptop zur Seite und setzte sich an den Schreibtisch. Nahm ein Blatt Papier und einen Kugelschreiber, um ihre Gedanken zu ordnen. Sie schrieb:

1. Papierfragment im Magazinsaal des 3. OG.
a) Durch wen kam es dorthin?
b) Hat dieser Jemand bereits nach der Akte mit dem Brief des Königs gesucht?

2. Signatur auf dem Papier
a) unter dieser keine Akte vorhanden

3. richtiges Aktenkürzel, das erst durch die Wood-Lampe sichtbar wurde
a) Warum wurde es versteckt?

4. gefunden in den Masonica-Beständen im Magazinsaal 2. OG.
a) unbekanntes Autograf Friedrichs II.

Verena hielt inne. Überlegte. Hatte sie nicht etwas vergessen? Etwas Wichtiges? Jetzt fiel es ihr wieder ein.

b) Siegel des Kuverts wurde beschädigt
c) Kuvert wurde zuvor schon geöffnet

Wieder machte sie eine Pause und fügte dann hinzu:

5. Warum eine Eskorte aus 20 Soldaten für einen Kurier?
a) Warum galt dieser Edelstein als une carte d'identité?
b) Was enthielt die Schatulle?

Sie legte den Kugelschreiber aus der Hand. Draußen war es dunkel geworden.

Sie rekapitulierte alles noch einmal: Friedrich der Große hatte in diesem Begleitbrief einen Freund beauftragt, ein Geschenk nach London zu bringen. Nicht gerade ungewöhnlich. Friedrich hatte verwandtschaftliche Beziehungen zum englischen Königshaus. Aber warum die große Eskorte? Weil das Geschenk besonders wertvoll gewesen sein musste. Darum ging es. Das musste der Schlüssel zu dem Geheimnis sein.

»Die Freimaurer«, sagte sie in die Stille des Zimmers. »Es geht um die Freimaurer.« Sie seufzte. Sie wusste kaum etwas über deren Geschichte, aber Dr. Wendt würde ihr sicherlich mehr darüber erzählen können.

Während draußen ein Auto vorbeifuhr, versank sie wieder in Gedanken.

Sicherlich hatte Wendt den Karton mit dem Aktenfaszikel ordnungsgemäß versiegelt im Geheimen Staatsarchiv deponiert. Vielleicht bei einem Kollegen, nachdem er erfahren hatte, dass die Direktorin nicht im Haus war? Morgen würde sie ihm ihre Fragen stellen. Sie horchte auf. War das ein Schrei gewesen? Sie hatte die Terrassentür angelehnt gelassen, damit Churchill ins Haus kommen konnte. Vorhin hatte er mit erhobenem Schwanz im Flur gestanden, und sie hatte ihn sofort rausgelassen. Inzwischen kannte sie seine Gewohnheiten und wusste, dass sich der Kater nicht lange im Freien aufhalten würde. Nachdem er sein Geschäft erledigt hatte, kam er eigentlich immer schnell zurück ins Haus, um auf seinem Sessel die nächsten Stunden zu verschlafen. Hatte er geschrien?

Sie öffnete ihre Zimmertür. »Churchill!«, rief sie lockend, aber das Katertier war wohl zu faul, um sich die Treppe hochzubequemen.

Verena ging zum Treppenabsatz, lauschte.

»Verena?«, hörte sie plötzlich ihren Namen.

Enne, dachte sie voller Freude, das konnte nur Enne sein. Sie ist zurück. Immer zwei Stufen auf einmal nehmend sprang sie im Dunkeln die Treppe hinunter. Spürte auf einmal einen kühlen Luftzug. Wahrscheinlich war Enne noch mal nach draußen zum Auto gegangen.

»Warte doch, ich helfe dir mit dem Koffer!« Verena lief zur Haustür. Spürte etwas Kaltes an ihrem Hals. Dann ein Glühen, das durch ihren Körper schoss. Sie wollte schreien, danach schlagen, aber ihre Gliedmaßen gehorchten ihr nicht mehr. Sie sackte zusammen. Hände griffen nach ihr, und der Schmerz fraß sich bis in ihre Eingeweide.

43

Verena öffnete die Augen, blinzelte. Sah nichts. Riss die Lider weiter auf, aber sie starrte nur in die Dunkelheit, die sie umgab. Angst kroch in ihr hoch.

Ihre Kehle war ausgedörrt. Sie hatte Durst, entsetzlichen Durst. Es war so warm! Ihr ganzer Körper war feucht von Schweiß, juckte überall. Was war passiert? Das Einzige, an das sie sich erinnerte, war der furchtbare Schmerz. Sie versuchte, den Kopf zu heben, stöhnte und ließ ihn ächzend wieder sinken. Spürte, wie sich durch die Anstrengung ihr Magen zusammenzog. Erneut überflutete sie Furcht. Wo war sie?

Sie wollte ihre Hände bewegen, aber etwas hielt sie zusammen. Ihre Finger waren taub, fühlten sich an wie abgestorben. Ihre Angst wurde zu Panik. Auch an ihren Knöcheln schien sie gefesselt zu sein. Enne, fiel ihr ein. War sie nicht überraschend nach Hause gekommen? Sie hatte sich so gefreut. Hatte ihr so viel erzählen wollen, aber sie erinnerte sich nicht mehr daran, was es war. Hatte nur die Ahnung, dass es wichtig gewesen war.

»Hallo!«, rief sie, doch nur ein Krächzen kam über ihre trockenen Lippen. Sie keuchte, Blut rauschte in ihren Ohren, ihr Herzschlag trommelte wild. Ruhig, befahl sie sich. Szenen aus Krimis fielen ihr ein, in denen sich Personen von ihren Fesseln befreiten. Sie versuchte gleichmäßig zu atmen. Als sie merkte, dass sich ihr Herzschlag nach und nach beruhigte, spannte sie alle Muskeln an, entspannte sie wieder, immer im Wechsel. Aber die Panik schnellte erneut in ihr hoch, wurde noch größer. Tränen schossen ihr in die Augen. Sie schluchzte, doch niemand war da, der sie tröstete. Niemand, der ihr half.

Konzentrier dich, befahl sie sich, heulen kannst du später. Und noch mal spannte sie die Muskeln an und hatte nach einer Ewigkeit tatsächlich das Gefühl, ihre Füße und Hände etwas mehr bewegen zu können. Den Schmerz ignorierend rollte sie sich auf die Seite. Hielt inne. Atmete tief ein und aus. Weiter, befahl sie sich. Schob die Hände unter sich hin und her. Ertastete mit den Fingern eine stoffähnliche, raue Oberfläche. Eine Matratze? Erneut spannte sie die Muskeln an. Ihre Finger begannen zu kribbeln, als sie besser durchblutet wurden. Verena schloss die Augen für einen Moment, und als sie sie danach öffnete, sah sie etwas Helles. Schmal wie ein Bindfaden. Licht. Ihr Herz schlug Kapriolen. Sie keuchte, und auf einmal fing sie an, unkontrolliert zu zittern.

Wieder versuchte sie, ihren Atem zu kontrollieren. Wenn sie Licht sehen konnte, musste es einen Weg aus ihrem Gefängnis geben. Erneut bewegte sie die Arme. Tastete und zuckte erschrocken zurück, als sie an etwas stieß. Etwas Festes. Direkt neben ihr. Vorsichtig fuhr sie mit den Fingern an dem harten, undefinierbaren Etwas entlang.

»Ist da jemand?«, flüsterte sie. Und plötzlich roch sie es. Ihre Eingeweide zogen sich zusammen, dann schoss ihr Mageninhalt nach oben. Sie würgte, bis nur noch bittere Galle über ihre Lippen kam.

44

Liebevoll strich Wendt über die Hand seiner Frau, die ihm gegenüber am Esstisch saß. Vor ihnen die Brettchen mit Rosenmotiv, die er letztes Jahr im Museumsshop auf der Pfaueninsel gekauft hatte. Der frisch aufgebrühte Tee in der bauchigen blauen Keramikkanne duftete aromatisch. Die Astern, die er vorhin noch schnell im Blumengeschäft an der Ecke mitgenommen hatte, standen jetzt in einer Vase in der Mitte des Tischs. Sie liebte Blumen, vor allem in den leuchtenden Farben des Herbstes. Er schob das Brettchen mit den klein geschnittenen Brothäppchen näher zu ihr hin.

»Iss doch was, mein Täubchen«, sagte er fürsorglich. »Gekochter Schinken von Butter Lindner aus der Brandenburger Straße, den magst du doch so gern.«

»Ach, Marco, du weißt doch, dass ich nicht mehr so viel essen kann«, hörte er ihre helle, zarte Stimme.

Er liebte sie. Seine Frau. Auch wenn sie beide inzwischen alt waren und sein Täubchen seit Jahren im Rollstuhl saß, sah er in ihr noch immer ihr junges Selbst. Hochgewachsen mit vollen kastanienbraunen Haaren, schlanken Gliedern und runden Brüsten, an denen er sich nie hatte sattsehen können. Zudem klug und voller Energie. Er liebte ihr Lachen, ihre frivolen, frechen Sprüche, die die Augen der männlichen Zuhörer aufleuchten ließen. Sie war Lebensfreude pur gewesen. Bis sich ihr Leben von einem Tag auf den anderen auf den Kopf gestellt hatte. Seither lachte sie nicht mehr oft, eigentlich kaum noch, dachte er, während er ihren Becher füllte, der mit dem gleichen Design wie die Teekanne verziert war. Wendt fügte einen Löffel braunen Zucker hinzu, so, wie sie es mochte, und rührte um.

»Trink, mein Liebchen«, sagte er und schob den Becher näher zu ihr. Eine glückliche Familie waren sie gewesen. Mit einer verheißungsvollen Zukunft. Damals, als er noch im Staatsarchiv in Merseburg gearbeitet hatte. Nach dem Studium hatte er seinen Traumberuf als Archivar ergriffen. Sie selbst büffelte auf der Abendschule Sprachen, stieg dann rasch in der Elisabethenhütte in Schwicka zur Exportleiterin auf.

Nach der Geburt ihrer Tochter war er so glücklich gewesen. Sabinchen, ihr Sonnenschein. Sein Engelchen, wie er das Kind nannte. Sabinchen, die mit ihren großen braunen Kulleraugen mit den dichten schwarzen Wimpern alle anstrahlte.

Er wartete, hoffte, dass sie etwas trinken und wenigstens ein paar der Häppchen essen würde. Öffnete dann die Schachtel, die am Ende des Tischs lag, entnahm ihr eine Ampulle und die Spritze und legte alles für später bereit.

»Du hast doch was, Marco?«, hörte er sie fragen.

»Es ist nichts«, sagte er leise. Er spürte ihren Blick und sah zu ihr hinüber. »Das Mädel hat etwas entdeckt. Ein Autograf vom Alten Fritz.«

»Du hast ihr dabei geholfen, Marco, nicht wahr?«, wisperte sie.

Er lächelte.

»Ein großer Erfolg?«, hörte er sie fragen.

»Ja, das ist es«, erwiderte er. »Aber die junge Dame ist mir zu neugierig. Zu schnell. Sie muss lernen, wissenschaftlicher vorzugehen.«

»Wo ist das Autograf jetzt?«

Seine Augen wurden schmal. Seine Miene veränderte sich. Er musterte sie und lachte kurz auf. »Sicher verwahrt.«

»Alles, was du tust, ist recht, Marco. Du magst diese Verena, das spüre ich«, hörte er sie seufzen.

Er nickte, und seine eben noch harten, angespannten Gesichtszüge wurden weicher. »Ja, sie ist so jung«, bestätigte er.

Und nach einer kleinen Weile: »Unser Engelchen wäre heute genauso alt.«

Seine Frau antwortete nicht, blieb stumm.

Er strich ihr über den Arm. Sie war so dünn. Seine Gedanken schweiften in die Vergangenheit.

Angesehen war sein Täubchen gewesen, nicht nur bei der Belegschaft, auch bei der Kombinatsleitung. In jungen Jahren waren sie beide in die Partei eingetreten. Aus Überzeugung. Hatten sich mit den Genossen wohlgefühlt. Waren gern mit ihnen in die begehrten FDGB-Heime an der Ostsee gefahren. Bis ihm die ersten Zweifel kamen. In einem der größten Archive der DDR war der länderübergreifende wissenschaftliche Austausch seiner Meinung nach wichtig. Doch von der Partei wurde der nicht gewünscht. Als er das bei einer Sitzung zur Sprache brachte, wurde er gerügt und musste sich danach öffentlich entschuldigen. Später registrierte er, dass er unter Beobachtung stand. Von einem Tag auf den anderen sprachen die Kollegen nicht mehr ungezwungen mit ihm, wenn er dazukam. Er wurde aufmerksamer, betrachtete seine Umgebung genauer. Bemerkte den Mangel der eigentlich alltäglichsten Dinge und konnte das nicht mehr ignorieren. Irgendwann war das Maß voll, und er wusste, dass in seiner Heimat eine Clique von alten Männern das Sagen hatte, der die Bevölkerung egal war. Macht war das Einzige, worauf es ihnen ankam. Und Planwirtschaft nur eine Luftblase.

Dann wurde auch noch Sabinchen krank. Lungenentzündung. Nächtelang saß er an dem Kinderbettchen und kühlte den kleinen heißen Körper. Stand nach Südfrüchten mit dem dringend benötigten Vitamin C an, und als er an der Reihe war, war die letzte Orange gerade verkauft.

Als wäre das nicht bereits mehr als genug, ging auch noch sein Wartburg kaputt, den er gebraucht gekauft hatte, sodass er mit dem fiebernden Kind mit dem Fahrrad zum Krankenhaus fahren musste. Das verbitterte ihn.

Aber er lernte auch, aus dem Mangel etwas zu zaubern, das

Notwendigste zu reparieren, so gut es ging. Bei seinen wenigen Hauptstadtbesuchen beneidete er die Berliner um ihre vielen Exquisit- und Delikatläden. Dort gab es hochwertige Artikel, aber zu Preisen, die er nur ab und an mal bezahlen konnte. In den Intershop-Läden gab es alles, was das Herz begehrte. Original Westware. Aber nur gegen Devisen, die er nicht hatte. Genauso wenig wie Verwandtschaft im Westen.

Seine Frau hatte viele seiner Probleme nicht. Als Teil des Reisekaders durfte sie ins Ausland fahren. In die Bruderstaaten, einmal sogar in die USA. Die Produkte der Elisabethenhütte waren gefragt, und zum Glück vermisste Sabinchen die Mutti nur selten. Sie war sein Kind gewesen. Ein Vaterkind.

»Ach, Marco«, hörte er seine Frau jetzt seufzen. »Was würde ich nur ohne dich machen.«

»Wäre ich nicht hier, hättest du einen anderen gefunden«, versuchte er zu scherzen. Dabei wurde sein Blick hart. Und als sie nichts darauf erwiderte, murmelte er: »Einen Besseren.«

»Einen Besseren als dich gibt es nicht«, hörte er ihre Stimme wie einen Hauch. Unter dem Tisch ballte er die Fäuste, vermied es, sie anzusehen. Erst nach und nach beruhigte er sich wieder.

Er stand auf und hob sie hoch. Leicht wie eine Feder. Durch die vielen Jahre ihrer Pflege war er für sein Alter immer noch überraschend kräftig und muskulös. Er trug sie ins Bad, erledigte mit geübten Handgriffen die Abendtoilette und legte sie schließlich im Nachthemd ins Bett.

Wendt goss sich ein Glas Wein ein und setzte sich ans Fenster. Schaute hinaus in die Nacht.

Nach dem Unfall hatten die Ärzte Bedenken gehabt, dass seine Frau ein Leben als Querschnittsgelähmte und die damit einhergehende seelische Belastung nur schwer verkraften würde. Doch sie beklagte sich nicht, sprach aber auch nicht mehr viel. Er selbst hatte seine Bedürfnisse und Wünsche hintangestellt.

Jetzt nahm er einen Schluck von dem Wein und schmeckte ihn einen Moment auf der Zunge, bevor er ihn hinunterschluckte. Traurigkeit überfiel ihn. Der Wein hielt nicht sein Versprechen, konnte die Gedanken nicht verbannen, die ihn Abend für Abend überfielen. Kälte umschloss ihn. Er sah den kleinen Körper. Hörte Sabinchens Weinen. Blieb reglos. Damals wie heute. Keine Tränen hatten ihm Erleichterung verschafft. Er würde es nicht vergessen. Niemals.

45

Regenschlieren zogen waagerecht über das runde Bullauge. In dem voll besetzten Airbus A320 wirkte Enne in ihrem eleganten dunklen Blazer wie ein Fremdkörper zwischen den lachenden jungen Leuten, die in Vorfreude auf das Partyleben in der deutschen Hauptstadt Alkohol zum Anheizen tranken.

Misstrauisch betrachtete Enne die Flüssigkeit einer undefinierbaren Farbe in der weißen Plastiktasse, die ihr als Kaffee angeboten worden war. Die grellblonde Flugbegleiterin hatte sie ihr mit eingefrorenem Lächeln hingestellt. Sie nippte kurz daran und setzte sie dann wieder auf dem Klapptischchen vor sich ab. Sogar mit Milch und Zucker war das Zeug ungenießbar. Enne lehnte sich zurück und schaute aus dem Fenster. Unter ihr eine Landschaft aus Feldern, Wiesen und Seen. Brandenburg mit seinen kleinen Dörfern und historischen Städten. Ihr Sohn neben ihr las Nachrichten auf seinem iPhone. Vor ihm ein Becher mit Cola, die entschieden bessere Wahl, wie Enne jetzt feststellen musste.

Als der Pilot den Sinkflug einleitete, entspannte sie sich und fühlte, wie ihr leichter ums Herz wurde. Bald wäre sie wieder zu Hause. In den eigenen vier Wänden. Sie freute sich darauf. Hatte Verena schnell noch auf dem Flughafen in Manchester ein Sweatshirt mit dem Logo der Universität gekauft. Ob Churchill, ihr Dickerchen, sie vermisst hatte?

Nach Collins Anschuldigung im Krankenhaus war klar

gewesen, dass sie nicht mehr in Silverdale bleiben konnten. Lysann wies ihren Enkel zwar scharf zurecht, aber letztendlich war Blut immer dicker als Wasser, und Enne und ihr Sohn waren Außenstehende. Aber erst für den übernächsten Tag hatten sie einen Flug bekommen.

Maik hatte noch versucht, die Wogen zwischen Collin und ihnen zu glätten, war aber erfolglos gewesen. Heute Morgen hatte Collin sich höflich, aber kühl von ihnen verabschiedet. Die Zeit würde es richten, hoffte Enne.

Ihre Gedanken wanderten zu Lysanns Worten im Krankenhaus zurück: »Denn nicht immer ist das Offensichtliche das Wichtigste.«

Zu Katies Eltern waren sie natürlich nicht mehr gefahren. Auch der Trauerfeier waren sie ferngeblieben. Collin hatte sie entschuldigt. Peinlich, aber man musste die Situation akzeptieren, wie sie war.

Am gestrigen Vormittag erfuhren sie, dass man Lysann in den nächsten zwei Stunden nach Hause bringen würde. Da Enne Speisekammer und Kühlschrank gefüllt vorfand, kochte sie in aller Eile eine kräftige Hühnersuppe. Kaum fertig, sah sie den Krankenwagen in die Einfahrt biegen.

Auf Lilienthals Arm gestützt, winkte Lysann Enne zu. Sie lief zu ihr und führte sie ins Haus. Später, alle drei saßen im Gartenzimmer, bat Lysann zu Ennes Verblüffung um Tee mit einem Schuss Gin.

»Totgesagte leben länger, dem muss man Rechnung tragen. Glaube mir, ich weiß am besten, was mir guttut«, fügte sie hinzu, dann warf sie die Tablettenschachtel, die man ihr im Krankenhaus mitgegeben hatte, in einen Papierkorb und fragte nach dem Tagebuch aus ihrem Schließfach.

Lilienthal stand auf, um es zu holen.

»Und vergiss das Kästchen nicht, das du in Rogers Schrank gefunden hast!«, rief Lysann ihm hinterher.

Verblüfft sah er Enne an, doch sie war genauso überrascht wie er.

»Nun schaut nicht so kariert, ihr beiden«, sagte Lysann. »Warum wohl, glaubt ihr, habe ich Maik in Rogers ehemaligem Zimmer einquartiert?«

»Weil er es finden sollte?«, fragte Enne ungläubig.

Sie nickte. »Collin hat sich in all den Jahren nie um den Inhalt des Schranks seines Großvaters gekümmert, und dein Sohn ist nicht nur wegen der Trauerfeier gekommen, nicht wahr? Er will doch so viel wie möglich über unsere Familie erfahren.«

Enne nickte verhalten.

»Ich wollte, dass du ihn dabei unterstützt. Darum habe ich dich hergebeten. Und natürlich auch, weil ich dir vertraue, meine Liebe.« Lysann schmunzelte. »Alte Frauen werden häufig unterschätzt, aber wir wissen mehr, als manchem lieb sein kann.«

Lilienthal kehrte mit der braunen Ledermappe, in der sich das Buch befand, und dem Kästchen zurück und setzte sich wieder zu ihnen.

»Reden wir jetzt mal Tacheles, meine Lieben«, meinte Lysann mit geröteten Wangen und griff nach dem Tagebuch. *»May you attain the strength, rise to wisdom and see the beauty«*, las sie vor. »Was sagt euch das?«

»Klingt irgendwie spirituell«, meinte Enne.

Lilienthal grübelte. »Den Satz kenne ich. Ich habe ihn als Randnotiz in einem Buch über Friedrich den Großen in Desmonds Bibliothek gelesen.«

Ein freudloses Lächeln huschte über Lysanns Lippen. »Sogar das Buch hat er mitgenommen«, murmelte sie. »Das passt zu ihm.«

Eine Weile war nur das Ticken der Uhr auf dem Kaminsims zu hören.

»Dieser Satz ist die traditionelle Begrüßung der Londoner Loge, der Desmond angehört«, fuhr sie schließlich fort. »Wie alle männlichen Mitglieder der Familie Holm.«

»Auch Collin?«, fragte Lilienthal.

»Selbstverständlich. Nach wie vor gelten die Freimaurer

als elitär, und es gilt noch immer das Arkanprinzip, das besagt, dass nur ein kleiner Kreis von Eingeweihten ihre Rituale kennt. Er fürchtet, ich könnte etwas ausplaudern, was nicht für eure Ohren bestimmt ist.« Lysann öffnete das Kästchen und nahm ein Schmuckstück heraus. Es war aus Gold und mit blauen Saphiren besetzt und stellte eine geflügelte Figur dar, die einen Tempel in der Hand hielt.

»Das bekam Rogers Vater für seine Verdienste um die englischen Freimaurer während des Ersten Weltkriegs. Über tausendfünfhundert Brüder sind während der grauenvollen Kriegsjahre gefallen, aber das ist kaum bekannt. Eine Auszeichnung wie diese erhielt nur jemand, der einen hohen Rang in der Loge bekleidete«, erklärte sie.

Enne vermutete, dass Lysanns Schwiegervater Großmeister gewesen war, hakte aber nicht nach.

Lilienthal nahm das Tagebuch, das Lysann auf das Tischchen in ihrer Mitte gelegt hatte, und schlug die nächste Seite auf. Er betrachtete die feinen Tuschestriche: ein Rechteck mit abgerundeten Ecken mit zwei Fabelwesen, halb Löwe, halb Boot, im unteren Teil.

»Das Wappen der Holms«, erklärte Lysann.

Enne dachte an das Wappen der Lilienthals, das in den Ledereinband der Familienchronik geprägt war. »Seltsam«, meinte sie. »Das Wappen einer Familie mit seiner symbolischen Bedeutung steht meist als Erstes in Schriftstücken.«

Als Lysann nickte, schlussfolgerte sie: »Dann ist der vorangestellte Satz mehr als nur die Begrüßungsformel der Freimaurerloge?«

»Mögest du die Stärke erlangen, zur Weisheit aufsteigen und die Schönheit sehen«, übersetzte Lysann und sah sie abwartend an. Als weder Enne noch Lilienthal etwas sagten, griff sie nach der braunen Ledermappe und reichte sie Enne. »Öffne die Deckseite.«

»Wie bitte?«, fragte sie überrascht. Enne verstand nicht, was Lysann von ihr wollte.

Lilienthal nahm ihr die Mappe ab, schlug sie auf und untersuchte deren Machart. »Das ist nicht fachmännisch verklebt, eine Ecke der Deckseite ist lose«, stellte er fest. Und nachdem Lysann ihm aufmunternd zugenickt hatte, ging er in die Küche und kam mit einem scharfen Küchenmesser zurück.

Erneut fuhr er mit dem Finger über den welligen Rand des Papiers, als jemand laut gegen die Haustür hämmerte.

Blitzschnell nahm Lysann die Ledermappe und ließ sie hinter ihrem Rücken verschwinden.

Lilienthal erhob sich, verschwand aber nur kurz.

»Es war der Postbote«, erklärte er, als er mit einem Bündel Briefe zurückkam. »Die Klingel scheint nicht zu funktionieren. Er wollte sich auch vergewissern, ob Sie, Mrs Holm, das Einschreiben bekommen haben, das er gestern abgegeben hat.«

»Auf der Kommode lag gestern Vormittag ein Brief«, erinnerte sich Enne.

»Jetzt nicht mehr«, erwiderte Lilienthal. »Habe ich bereits überprüft.«

»Vielleicht hat Collin ihn an sich genommen«, tat Lysann das Ganze ab und reichte Lilienthal wieder die Ledermappe.

Er schob die Messerspitze unter den Einband und trennte vorsichtig den Innenteil ab. Eine Zwischenlage aus Pappe wurde von Metallklammern zusammengehalten. Vorsichtig bog Lilienthal diese nach und nach mit der Messerspitze auseinander und entfernte sie mit der Pappe. Dahinter befand sich ein schmaler Hohlraum, ausgeschlagen mit cremefarbener Seide.

Lysann beugte sich vor. Fuhr mit den Fingern in den Hohlraum. Sackte in ihrem Sessel zusammen. »Er ist weg!«, sagte sie fassungslos. »Der Brief ist weg.«

»So viel zu Geheimverstecken«, meinte Lilienthal undiplomatisch, verkniff sich aber jeden weiteren Kommentar.

Erst nach einer Weile setzte Lysann, sichtlich um Beherrschung bemüht, zu einer Erklärung an. »Als Roger mir damals alles erzählte, zeigte er mir zum Beweis die Hälfte des Briefes von Friedrich II. Nach seinem Tod habe ich ihn in der Ledermappe versteckt und zusammen mit dem Tagebuch in dem Schließfach verwahrt. Das erschien mir am sichersten. Ich wollte Desmond, meinen Sohn, schützen. Er sollte nicht wie alle Männer der Familie zuvor von der Suche besessen werden. Ich war so erleichtert, als er in Deutschland blieb und Karriere machte. Als er Anfang der neunziger Jahre dort eine Frau kennenlernte, die er mir unbedingt vorstellen wollte, dachte ich, die Freimaurer hätten keinen Platz mehr in seinem Leben. Aber er besuchte mich nie mit ihr und hörte irgendwann auch auf, von ihr zu sprechen. Ich weiß, mein Sohn ist kein einfacher Mensch. Er hat viele wundervolle Seiten, aber leider auch sehr ausgeprägte Eigenschaften, die für andere nur schwer zu ertragen sind.«

»Erinnerst du dich noch, was in dem Brief stand?«, fragte Enne sie.

»Nicht wirklich«, antwortete Lysann verzagt. »Es ist schon so lange her. Ich weiß nur noch, dass es um etwas ging, was für die englische Mutterloge der Freimaurer und somit für die Männer der Familie von großem Wert gewesen wäre.«

Enne legte ihr voller Mitgefühl die Hand auf den Arm, während Lilienthal aufstand und in den Flur ging. Sie hörte, dass er Susanne eine Sprachnachricht hinterließ. Besprechung gleich am nächsten Tag nach ihrer Rückkehr.

Fürsorglich begleitete Enne Lysann, die über Kopfschmerzen klagte, in ihr Zimmer und half ihr ins Bett. Als sie ihr die Brille abnahm und auf den Nachttisch legte, fiel von diesem etwas herunter und rutschte unter das Bett.

Enne bückte sich und hob es auf. Ein Einschreiben. Adressiert in schwungvollen großen Schriftzügen an Mrs Lysann Holm in Silverdale. Ihre Freundin hatte die Augen bereits geschlossen und atmete tief und regelmäßig. Enne legte den Brief zurück auf das Nachttischchen und verließ leise das Zimmer.

46

Am Flughafen Tegel trennten sie sich. Enne wollte mit Bus und S-Bahn nach Hause fahren, Lilienthal nahm sich eine Taxe nach Potsdam. Er freute sich, die Kollegen wiederzusehen, aber natürlich besonders Susanne. Die Zeit in England war ihm wie eine Ewigkeit vorgekommen. Sogar der übliche Stau auf der Stadtautobahn konnte seiner guten Stimmung nichts anhaben.

Zwei Stufen auf einmal nehmend lief er die Treppen zu seinem Büro hinauf. Er wollte schon die Tür aufreißen und rufen: »Na, wie seid ihr ohne mich klargekommen?« Sein üblicher Spruch, wenn er länger weg gewesen war. Da erinnerte er sich, dass jetzt das geräumige Büro von Körner sein Arbeitsplatz war. Er betrat es, und wie schon zuvor nahm er sofort dessen unverkennbare Duftnote wahr. Auf seinem Schreibtisch lag ein einsamer Zettel. »Sind im Besprechungsraum. Falls du uns suchen solltest. S.« Er zerknüllte ihn und warf ihn in den Papierkorb. Falls du uns suchen solltest? Was sollte das denn bedeuten?

Und außerdem – hatte er gestern nicht noch ein sofortiges Treffen nach seiner Rückkehr angeordnet?

»For he's a jolly good fellow, for he's a jolly good fellow, for he's a jolly good fellow – which nobody can deny!«, schallte es ihm nicht ganz notensicher entgegen, als er die Tür des Besprechungsraums öffnete.

Überrascht zuckte er kurz zurück, wollte schon abwinken, sah dann aber Kalumet, der mit hochrotem Kopf vor einem Kuchen mit kleinen bunten Kerzen saß.

Siedend heiß fiel ihm ein, dass Heike ihn noch vor seinem Flug nach England gebeten hatte, bloß nicht Kalumets Geburtstag zu vergessen.

Und jetzt hatte er ihn doch vergessen. Peinlich! Als ihn die Kollegen bemerkten, beendete einer nach dem anderen das Lied. Manni Langer hob grinsend den Daumen, Heike nickte ihm zu, Susanne sah ihn fragend an. Er brachte nur ein schwaches Lächeln zustande.

»Hätte ich gewusst, dass du jetzt kommst, hätten wir mit dem Geburtstagsständchen natürlich auf dich gewartet. Aber der Kuchen wird reichen, denke ich.«

Susannes Worte trafen ihn wie ein Eimer eiskaltes Wasser. Er ging zu Kalumet und drückte ihn kurz. Zog die kleine Flasche Whisky der Lakes Distillery, die er in Silverdale aus einem Impuls heraus gekauft hatte und die sich jetzt als Retter in der Not erwies, aus der Innentasche seiner Lederjacke. »Ab heute bist du erwachsen«, meinte er gönnerhaft und drückte ihm das Fläschchen in die Hand.

Alle lachten, und Kalumet strahlte wie ein Honigkuchenpferd. Er fiel ihm um den Hals und flüsterte heiser: »Mensch, Maik. Als du in der Tür standest, dachte ich: Jede Wette, dass der meinen Geburtstag vergessen hat.«

Lilienthal klopfte ihm väterlich auf den Rücken. »Denken ist Glückssache, mein Lieber, aber dafür hast du ja mich.« Er zog einen Stuhl heran und setzte sich neben Kalumet. Es fühlte sich gut an.

»Schön, wieder bei euch zu sein«, sagte er dann auch schon zu seiner eigenen Überraschung. »Ich hätte mich angekündigt, aber der Akku von meinem Handy war leer. Hoffentlich habe ich euch nicht allzu sehr erschreckt.« Bemerkte befriedigt das Grinsen auf den Gesichtern und fuhr im amtlichen Ton fort: »Es gibt Neuigkeiten. Leider nicht in dem Umfang, wie ich es mir erhofft hatte.« Er musterte die Anwesenden.

Heike schob ihm eilfertig eine Tasse und die Thermoskanne hin, Susanne blickte ihn mit verschränkten Armen an.

»Wo ist Rödelheim?«, wollte er wissen.

»Jens wurde abgezogen, da sich durch den Tod von Katie McLaren die Ermittlungen überwiegend nach Potsdam verlagert haben«, informierte ihn Susanne knapp. »Er unterstützt jetzt die Berliner Kollegen im Dezernat Bandenkriminalität.«

Eine hervorragende Neuigkeit, fand Lilienthal. Wenn Rödelheim raus war, musste er sich nicht mehr mit ihm rumärgern. »Was konntet ihr in den letzten Tagen herausfinden?«, fragte er, während er sich Kaffee in die Tasse goss.

Susanne griff nach ihren Notizen. »Wir haben uns mit der Baufirma Rademacher beschäftigt. Sie hat den geheimen Kellerraum bei Holm gebaut. Laut Firmenregister gehört sie zu gleichen Teilen einem Klaus und einer Irene Rademacher. Kein Ehepaar, sondern Geschwister. Klaus Rademacher ist alleiniger Geschäftsführer, die Schwester nur stille Teilhaberin. Leo ist hingefahren und hat mit dem Chef gesprochen.«

»Er war überrascht, als ich bei ihm auftauchte und wissen wollte, wer in seiner Firma Holms Keller kennt«, übernahm Kalumet. »Erst wollte er nicht mit der Sprache herausrücken, aber dann habe ich ihm erklärt, dass wir in einem Mordfall ermitteln. Die Grundsanierung des Hauses vom Trockenlegen des Kellers über die Installation sämtlicher Rohre und Leitungen bis zum Neueindecken des Dachs hätten allein seine Leute durchgeführt, hat er ausgesagt. Aber der Ausbau des separaten Kellerraumes mit der aufwendigen Elektronik und Klimaanlage erfolgte erst, nachdem alle anderen Handwerker abgezogen waren. Er und ein gewisser Holger Scholz, ausgewiesener Experte für Sicherheitssysteme, seien dafür persönlich zuständig gewesen. Herr Holm habe das in den Vorbesprechungen des Auftrags zur Bedingung gemacht: Niemand außer ihm und Scholz durfte von dem Raum wissen. Beide mussten sogar eine notarielle Verschwiegenheitserklärung unterschreiben.«

»Und was ist mit Scholz?«, fragte Lilienthal.

»Das Leben endet mit dem Tod«, bemerkte Kalumet trocken. »Ist vor zwei Jahren verstorben. Herzinfarkt.«

»Überprüft?«

Kalumet nickte.

Lilienthal war zufrieden mit Kalumets Rechercheergebnis. Anerkennend hob er den Daumen, was den Kollegen sichtlich freute.

»Heike hat inzwischen noch mehr über Desmond Holm herausgefunden«, fuhr Susanne fort. »Vor allem über seine Tätigkeit bei der Treuhand. Eventuell haben wir hier einen neuen Ermittlungsansatz gefunden.«

»Meinen Recherchen nach ist davon auszugehen, dass Holm nicht nur Opfer, sondern auch Täter ist«, fing Heike an.

Interessiert beugte sich Lilienthal vor.

Seine Kollegin griff nach ihren Notizen. »Der Hauptsitz der Treuhand befand sich in Berlin im früheren Haus der Ministerien in der Wilhelmstraße. Dort war auch das Büro von Desmond Holm.« Sie blickte zu Lilienthal. »Bis vor Kurzem lagen die Akten der Treuhand unter Verschluss. Erst seit 2020 sind sämtliche Unterlagen zugänglich.«

Lilienthal nickte.

»Fehlende Organisationsstrukturen und Kontrollmechanismen führten in den ersten Jahren des Bestehens der Treuhandanstalt zu diversen Formen von Wirtschaftskriminalität. Eine Veröffentlichung vorher wäre dem gesellschaftlichen Frieden nicht förderlich gewesen, so heißt es von Regierungsseite. Die Treuhand wurde nicht kontrolliert und machte sich deshalb offiziell auch nicht strafbar. Als sie mit ihrer Arbeit fertig war, war der Osten, also die fünf neuen Bundesländer, mehr oder weniger enteignet.«

Lilienthal zuckte zusammen. »Heike, Fakten bitte. Nur die zählen.«

»Natürlich gab und wird es immer Ungerechtigkeiten bei der Umwandlung von einem in ein völlig anderes System geben, Heike«, mischte sich jetzt auch Kalumet ein, »aber man sollte heute doch nicht vergessen, dass die höchst marode DDR-Wirtschaft im Wettbewerb der westlichen, hoch industrialisierten Welt nie hätte bestehen können.«

»Das ist deine Meinung«, sagte sie spitz, dann wandte sie sich wieder an Lilienthal: »Ich komme gleich zu den Fakten, Chef, aber die muss man auch im Zusammenhang sehen, um sie einordnen zu können. Also, die Treuhandanstalt war eine in der Spätphase der DDR gegründete Anstalt des öffentlichen Rechts. Ihre Aufgabe war es, die volkseigenen Betriebe der DDR nach den Grundsätzen der sozialen Marktwirtschaft zu privatisieren und deren Effizienz und Wettbewerbsfähigkeit zu sichern. Doch selbst Vorzeigekombinate waren kaum auf dem aktuellen Stand der Technik. Es bedurfte großer Investitionen, um aus den Betrieben wirtschaftlich profitable Unternehmen zu machen. Interessant ist, dass die Führungsebene der Treuhand in der Anfangsphase von der Haftung für durch grobe Fahrlässigkeit verursachte Fehler freigestellt war. Das ist der Hintergrund, vor dem wir den leitenden Treuhandmitarbeiter Desmond Holm betrachten müssen.«

»Danke, Heike. Aber wieso ist Holm auch Täter?«

»Gegen ihn wurde 1991 Strafanzeige gestellt«, sagte Heike. »Wegen gefährlichen Eingriffs in den Straßenverkehr in Verbindung mit versuchtem Totschlag.«

47

Lilienthal ließ sich von Heike die Unterlagen geben und überflog sie. »Die Strafanzeige wurde von einer gewissen Irene Rademacher gestellt. Sie beschuldigt Holm, sie auf eisglatter Fahrbahn und mit Vorsatz in ihrem Auto von der Straße abgedrängt zu haben. Sie erlitt schwere Verletzungen bei dem Unfall, ihr Kind wurde dabei getötet.« Er blickte hoch. »Wie heißt noch mal die Teilhaberin von der Baufirma?«

»Irene Rademacher«, antwortete Kalumet.

»Könnte auch Zufall sein«, entgegnete Susanne. »Das wollten wir heute noch überprüfen, Maik.«

»Zufälle bei einer Mordermittlung?« Lilienthal schaute sie mit hochgezogenen Augenbrauen an. »Aber okay, findet das heraus.«

»Ich kümmere mich darum«, erwiderte Kalumet, noch bevor jemand anderes etwas sagen konnte.

Auf ihn ist Verlass, dachte Lilienthal zufrieden, der hat Blut geleckt. Danach informierte er die Runde über das, was er in England erfahren hatte. Fasste das Wichtigste der Tagebuchaufzeichnungen zusammen und erwähnte auch, dass die

Russen Roger Holm, den Vater von Desmond Holm, aufgrund der Aussage eines Dolmetschers von den Sowjets, einem Viktor Linow, wegen Mordes an dem russischen Offizier Kirill Lewtrenko angeklagt hatten. Was Enne ihm gerade erst im Flugzeug berichtet hatte, verschwieg er allerdings.

Sie hatten in Silverdale schon zum Flughafen losfahren wollen, da nahm Lysann seine Mutter zur Seite und zeigte ihr das Einschreiben. Es war von Katie. Sie musste es kurz vor ihrem Tod aufgegeben haben. Sichtlich um Fassung bemüht bat Lysann Enne, es zu lesen.

Die Zeilen waren hastig geschrieben, teilweise war die Schrift verwischt, als hätte Katie beim Schreiben geweint. Gleich zu Anfang bat sie ihre Grandma um Verzeihung für alles, was sie und Desmond getan hätten.

Onkel Desmond habe sie nach Potsdam beordert und sie gleich am nächsten Tag bei einem Notar als seine Erbin eingesetzt. Danach habe er sie nicht nur in alle seine Geschäfte und Vermögensverhältnisse eingeweiht, sondern auch in das Familiengeheimnis.

Onkel Desmond habe ihr erzählt, dass das Brieffragment Friedrichs II., das sein Vater Roger damals in dem Salzbergwerk gestohlen hatte, in seinem Besitz sei. Wann immer er in Silverdale zu Besuch gewesen sei, habe er danach gesucht und schließlich den Schließfachschlüssel entdeckt und einen Abdruck anfertigen lassen. Später Mr Rutherford mit einer großen Geldsumme bestochen und den Brief aus der ledernen Buchhülle entnommen. Was Grandma nicht wisse, schrieb sie, war, dass sein Vater ihn bereits als jungen Mann eingeweiht habe. Damals, auf der Uni in St Andrews, habe er ihn einen Eid ablegen lassen, alles zu tun, um den fehlenden Teil des Briefes zu finden. Und mit dessen Hilfe das heilige Symbol, das von Anfang an für die Mutterloge bestimmt gewesen sei. Onkel Desmond hatte sich erhofft, dadurch zu Ehren und Würden bei seinen Brüdern in der Loge zu kommen.

Katie schrieb, sie habe Angst um Desmond bekommen, als

dieser Kontakt zu jemandem aufnahm, der ihm angeblich den zweiten Teil des Briefes besorgen konnte. Anschließend habe er sich in seinem Kellerverlies so gut wie eingeschlossen, kaum mehr etwas gegessen und nur noch über den alten Schriften gebrütet, die er dort unten hortete. Sie habe um seinen Verstand gefürchtet.

Nach dem Überfall im Geheimen Staatsarchiv entschloss Katie sich, das Autograf des Preußenkönigs an ihre Großmutter zurückzuschicken. Aus Angst, dass ihr Onkel nicht mehr aus dem Koma erwachen und die Polizei zurückkommen und den Brief finden würde.

Lysann fragte Enne, ob diese den Brief und den Teil des Autografs fotografieren wolle.

Sie nickte und zückte ihr Handy.

»Du musst mir versprechen, beides nur zu verwenden, wenn es zur Aufklärung der Verbrechen an Desmond und Katie beiträgt«, hatte Lysann ihr zum Abschied gesagt, und Enne hatte es ihr versprochen. So wie Lilienthal wiederum ihr, als sie ihm alles erzählt und die beiden Fotos an ihn weitergeleitet hatte.

»Dann hat sich deine Reise doch gelohnt, Maik«, meinte Susanne knapp. »Jetzt kennen wir die Hintergründe und wissen, was zu Kriegsende vorgefallen ist. Wir können also davon ausgehen, dass Desmond Holm die Suche nach der fehlenden Briefhälfte fortgesetzt hat. Damit beantwortet sich schon mal eine Frage. Holm war im Geheimen Staatsarchiv, weil er hoffte, dort den fehlenden zweiten Teil des Autografs zu bekommen.«

Kalumet, der Lilienthals Erzählung aufmerksam gelauscht hatte, entgegnete: »Mich würde interessieren, was aus den Russen geworden ist. Wenn ich dich richtig verstanden habe, waren sie wie Roger Holm hinter dem Brief her.«

Susannes Handy meldete sich. Sie zog es hervor und las die Nachricht, die gerade eingegangen war. »Entschuldigung«, sagte sie leise und steckte das Telefon wieder weg.

»Alles, was du uns erzählt hast, spricht dafür, dass sich die Familie Holm als elitär empfindet«, stellte sie fest. »Anscheinend nicht erst seit Roger Holm suchen die männlichen Mitglieder der Familie nach einer fehlenden Briefhälfte Friedrichs II. Aber worum es in dem Schreiben geht, wissen wir noch immer nicht.« Sie lehnte sich zurück und blickte Lilienthal an. »Wahrscheinlich hat man in vornehmen Kreisen andere Wertvorstellungen«, bemerkte sie spöttisch. »Verstehen kann ich das nicht, aber ich komme auch nur aus einer Bauernfamilie aus der Uckermark.«

»Immerhin stammst du aus einer Familie, die schon seit mehreren hundert Jahren dort ansässig ist und ein stattliches Anwesen und nicht wenig Grund und Boden besitzt«, konterte Lilienthal kühl, dem ihre Spitze gegen ihn nicht entgangen war.

»Wir sind übrigens auch weitergekommen«, meldete sich Manni Langer zu Wort. »An Holms Pullover konnten wir feine weiße Fasern entdecken. Sie sind aus einem Stoff, aus dem zum Beispiel Baumwollhandschuhe gemacht sind. Solche, wie sie die Mitarbeiter des Geheimen Staatsarchivs tragen.«

»Das engt den Kreis der Verdächtigen ein«, bemerkte Lilienthal.

»Na ja, nicht unbedingt. Die Dinger kannst du überall kaufen.«

»Wer wäre denn so blöd, seine Arbeitshandschuhe anzuziehen und dann jemanden umzubringen?«, warf Heike ein.

»Ich bin deiner Meinung. Andererseits hat man schon Pferde kotzen gesehen«, brummte Manni Langer. »Außerdem haben wir ein winziges Stück Plastik auf Holms Kleidung gefunden. Der Täter muss ein Regencape oder etwas Ähnliches getragen haben, als er sein Opfer überfiel.«

»Gute Arbeit, Manni«, lobte Lilienthal. »Konntet ihr auf den Fasern auch DNA-Spuren sichern?«

»Überprüfung dauert noch. Aber ich habe noch etwas Feines.« Der Kriminaltechniker legte eine Asservatentüte auf den Tisch und grinste. »Ich bin immer wieder begeistert davon, dass die meisten Menschen ordentlich ihren Müll trennen.«

»Du etwa nicht?«, fragte Heike spitz.

»Werte Kollegin, allein das Wort ›trennen‹ bereitet mir geradezu körperliche Schmerzen.«

Heike murmelte etwas, was sich wie »Verarschen kann ich mich selber« anhörte.

»Jedenfalls haben wir das von einem älteren Potsdamer aus der Weinmeisterstraße.« Manni Langer zog einen Gegenstand aus der Tüte und legte ihn auf den Tisch.

»Ein Kerzenständer?«

»Jep, Maik. Ziemlich altes Ding aus Marmor. Der lag in seiner Papiertonne. Der Mann war so empört darüber, dass ich mir eine halbe Stunde lang seine Ausführungen über den Niedergang der heutigen Gesellschaft und das Verhalten der Potsdamer im Allgemeinen anhören musste.«

»Du hast ein großes Herz, Mannilein«, kommentierte Lilienthal mitfühlend.

»Ich weiß, darum lieben mich auch alle«, grinste sein Leiter der Kriminaltechnik zufrieden. »Weil der Mann in der Zeitung von dem Mord in der Nachbarschaft gelesen hatte und dem Ding bräunliche Flecken anhafteten, hat er es als gewissenhafter Bürger bei uns abgegeben.«

»Sehr löblich von dem Mann. Aber ich vermute, du hast noch mehr herausgefunden?«

»Tja«, meinte Langer betrübt, »manche Täter sind wirklich einfach gestrickt, geradezu langweilig. Es handelt sich tatsächlich um Blut. Aber nicht nur um das von Katie McLaren, sondern …«

»Auch das von Desmond Holm?«, fragte Lilienthal ungläubig.

»Exakt. Sogar ein Haar von ihm haben wir darauf entdeckt. Der Mörder hat dieselbe Tatwaffe für beide benutzt.« Langer lehnte sich zurück. »Jetzt müsst ihr ihn nur noch finden.«

»Ich habe vorhin mit Holms behandelndem Arzt telefoniert«, warf Susanne ein. »Die gute Nachricht: Holm ist auf dem Weg der Besserung, wir werden ihn demnächst verhören können. Die schlechte: Er kann sich immer noch an nichts erinnern. Aber Dr. Stinnes meint, die Erinnerungen würden sich langsam wieder einstellen. Hilfreich wäre, wenn man ihm persönliche Gegenstände, Bilder oder Ähnliches zeigen könnte.«

»Gut, dann fahre ich noch mal zur Villa und schaue, ob ich Familienfotos oder etwas in der Art finde.« Lilienthal stand auf. »Morgen treffen wir uns um sieben Uhr mit den neuesten Erkenntnissen.« Er öffnete die Tür und ließ Susanne, die sich ebenfalls schon erhoben hatte, den Vortritt.

»Ich muss sofort los«, sagte sie leise. »Max ist krank.«

»Etwas Ernstes?« Er sah sie forschend an.

»Hohes Fieber, sagt meine Schwester.«

Erst jetzt bemerkte er die dunklen Schatten unter ihren Augen und ihre Blässe. »Ich fahre dich«, bot er sofort an und wollte nach ihrem Arm greifen.

Sie entzog sich ihm.

»Nicht nötig, Maik. Jens muss in die gleiche Richtung, weil er dort etwas zu erledigen hat. Er holt mich ab. Aber danke.«

»Was ist eigentlich los mit dir?«, fragte er heiser. »Hast du was mit Rödelheim?«

Sie lachte trocken auf, aber ihre Augen blickten traurig. »Typisch«, erwiderte sie. »Was mit mir los ist, willst du wissen? Nichts, Maik, aber du hast dich verändert.« Sie strich sich eine widerspenstige Locke aus dem Gesicht. »Du willst doch immer noch zur Bundespolizei wechseln. Die Kollegen kannst du vielleicht in Sicherheit wiegen, aber mir kannst du nichts vormachen. Wir sind nur die Steigbügelhalter für deine Karriere. Und dass du jetzt mein Vorgesetzter bist, macht die Sache auch nicht besser. In den letzten Tagen ist mir so einiges klar geworden.«

Er wollte etwas sagen, aber sie wehrte ab.

»Ich hätte längst mit dir darüber reden müssen.« Sie schwieg einen Moment, straffte die Schultern. »Ähnliches habe ich schon mal erlebt. Mit Max' Vater. Ich wollte es vergessen, deshalb habe ich dir nie etwas davon erzählt, aber jetzt …«

»Jetzt?« Er spürte einen Kloß im Hals.

Sie hatten sich in eine Ecke im Gang zurückgezogen, als Susanne weitersprach. »Er war Staatsanwalt und fing bei uns in Frankfurt an der Oder in der Direktion an. Für ihn war die Position nur ein Sprungbrett, aber das wusste ich damals nicht.

Ich war jung und ehrgeizig und fühlte mich geschmeichelt, als ich bemerkte, dass er sich für mich interessierte. Später war ich so verliebt, dass ich die ersten Anzeichen übersah. Er begann, sich in alles, was ich tat, einzumischen, mich zu kritisieren und zurechtzuweisen. Auch vor Kollegen. Er entpuppte sich als Besserwisser und Kontrollfreak, und dann wurde ich von ihm schwanger. Ich freute mich so sehr auf das Kind, dachte, dass es damit auch zwischen uns besser werden würde. Aber das Gegenteil war der Fall, es wurde nur noch schlimmer. Zuerst versetzte er mich in den Innendienst, dann sollte ich Akten sortieren. Angeblich, um mich in meinem Zustand zu schonen. Schließlich hörte ich von Kollegen, dass er eine Affäre mit einer jungen Polizeianwärterin angefangen hatte. Ich bin damals zusammengebrochen, Maik. Ich habe ihn verlassen und mir geschworen, dass ich so etwas nie wieder mit einem Mann erleben werde.«

Resigniert sah sie Lilienthal an: »Seit Kurzem erinnerst du mich mit deinem Verhalten immer stärker an ihn. Hast nicht mal den Anstand, mich als leitende Kommissarin weiterhin unabhängig ermitteln zu lassen. Die Kollegen hören nur noch auf dich und deine Anweisungen, ich bin doch nur noch deine Zuarbeiterin.« Sie schwieg, dann sagte sie leise: »Und um deine Frage zu beantworten: Ja, Rödelheim hat mir ein Angebot gemacht.«

Fassungslos starrte Lilienthal sie an.

»Es ist nicht das, was du denkst«, sagte sie kopfschüttelnd. »Die Berliner suchen für das LKA 1 Delikte am Menschen eine Hauptkommissarin. Ich habe alle Qualifikationen und werde mich darauf bewerben.« Sie schaute auf die Uhr. »Tschüss, Maik«, sagte sie hastig, wandte sich von ihm ab und lief zum Ausgang.

Lilienthal blickte ihr hinterher. Hörte die Tür hinter ihr zuschlagen. Ihre Worte wirbelten durch seinen Kopf.

Er stürzte zum Fenster. Schaute hinunter auf den Hof und sah dort einen alten Passat. Rödelheims Wagen. Die Fahrertür öffnete sich, und Rödelheim stieg mit jungenhaft schlaksigen

Bewegungen aus, die, was er so gehört hatte, auf Frauen anziehend wirkten.

Lilienthal beobachtete, wie Susanne auf ihn zueilte. Hörte ihr Lachen, als beide einstiegen. Sah, wie der Wagen wendete und zum Tor hinausfuhr.

Sein Kopf dröhnte. Ich bring dich um, Rödelheim, dachte er.

48

Lilienthal entfernte das Polizeisiegel und öffnete die Haustür. Katies Parfum hing immer noch im Eingangsbereich. Für einen Moment schloss er die Augen. Katie war Vergangenheit, fast schon vergessen. Aber Susanne war Gegenwart. Das Leben. Seine große Liebe. Sie hätte auch seine Zukunft sein sollen. Was war nur passiert? Er begriff es einfach nicht. Sie musste doch wissen, dass er ihre Arbeit schätzte. Ja, er hatte die Ermittlung wie immer an sich gerissen, was nicht fair gewesen war. Aber das hätte sie ihm doch schon früher unter vier Augen sagen können, dann hätte er sich zurückgehalten, bestimmt. Es durfte nicht zu Ende sein, dachte er, während er den Flur entlangging. Er liebte sie, er brauchte sie, das musste sie doch spüren.

Er öffnete die Tür zur Bibliothek und schaltete das Licht ein. Schaute über die deckenhohen Regale voller Bücher. Konnte aber nirgends Fotoalben entdecken. In der Mitte des Raumes, wie ein Solitär, stand der ausladende Schreibtisch. Sein dunkles Holz glänzte matt. Lilienthal kniete sich vor der linken Seitentür nieder. Zog aus seiner Jacke einen Elektropick, den er sich von Manni Langer ausgeliehen hatte, und öffnete mit ihm in Sekundenschnelle die kleine Tür. Dahinter befanden sich zwei Schubladen. In der oberen lag ein altmodischer Taschenrechner neben einem Stapel Kataloge. Sie stammten von verschiedenen Berliner Galerien. Er zog die darunter auf. Sie war leer bis auf eine schwarze Laptophülle. Holm hatte also doch einen Computer besessen. Den mussten sie finden. Er würde Langer bitten, das Haus noch mal akribisch danach zu durchsuchen. Als er die Hülle herausnahm, stieß er gegen die Rückwand der Schublade. Etwas klickte leise. Lilienthal beugte sich vor. Er klopfte, dann drückte er gegen das Holz, aber nichts passierte. Er schob die Schublade zurück, schloss die linke Tür und öffnete mit dem Elektropick die rechte. Auch dahinter zwei Schubladen. Im oberen Fach Schnellhefter, ordentlich übereinandergeschichtet. Er nahm den obersten heraus. In ihm Bankauszüge, sortiert nach verschiedenen internationalen Instituten. Im nächsten Kopien von Anweisungen an Merrill Lynch Aktienan- und -verkäufe betreffend. Durch seinen Onkel wusste Lilienthal, dass das Bankinstitut nur vermögende Privatkunden als Klienten akzeptierte. Es würde Zeit brauchen, das alles durchzusehen und auszuwerten. Zudem war Holm am Leben, nur mit einer staatsanwaltlichen Genehmigung und einer stichhaltigen Begründung durfte er Einsicht in dessen private Unterlagen nehmen. Bedauernd legte Lilienthal den Hefter zurück. Im unteren Fach lagen Fernbedienungen.

Lilienthal erhob sich und sah sich um. Im ganzen Raum konnte er kein einziges elektronisches Gerät entdecken. Er bückte sich, griff nach einer Fernbedienung. Drückte auf die Einschalttaste. Schaute sich erneut um. Nichts passierte. Irgendwie hatte er erwartet, dass sich ein geheimes Fach in den Bücherregalen öffnen würde.

Als er das Gerät enttäuscht zurückwarf, löste sich die Abdeckung. Beim Zusammenfügen bemerkte er, dass die Batterien fehlten. Er nahm alle Fernbedienungen heraus, legte sie vor sich auf die Schreibtischfläche und öffnete sie nacheinander. Keine davon enthielt Batterien.

Nachdenklich ließ sich Lilienthal auf den Schreibtischstuhl fallen. Warum hortete Holm Fernbedienungen, die er ganz offensichtlich nicht benutzte? War er jemand, der nichts wegwarf? Dinge aufhob und wiederverwertete? Aber dagegen sprach die gesamte Einrichtung in den Wohnräumen und im

Keller. Nein, Holm kaufte neu und nur vom Besten, der hob nichts auf. Vermutlich ließ er Dinge noch nicht mal reparieren. Nachdenklich betrachtete Lilienthal die Keramikschale vor sich auf der Schreibtischplatte und zog sie zu sich heran. Mehrere angespitzte Bleistifte, ein Radiergummi, ein Bleistiftanspitzer, ein Schächtelchen Heftklammern. Seufzend lehnte er sich zurück und ließ seinen Blick wieder über die Fernbedienungen gleiten.

Sein iPhone meldete sich. Er griff in seine Hosentasche, nahm es heraus und wischte zu der eingegangenen Nachricht.

»Tierklinik hat angerufen. Charly geht es besser. Bitte hole ihn ab. Susanne.«

Freude stieg in ihm hoch. Seinen kleinen Hundemann hatte er vor lauter Aufregung beinahe vergessen. Charly liebte ihn, egal, ob er schlecht gelaunt oder ungewaschen war. Sogar, wenn er mal sein Futter vergaß. Seine Zuneigung war bedingungslos. Er tippte »OK« und dann auf »Senden«.

Deutlich besser gelaunt öffnete er noch einmal die Schreibtischschubladen und überprüfte deren Inhalt. Betrachtete die Gegenstände, die auf der Arbeitsplatte standen und lagen. Nur der Papierstapel mit dem Schriftverkehr, den Katie ihnen hingelegt hatte, und die Keramikschale, sonst nichts. Ein papierloses Büro? Eher nicht, schließlich bewahrte Holm auch seine Bankdokumente und Heftklammern auf. Nachdenklich setzte Lilienthal sich wieder, betrachtete den Inhalt der kleinen Schale erneut. Die Bleistifte lagen akkurat nebeneinander. Daneben ein Anspitzer aus Metall. Holm war ein ordnungsliebender Mann. Lilienthal griff nach der Packung Heftklammern, öffnete sie in Gedanken versunken. Eine kleine Batterie rutschte heraus.

Sein Handy klingelte. Genervt wischte er den Anruf weg. Wenig später verkündete das Gerät, dass eine Nachricht eingegangen war.

49

Eine Knopfzelle. Eine winzige 3-V-Lithiumbatterie. Weshalb hatte Holm in einer Packung für Heftklammern eine Knopfzelle aufbewahrt? Für die Fernbedienungen benötigte man größere Batterien. Ganz am Ende des Schubfachs mit den Fernbedienungen entdeckte er ein Ledertuch, das er vorhin übersehen hatte. Er beugte sich vor, griff danach und verschob dabei die erste Fernbedienung, die vor ihm auf der Arbeitsplatte lag. Sie fiel auf den Boden.

Er hob sie auf und entfernte auf gut Glück den Deckel des Batteriefachs. Hier passte keine Knopfzelle. Er probierte es bei der nächsten, aber erst bei der vierten Fernbedienung hatte er Erfolg. Er presste die Knopfzelle hinein und drückte die »On«-Taste. Wieder passierte nichts.

Doch das Jagdfieber hatte ihn gepackt. »Dich krieg ich«, knurrte er, ging zu den Bücherregalen und drückte erneut die entsprechende Taste. Hörte ein Geräusch, folgte ihm. Mit kleinen Schritten bewegte er sich vorwärts, drückte dabei immer wieder die Taste. Horchte. Das Geräusch kam aus dem Schreibtisch. Er riss die beiden Türen auf und zog alle Schubfächer heraus. Erst jetzt fiel ihm auf, dass die linke obere Schublade sich nur zur Hälfte herausziehen ließ. Er ging in die Hocke und drückte erneut die Einschalttaste der Fernbedienung. Verblüfft sah er, dass die Rückwand sich wie eine Klappe nach oben hin öffnete.

»Holm, du Schlitzohr«, murmelte Lilienthal, griff in das dahinter verborgene Fach und förderte eine mit dunkelrotem Samt bezogene Mappe mit goldfarbenem Metallschloss zutage. Ihr folgte ein Holzkästchen, verziert mit orientalischen Blumen- und Vogelornamenten. Lilienthal legte die Mappe beiseite und öffnete das Kästchen. Zuoberst lagen Kuverts. Er nahm sie heraus und legte sie auf den Schreibtisch. Darunter mehrere Fotos. Er griff nach dem ersten. Darauf schaute ein wesentlich jüngerer Desmond Holm im dunklen Anzug mit Krawatte und Einstecktuch eine große, streng blickende

Frau im mittleren Alter an. Auf der Rückseite fand Lilienthal einen Eintrag. »Hannover Messe 1992 mit Birgit Breuel«. Das nächste Bild zeigte ein mehrstöckiges Backsteingebäude mit einer Gruppe lachender Männer und Frauen davor. Ganz am Rand stand eine Frau, die dem Fotografen zuwinkte. Lilienthal betrachtete das nächste Bild in Postkartengröße. Eine junge Frau in einem ärmellosen weißen Sommerkleid, die Hände über den Kopf gestreckt. Ihre Augen waren halb geschlossen, die Lippen hatte sie zum Kuss geformt. Auf der Rückseite nur ein Wort: »Squirrel«, das englische Wort für Eichhörnchen.

Es war die gleiche junge Frau, die auf dem Gruppenbild ganz am Rand stand. Er steckte die drei Bilder ein. Griff nach dem obersten Kuvert, öffnete es und nahm einen Brief heraus.

»Geliebter, ich vermisse dich. So sehr!«, las er und schloss die Augen. Fühlte, wie sein Herz plötzlich doppelt so schnell schlug. Susanne, dachte er. Die Türglocke schrillte, er fuhr hoch, legte den Brief neben das Kästchen und ging in die Diele. Auf dem Bildschirm der elektrischen Türanlage schaute ihm Kalumet entgegen.

»Maik!«, brüllte er, sodass Lilienthal unwillkürlich einen Schritt zurückwich. »Rademacher …«

Die weiteren Worte gingen im Summen des Türöffners unter.

50

Charly war kaum zu beruhigen, als er Lilienthal erblickte. Der nahm ihn auf den Arm und vergrub seinen Kopf in dem weichen schwarzen Fell.

»Du kleine Kampfbiene«, flüsterte er und konnte gerade noch den Kopf drehen, um Charlys hellrosa Zunge zu entgehen.

»Er hat alles gut überstanden«, sagte der Tierarzt, der hinter ihm stand. »Aber haben Sie ein Auge auf ihn, bis die Wunden verheilt sind.« Damit verabschiedete sich der Mediziner.

Lilienthal setzte den Vierbeiner auf die Rückbank seines Autos, befahl: »Bleib!«, aber Charly war anderer Ansicht. Kaum hatte Lilienthal sich angeschnallt, sprang er auf seinen Schoß. Sanft hob Lilienthal ihn auf den Beifahrersitz, wo er sich sofort zusammenrollte und bald darauf einschlief.

Zurzeit konnte er den Hund nicht bei sich behalten. Er hatte keine Zeit, und Susanne war zu ihrer Schwester gefahren, die sich um Max kümmerte. Er hoffte, dass sie so schnell wie möglich zurückkam. Sie hat mich mitsamt dem Hund sitzen lassen, dachte er bekümmert. Enne fiel ihm ein, die einzige Lösung. Laut der WhatsApp-Nachricht, die er vorhin gelesen hatte, wollte sie ihn sowieso sprechen, da könnte er gleich das eine mit dem anderen verbinden.

Kalumet hatte ihm vorhin mitgeteilt, dass er in dem Schriftverkehr zu Irene Rademachers Anzeige, den er über die ComVor, die computergestützte Vorgangsbearbeitung, nachgelesen hatte, auf den Namen ihres Ehemanns gestoßen war. Er hatte im Namen seiner Frau die Strafanzeige gestellt. Anscheinend hatten die Eheleute ihre Nachnamen auch nach der Hochzeit beibehalten. Kalumet hatte das Gefühl, dass an dieser Verbindung zu Holm mehr dran war, als sie bisher angenommen hatten. Auch Lilienthal konnte sich dem nicht verschließen und nahm sich vor, das Ehepaar gleich morgen an ihrer Meldeadresse in Potsdam aufzusuchen und sich ihre Version des Unfallhergangs anzuhören.

Gemeinsam mit Kalumet hatte er alle Bilder und Briefe durchgesehen, die er in dem verborgenen Schreibtischfach entdeckt hatte. Ihm auch den Brief und die drei Bilder, die er an sich genommen hatte, gezeigt. Auffallend häufig hatte sich Holm mit einflussreichen Personen aus Politik und Wirtschaft ablichten lassen. Außerdem gab es jede Menge Bilder von ihm mit Birgit Breuel, die 1991 nach der Ermordung Rohwedders durch die RAF Chefin der Treuhand geworden war.

Bei den Briefen handelte es sich ausschließlich um Liebesbriefe. Immer von der gleichen Person geschrieben und immer unterzeichnet mit »Squirrel«.

Zum Schluss hatte Lilienthal sich die Mappe aus rotem Samt vorgenommen. Sie enthielt nur einen Bogen Papier. Anscheinend abgerissen von einem Schreibblock.

»Liebster Onkel Desmond, ich musste es tun. Bitte vergib mir.«

Die zwei Sätze waren von Katie.

Jetzt stand er mit dem Hund auf dem Arm vor Ennes Haustür und klingelte. Sekunden später öffnete ihm seine Mutter.

»Endlich!«, begrüßte ihn Enne.

Lilienthal trat ein und setzte Charly auf den Boden, der sofort in der Küche verschwand. Gleich darauf hörten sie von dort empörtes Fauchen, begleitet von aufgeregtem Bellen, dann erschien Churchill mit erhobenem buschigen Schwanz und drängte sich an ihnen vorbei.

»Verena ist verschwunden«, sagte Enne nervös.

»Wie?«, fragte Lilienthal nicht besonders schlau.

»Sie ist nicht da. Hat keine Nachricht hinterlassen. Churchills Futter- und Wassernapf waren beide leer, und der Kater lässt sich nicht mehr von mir anfassen. Genügt das, um sich Sorgen machen zu dürfen?«, entgegnete Enne aufgebracht.

Lilienthal ließ sich im Gartenzimmer in einen der großen, bequemen Sessel fallen. »Bitte beruhige dich, Mutter. Die Mädels sind heutzutage viel unterwegs. Vielleicht hat sie einfach nicht daran gedacht, dir Bescheid zu geben.«

»Blödsinn«, knurrte Enne und plumpste ihm gegenüber in ihren Lieblingssessel. »Verena ist zuverlässig. Außerdem war die Alarmanlage nicht eingeschaltet, als ich kam, das hatte ich ihr eindringlich ans Herz gelegt, bevor ich losgeflogen bin. Du weißt, wie oft bei uns in der Nachbarschaft in letzter Zeit eingebrochen wurde.«

Lilienthal nickte, konnte die Sorgen seiner Mutter um ihr Patenkind aber nicht nachvollziehen.

»Eine Nachricht auf ihrem Handy habe ich ihr auch schon hinterlassen und um Rückruf gebeten. Das war vor einer Stunde. Keine Antwort bisher.« Enne sprang auf. »Komm mit, vielleicht glaubst du mir dann, dass etwas passiert ist.« Hastig lief sie die Treppe hinauf.

Lilienthal folgte ihr nur widerwillig.

»Hier.« Enne öffnete die Tür zum kleinen Gästezimmer und deutete hinein. »Die Schranktür ist nur angelehnt. Und siehst du das da?« Sie wies auf mehrere dunkle Glasscherben, die auf dem Teppich lagen. »So hätte Verena das Zimmer nie hinterlassen. Ich mache mir wirklich Sorgen, Maik.«

Lilienthal zog die Schranktür auf. Auf dem Boden lag ein lampenähnliches Gestell. Die Fassung war leer. »Sieht aus wie eine Rotlichtlampe. Wahrscheinlich ist Verena die Birne kaputtgegangen, und sie wollte eine neue besorgen.«

Schweigend drehte sich Enne um und lief vor ihm die Treppe hinunter. Ihr iPhone, das sie auf den Küchentisch gelegt hatte, hatte eine Nachricht gemeldet. Sie entsperrte es. »Sie ist von Verena! ›Liebe Enne, bin für ein paar Tage bei einer Freundin. Mach dir keine Sorgen. Melde mich wieder. Gruß Verena‹«, las sie Lilienthal vor.

»Na, siehst du. Alles in Butter«, meinte der zufrieden.

Enne atmete tief durch, dann holte sie eine Flasche Primitivo aus dem Keller und goss ihnen beiden vom Rotwein aus dem Süden Italiens ein. Eine Weile saßen sie da und hingen ihren Gedanken nach.

»Was meinst du, was ist aus diesem Kirill Lewtrenko und seinem Dolmetscher Viktor Linow geworden?«, fragte sie auf einmal.

Lilienthal schreckte aus seinen Gedanken auf. Er hatte an Susanne gedacht. »Wie bitte?«

Enne sah ihren Sohn genauer an. »Ist im Präsidium etwas schiefgelaufen?«

»Nein, alles im grünen Bereich«, brummte er und fügte hinzu: »Ich war vorhin noch mal in Desmond Holms Villa. Kalumet kam dazu.«

Enne trank einen Schluck und setzte das Glas ab. »Nicht Susanne?«

»Die ist weg.«

Enne wartete.

Lilienthal streckte lässig seine langen Beine aus und lag in seinem Sessel wie ein gefällter Baum. »Na, weg eben«, brummte er. »Max ist krank und bei ihrer Schwester«, schob er nach. »Susanne ist hingefahren. Das ist alles.«

»Wieso hast du sie nicht begleitet?«

»Vielleicht, weil ich hier genug zu tun habe?«, knurrte er.

»Na und?«, erwiderte sie nicht gerade freundlich. »Du wirst immer zu tun haben, lieber Sohn. Trotzdem hat das kranke Kind von der Frau, die du liebst und das du auch in dein Herz geschlossen hast, immer Priorität.«

»Sie wollte nicht, dass ich sie begleite«, entgegnete er ärgerlich. »Ich habe es ihr angeboten, aber sie ist lieber mit Rödelheim gefahren.«

»Mit Jens Rödelheim aus Berlin?«

Lilienthal nickte.

»Tut mir leid«, sagte Enne, wobei sie offenließ, was oder wer ihr leidtat. »Aber ich an deiner Stelle wüsste, was ich tun würde.«

»Susanne muss sich entscheiden«, murmelte er.

Enne schwieg. »Warum warst du in Holms Haus?«, fragte sie schließlich, um ihn von dem Thema abzulenken.

Lilienthal zog einige Fotografien aus seiner Jacke. Schob ihr eine hin. »Ich habe mehrere Fotos und Briefe in einem Geheimfach seines Schreibtischs in der Bibliothek gefunden. Liebesbriefe an ihn. Interessant ist, dass seine Geliebte darin erwähnt, dass sie zusammen wegwollten. Anscheinend war bereits alles vorbereitet. Datiert sind sie auf Anfang 1991. Leider geht aus ihnen nicht hervor, wohin sie wollten.«

Enne nahm ein Foto und betrachtete es. »Eine schöne Frau«, bemerkte sie. »Vielleicht ist es die, die Lysann erwähnt hat.« Plötzlich sagte sie: »Weißt du, ich muss morgen sowieso zu Körner ins Krankenhaus und habe Lysann versprochen, ab und an nach Desmond zu sehen. Wenn es dir recht ist, nehme ich eins der Bilder mit und zeige es ihm. Vielleicht löst es in ihm Erinnerungen aus.«

»Das Gleiche hatte ich vorgehabt«, meinte Lilienthal. »Aber gut, vielleicht ist es sogar besser, wenn du mit ihm sprichst. Frauen haben eine andere Art.«

»Wie jetzt?«, erwiderte Enne, und über ihr Gesicht huschte ein schalkhaftes Lächeln. »Hast du etwa gemerkt, dass Frauen einfühlsamer sind?«

»Sie sind halt anders«, brummte er und reichte ihr die nächste Fotografie. »In der Art gab es mehr als genug.«

»Das ist ja Theo Waigel, Finanzminister Anfang der neunziger Jahre«, bemerkte Enne überrascht, als sie das Foto betrachtete.

»Holm muss jede Menge Kontakte zu Politikern und Wirtschaftsführern gehabt haben. Vielleicht hat er sie immer noch.«

»Nun, er war kein kleines Licht bei der Treuhand«, bemerkte Enne nachdenklich.

Lilienthal goss sich Wein nach. »Außerdem lag in dem Geheimfach noch eine Dokumentenmappe. Bis auf eine Mitteilung von Katie war sie leer. In ihr entschuldigt sie sich bei ihrem Onkel, allerdings schreibt sie nicht, wofür.«

»Aber das ist doch sonnenklar, mein Lieber.« Enne beugte sich vor. »Ursprünglich enthielt die Mappe das Brieffragment von Friedrich dem Großen, das Katie ihrer Großmutter zurückgeschickt hat.«

»Darauf hätte ich wirklich selbst kommen müssen«, sagte er verstimmt.

»Dafür hast du ja mich«, erwiderte seine Mutter gönnerhaft. »Und falls du Hunger hast«, fuhr sie übergangslos fort, »habe ich für dich was ganz Feines. Im Kühlschrank steht noch ein Topf mit italienischen Berglinsen – natürlich mit Salsiccia.«

Aber Lilienthal antwortete nicht, war mit seinen Gedanken schon wieder woanders.

»Essen hält Leib und Seele zusammen«, sagte Enne und ging in die Küche.

Lilienthal folgte ihr mit dem Weinglas in der Hand.

Charly hatte es sich inzwischen auf Churchills dickem Samtkissen bequem gemacht und schlief. »Lass dich nur nicht erwischen, Hundemännchen«, flüsterte Enne. »Wenn der Dicke das sieht, hast du ganz schlechte Karten und womöglich bald eine blutige Nase.« Sie nahm den Topf mit den Linsen aus dem Kühlschrank, drehte die Herdplatte an und stellte ihn darauf.

»Gegen Desmond Holm wurde Anfang der neunziger Jahre ein Strafbefehl wegen gefährlichen Eingriffs in den Straßenverkehr mit versuchtem Totschlag gestellt«, bemerkte Lilienthal.

Enne drehte sich erstaunt zu ihm um. »So etwas hätte ich jetzt nicht erwartet.«

»Er soll für einen Unfall verantwortlich sein, bei dem es eine Schwerverletzte und ein totes Kind gab.«

»Wie furchtbar«, murmelte Enne. »Wurde er verurteilt?«

»Nein, das Verfahren wurde eingestellt. Man konnte ihm nichts nachweisen.«

Enne legte den Holzlöffel beiseite. »Hört sich ganz danach an, als hätte jemand seine schützende Hand über ihn gehalten.«

»Vorstellbar, wenn man seine Position bei der Treuhand und seine Verbindungen zur Politikprominenz bedenkt«, meinte Lilienthal und trank sein Glas aus. »Der Ehemann des Opfers hat ihn angezeigt, nicht einmal Irene Rademacher selbst«, erzählte er, während er neben seine Mutter trat und den aromatischen Duft der Linsen einsog.

Charly hatte sich schon geräuschlos neben Enne in Position gebracht und schaute erwartungsvoll zu ihr hoch.

»Nein, du Gumminase, das ist unser Essen. Für dich gibt es nachher noch ein Rinderöhrchen«, meinte sie amüsiert. »Rademacher?«, sagte sie dann. »Gibt es hier nicht auch eine bekannte Baufirma gleichen Namens?«

Lilienthal hatte sich gerade einen Löffel genommen und probierte von den Berglinsen. »Köstlich«, nuschelte er mit vollem Mund.

Zweimal hatte Lilienthal einen Nachschlag genommen, dann noch einen Espresso getrunken. Nachdem er sich eigentlich schon von seiner Mutter verabschiedet hatte, drehte er sich noch einmal um, streichelte Charly, der neben Enne saß, und meinte: »Ich fahre jetzt zu Susanne.«

Lächelnd schloss Enne hinter ihm die Tür. Manchmal brauchte ihr Herr Sohn einen kleinen Schubs, dachte sie. Sein Glück musste man festhalten. Mit beiden Händen. Falscher Stolz war da nicht angebracht.

Schnell räumte sie die Küche auf, dann ging sie zurück ins Gartenzimmer, setzte sich in ihren Sessel, zündete sich eine Zigarette an und schenkte sich noch etwas von dem Rotwein nach. Sie las die Nachricht von Verena erneut, überflog frühere Nachrichten von ihr. Grübelnd zog sie an ihrer Zigarette. Alle früheren Nachrichten hatte Verena mit »Moin, moin« begonnen, nie mit »Liebe Enne«. Sie leerte ihr Glas, drückte die Zigarette im Aschenbecher aus. Als sie noch mal über Desmond Holms Strafanzeige sprachen, hatte ihr Sohn den Namen des Ehemanns der verunglückten Frau genannt. Er hieß nicht wie sie Rademacher, sondern Wendt. Etwas hatte bei dem Namen bei ihr geklingelt. Enne löschte das Licht und ging zur Treppe. Hieß nicht Verenas Mentor so?, überlegte sie, während sie die Stufen zu ihrem Schlafzimmer hinaufging.

51

Am nächsten Morgen stieg Enne die breite Eingangstreppe zum Ernst-von-Bergmann-Klinikum hinauf, musste dabei mehreren Rauchergrüppchen ausweichen, lief zu den Fahrstühlen und fuhr schließlich in die Etage, auf der sich die Station befand, wo Richard Körner lag. Als sie die Tür zu seinem Zimmer öffnete, hockte er in einem Sessel vor dem Fenster. In einem viel zu kurzen und zu engen Bademantel, mit Schlappen an den Füßen.

»Na, gnädige Frau«, knurrte er, »zurück aus dem Königreich?« Er wies auf den zweiten Korbsessel.

»Du kannst wieder sitzen und sprechen, Richard Körner! Das ist doch mal ein gutes Zeichen«, erwiderte sie und küsste ihn flüchtig auf die Wange.

»Ich gebe mir Mühe«, entgegnete er. »Trotzdem würde ich jetzt gern meine täglichen zehn Kilometer laufen oder wenigstens gehen.«

»Zehn Kilometer, Herr Körner, hast du dich da nicht versprochen?«

»Stimmt, eigentlich sind zwanzig mein Pensum«, grinste er. »Du siehst übrigens hinreißend aus«, fügte er charmant hinzu.

»Ein uralter Fummel, aber danke, mein Lieber.« Enne drehte sich einmal in ihrem dunkelblauen Leinenkleid, zu dem sie einen fliederfarbenen Seidenschal trug, dann ließ sie sich in dem Korbsessel nieder.

»Man will mich loswerden, Ennekin«, brummte Körner. »Beruht allerdings auf Gegenseitigkeit. Der Unterhaltungswert in diesem Haus lässt doch sehr zu wünschen übrig.« Er griente. »Aber ich frage mich, wie ich allein in meiner Wohnung zurechtkommen soll. Nur mit einer Krücke als ständige Begleiterin.«

»Ach, Richard, was soll das Drumherumgerede.« Sie lächelte ihn an. »Du kommst natürlich zu mir. Basta.«

Sein von tiefen Falten durchzogenes Gesicht entspannte sich. »Danke«, sagte er, wollte nach ihrer Hand greifen, hielt aber mit schmerzverzerrtem Gesicht inne.

»Ich glaube, deine zehn oder zwanzig Kilometer kannst du für die nächste Zeit vergessen«, kommentierte sie sein unterdrücktes Stöhnen. »Bei mir zu Hause bekommst du mein Arbeitszimmer, da steht eine ganz gute Klappcouch. Aber bitte alles nur so lange, bis man dich in die Reha schickt. Und auch nur, solange du dich anständig benimmst.«

»Du wirst mich kaum bemerken«, flötete er, was Enne, wenn sie seinen massigen Körper betrachtete, bezweifelte.

»Wie war es in England?«, wollte er jetzt aufgeräumt wissen.

Sie fasste ihm alles Wesentliche zusammen, und er hörte ihr zu, ohne sie zu unterbrechen.

Sie hatte gerade geendet, da schaute Enne auch schon auf ihre Uhr. »Es tut mir leid, aber ich muss los. Oben auf der Privatstation liegt Desmond Holm. Ich habe seiner Mutter versprochen, ihn zu besuchen.« Sie stand auf und betrachtete Körner. »Aber den Bademantel lass bitte hier, wenn du rausdarfst. Die Farbe steht dir nicht«, sagte sie diplomatisch. Dann: »Und gib mir Bescheid, wenn du etwas benötigst oder ich etwas für deinen Aufenthalt bei mir besorgen soll.« Und damit eilte sie hinaus.

Holm wandte den Kopf in ihre Richtung, als Enne eintrat. Musterte sie misstrauisch. Auch als sie sich vorstellte und ihn von seiner Mutter grüßte, veränderte sich sein Blick nicht.

Dennoch setzte Enne sich an sein Bett. Erzählte ihm von seiner Familie in England. Holte ihr Smartphone heraus und zeigte ihm Bilder von seinem Elternhaus, die sie in den letzten Tagen gemacht hatte.

Er betrachtete die Fotos ausdruckslos, reagierte auch nicht, als sie ihm eins von seiner Mutter mit Collin zeigte. Es war am ersten Tag ihres Aufenthaltes in Silverdale entstanden.

»Wer sind die beiden?«, fragte Holm, und Enne musste sich anstrengen, um ihn zu verstehen.

Da klopfte es, und die Tür öffnete sich. Eine junge Ärztin trat ein. »Wie schön, dass Sie Besuch haben, Herr Holm.«

Enne stellte sich vor und erklärte, in welchem Verhältnis sie zu dem Patienten stand.

»Sie können seiner Mutter gerne ausrichten, dass wir sehr zuversichtlich sind, was seine Fortschritte betrifft. Aber Herr Holm darf sich nach wie vor nicht überanstrengen. Bitte beschränken Sie Ihren Besuch auf weitere fünf Minuten, mehr kann ich Ihnen momentan leider nicht zugestehen.«

Als die Ärztin die Tür hinter sich geschlossen hatte, zog Enne eins der Fotos der jungen Frau hervor, die Lilienthal in Holms Schreibtisch gefunden hatte.

»Kennen Sie die Frau?«, fragte sie und legte es vor ihn hin.

Holm griff zögernd danach, betrachtete die Fotografie gebannt. »Squirrel«, sagte er leise.

»Wo haben Sie sie kennengelernt?«, fragte Enne behutsam.

»Sie ist tot«, flüsterte er, schloss die Augen und presste das Bild an seine Brust. »Gehen Sie«, brachte er mühsam hervor.

Während Enne aufstand, sah sie, wie eine einzelne Träne sich unter den geschlossenen Lidern des Mannes hervorstahl. Leise verließ sie den Raum. Holm hatte die Frau auf dem Bild erkannt. Sein Gedächtnis würde bestimmt wiederkommen.

Draußen rief sie als Erstes ihren Sohn an und erzählte ihm, was passiert war.

»Immerhin ein Anfang«, kommentierte er. »Ich werde Dr. Stinnes, den behandelnden Arzt, anrufen und einen Termin ausmachen. Wenn ich Holm befrage, soll er dabei sein.«

»Wo bist du jetzt?«, fragte sie.

»Na, wo schon«, erwiderte er. »Im Büro.«

Sie unterließ es, nach Susanne zu fragen. Wie er sich anhörte, lag bei den beiden immer noch alles im Argen.

Nachdem sie aufgelegt hatte, wählte sie die Nummer vom Geheimen Staatsarchiv, unter der sonst Verena zu erreichen war. Es klingelte mehrmals, dann meldete sich ein Herr Schmied. Weder Frau Näther noch Herr Dr. Wendt seien heute im Haus, teilte er ihr mit, und da beide keine tägliche Anwesenheitspflicht hätten, fände er dies auch nicht ungewöhnlich. Worum es denn ginge. Vielleicht könne er weiterhelfen.

»Falls Frau Näther doch noch auftauchen sollte, richten Sie ihr doch bitte aus, sie möchte mich anrufen«, sagte Enne aufs Geratewohl, nannte ihren Namen und beendete das Gespräch.

Dann ging sie online und fand im Potsdamer Telefonbuch drei Einträge zu dem Namen Wendt. Doch nur vor einem stand ein Titel. Enne googelte die Adresse, sie war in Drewitz, einem Ortsteil von Potsdam. Spontan entschied sie hinzufahren. Verenas Verschwinden und diese eigenartige Nachricht ließen ihr keine Ruhe. Vielleicht wusste dieser Dr. Wendt mehr darüber.

Das Haus in der Fichtenallee war eines der alten Gebäude, die in den dreißiger Jahren des letzten Jahrhunderts erbaut worden waren. Enne klingelte an der Gartenpforte. Alles blieb ruhig, nur ein Schäferhund im Nachbargarten fing an, durchdringend zu bellen. Sie versuchte es noch einmal. Wieder tat sich nichts.

Als sie schon zu ihrem Auto zurückgehen wollte, öffnete sich die Tür des Nachbarhauses, und eine hagere Frau mit einer Zigarette in der Hand musterte sie neugierig.

»Wolln Se zu den Wendts?«, fragte sie. »Der is nich da«, sagte sie, als Enne nickte. »Auf Arbeit, denk ich.«

»Schade«, erwiderte Enne und verschwieg, dass er dort auch nicht war.

Die Frau kam die Stufen der Eingangstreppe hinunter und trat an den Zaun. »Komischer Kauz, aber der hat's auch nich leicht.« Sie wies mit dem Kinn Richtung Nachbarhaus und blickte Enne dabei auffordernd an.

»Warum?«, lieferte Enne ihr das Stichwort.

»Na, wegen der Frau.« Die andere sog heftig an ihrer Zigarette. »Möcht keiner haben, so was. Is 'n Krüppel.« Sie schnipste den Zigarettenstummel ins Beet und schob mit dem Fuß notdürftig Erde darüber. »Aber bedienen lässt se sich von vorn bis hinten«, meinte sie dann verächtlich. »Hat die fein raus. Und die Nase trägt se immer noch janz weit oben. Im letzten Jahr hab ich mit der kaum mehr als drei Sätze jesprochen, könn Se mir glauben.« Aus ihrer Jackentasche fummelte sie eine weitere Zigarette hervor. »Na ja, eijentlich 'n armet Luder, aber …« Es schien, als würde sie wieder auf ein Stichwort von Enne warten.

»Wie meinen Sie das?«, fragte die freundlich, obwohl die Wortwahl der Frau ihr gegen den Strich ging. Sie starrte auf die Zigarette. Zu gern hätte sie jetzt auch eine geraucht. Diese Frau war anstrengend, leicht hatten es die Wendts mit ihr als Nachbarin bestimmt nicht.

Die Frau zückte ein grellgrünes Plastikfeuerzeug, zündete die Zigarette an, inhalierte tief und stieß den Rauch anschließend in dicken Schwaden wieder aus. Nachdem sie asthmatisch gehustet hatte, meinte sie: »Hockt schon jahrelang in dem Ding. Hat kaum Besuch, und jetzt isse weg. Den janzen Sommer schon. Bei 'ner Tante in Merseburg, hat er jesagt.« Sie runzelte die Stirn. »Ich globe, dass er das auch nich will. Na, Besuch und so«, fügte sie erklärend hinzu.

»Merseburg ist eine schöne Stadt«, meinte Enne, die sich innerlich dafür verfluchte, ihre Notfallzigaretten zu Hause vergessen zu haben. Obwohl sie sich in letzter Zeit redlich bemühte, wollte es mit dem Aufhören einfach nicht klappen.

»Wissen Se, man plaudert ja gern mal, so wie wir jetzt, oder?« Die Frau stippte die Asche weg. »Wobei der Wendt nich gerade 'ne Plaudertasche is.« Sie stieß einen Laut aus, der sich wie das Meckern einer Ziege anhörte.

»So ein Tapetenwechsel ist doch schön für Frau Wendt und sicher auch eine Erleichterung für Ihren Mann, finden Sie nicht?«, ermunterte Enne die Nachbarin zum Weiterreden.

»Meinen Se wirklich?«, sagte die andere schmallippig. Stieß den Rauch aus und meinte dann: »Wissen Se, mein Mann trinkt gern mal 'n Bierchen und auch 'n Schnäpperken. Und macht gern seine Witzchen. Aber der da«, die Nachbarin gluckste, »der jeht zum Lachen in Keller. Das könn Se mal globen. Der guckt einen immer so komisch an, wenn man mal freundlich is. Na, is ja eijentlich auch deren Sache. Ich muss dann mal wieda.« Sie wandte sich um und wieselte zur Haustür.

Enne fummelte schon nach ihrem Autoschlüssel, als der Schäferhund, der sich während ihrer Unterhaltung mit der Nachbarin, seinem Frauchen, ruhig verhalten hatte, zum Zaun stürzte.

»Aus, Hektor!«, keifte die Frau.

»Der macht nur seinen Job, passt richtig gut auf«, sagte Enne verständnisvoll.

»Ja, auf unsern Hektor könn wa uns verlassn«, erwiderte die andere stolz, überlegte einen Moment und kam dann zum Zaun zurück. »Aber irjendwie schon komisch«, sagte sie dann, »dass det Ding die janze Zeit inne Garage gestanden is. Da muss es seiner Frau doch besser jehn, oder?« Und als Enne nichts darauf erwiderte, fuhr sie fort: »Na ja, so 'ne Zusatzrente als Schwerbeschädigte is nich zu verachten. Und jetzt isser auch noch jestohlen worden.« Und ehe Enne fragen konnte, was denn gestohlen worden sei, beantwortete die Frau auch schon ihre Frage: »Der hat vielleicht ein Theater wegen dem jeklauten Rollstuhl jemacht.« Sie schüttelte den Kopf. »Obwohl ihn seine Frau in Merseburg doch nich mehr braucht, oder?«

»Der Rollstuhl ist gestohlen worden?«, fragte Enne perplex.

»Bei uns hat mein Mann ja überall Bewegungsmelder anjebracht«, fuhr die andere fort, ohne auf Enne einzugehen. »Sogar 'ne richtige Alarmanlage.« Stolz deutete sie zur Hauswand, an der Enne eine rote Signallampe erkannte. »Die klauen heutzutage ja allet. Früher jab's det nich.«

»Hatte der Rollstuhl einen dunkelroten Ledersitz und Armlehnen aus Holz?«, hakte Enne nach.

Der Schäferhund knurrte, sodass sie zurückwich.

»Der tut nix«, sagte die Nachbarin, zog ihn am Halsband Richtung Haus, drehte sich aber noch mal um: »Ja, ich globe schon.«

Nachdenklich ging Enne zurück zu ihrem Wagen.

52

Sie hatte ihn geküsst. Einfach so. Ohne Vorwarnung. Vorhin, als er ihr noch einmal das Prozedere des Verkaufs des Kombinats einschließlich der Übernahme der Patente erklärt hatte. Als er ihr eine Liste der potenziellen Interessenten aus dem In- und Ausland vorlegte. Versuchte, ihr von jeder Firma die Vor- und Nachteile aus marktwirtschaftlicher Sicht verständlich zu machen. Dann aber merkte, dass sie vieles Betriebswirtschaftliche, was ihm in Fleisch und Blut übergegangen war, nicht verstand. Irgendwann sah sie ihn erschöpft an und sagte: »Ich vertraue Ihnen, Sie verstehen das besser als ich.«

Daraufhin schob er die Unterlagen zusammen, sie standen auf, und auf einmal stellte sie sich auf die Zehenspitzen, legte die Arme auf seine Schultern und küsste ihn. Nicht so, wie man jemanden zum Dank küsst, schnell und ein bisschen verlegen. Nein, schon dieser erste Kuss von ihr war voller Leidenschaft. Er versank in ihren weichen Lippen. Von jetzt auf hundert. Zog sie an sich, wollte ihren warmen Körper spüren. Die Welt um ihn herum stand still. Dann, so schnell, wie sie ihn geküsst hatte, löste sie sich von ihm. »Entschuldigen Sie bitte«, murmelte sie, aber es war schon zu spät. Für ihn und für sie.

In der Nacht darauf liebten sie sich in seinem Hotelzimmer. Nie zuvor hatte er eine solche Frau gekannt. So voller Leidenschaft. So hemmungslos. Abwechselnd gab sie sich ihm hin und entzog sich ihm wieder, sodass er in einem nicht enden wollenden Rausch nur noch nach ihr verlangte. Seine Fassade des kühlen, selbstbeherrschten Briten fiel. Wie gehäutet und neugeboren, so fühlte er sich damals.

Aber sie mussten vorsichtig sein. Ihre Kollegen durften nichts merken. Vor allem nicht ihr Mann. Ein eifersüchtiger Typ. Einmal war er ihm begegnet. Ein blasser Mensch mit hungrigen Augen. Wenn er seine Frau ansah, wurde sein Blick hart. Er wusste sofort, dass der Mann nie zu seiner Squirrel gepasst hatte. Den Namen hatte er seiner Liebsten wie selbstverständlich gegeben. Als Kind hatte er einmal ein junges Eichhörnchen aufgezogen. Es war ihm auf Schritt und Tritt gefolgt und hatte sich streicheln lassen.

Schließlich erteilte er einer irischen Investorengruppe den Zuschlag für die Übernahme der Elisabethenhütte. Das Firmenkonsortium war bereits an anderen internationalen Firmen beteiligt und laut den englischen Banken ausreichend liquide. Natürlich unterzeichnete er erst nach Rücksprache mit allen Mitgliedern des Treuhandvorstands. Eine Regel bei solchen Geschäften war, sich stets abzusichern. Immerhin hatte es sich bei der Elisabethenhütte um ein Kombinat gehandelt, das nach einigen Modernisierungen in der Produktion auch im westeuropäischen Vergleich hätte bestehen können.

Holm ließ die Fotografie sinken. Blickte zur grünlichen Kuppel der Nikolaikirche hinüber. Eine wilde Zeit war das damals gewesen. Sämtliche Firmen im Osten Deutschlands mussten an das westliche System angepasst werden. Betriebe mit einer viel zu großen Belegschaft, mit maroden Gebäuden und einer Technik, in die seit Jahrzehnten nicht investiert worden war. Und auf der anderen Seite hochmoderne westliche Firmen, die alle ein Stück vom Kuchen der neuen Bundesländer abhaben wollten.

Er hob die Hand mit dem Bild wieder. Schaute auf den zum Kuss gespitzten Mund und spürte erneut diese tiefe, alles verzehrende Traurigkeit, die ihn seit damals nicht mehr losgelassen hatte.

Ihre Deadline war der Tag, an dem das Kombinat Schwicka, das er als Treuhand-Bevollmächtigter vertrat, und der irische Investor den Vertrag unterzeichnen würden. Gleich im Anschluss, so hatte er es mit Squirrel vereinbart, würde er losfahren. Treffpunkt war der Parkplatz vor der Auffahrt zur Autobahn nach Berlin. Sie würde vorher noch ihre kleine Tochter aus dem Kindergarten holen. Nichts weiter mitnehmen als etwas Nachtzeug für die Kleine und ihren Lieblingsteddy Mimi. Ihr Mann hatte bisher nichts bemerkt. Einmal hatte sie erzählt, wie brutal er früher auf sie losgegangen war, als er glaubte, sie würde ihn betrügen. Als Auslandskader war sie im kapitalistischen Westen gewesen, hatte sich von dort eine Flasche Parfum mitgebracht, die der Anlass für seinen Ausraster gewesen war. »Die hast du doch von einem anderen!«, hatte er geschrien und sie geschlagen. Nur auf Körperstellen gezielt, wo niemand die blauen Flecken sehen würde. Am nächsten Abend brachte er Krimsekt mit und entschuldigte sich bei ihr. Von da an fürchtete sie sich vor ihm, zog sich zurück, wollte sich trennen. Doch das Kind hing an ihm, sodass sie zu hoffen versuchte, dass alles sich zum Guten wenden würde.

Aber seine Eifersuchtsanfälle häuften sich. Bald schlug er auch aus nichtigem Anlass zu. Als sie sich schließlich überwand und ihm sagte, dass sie sich scheiden lassen würde, drohte er ihr. Die Staatssicherheit habe schon längst ein Auge auf sie geworfen. Sie lachte darüber, obwohl ihr nicht zum Lachen zumute war. Schon damals ahnte sie, dass er es war, der sie beobachtete. Ob er ein inoffizieller Mitarbeiter der Stasi war und sich über ihr Verhalten Notizen machte, wusste sie nicht mit Sicherheit, aber eins war ihr klar: dass er ihr niemals das Kind überlassen würde. Und damit hatte er sie in der Hand.

»Und dann kam die Wende und mit ihr du, mein Liebster«, hatte sie nach dieser Beichte geweint, und er hatte sie getröstet und den Kerl gehasst.

Bevor er an jenem Tag losfuhr, legte er noch eine dicke Decke und ein Kissen für das Kind auf die Rückbank. Zusammen mit einer neuen Puppe, die »Mama« sagen konnte. Mit blauen Klimperaugen und langen blonden Locken.

Es war ein frostklirrender Wintertag gewesen, und gegen Abend hatte Eisregen eingesetzt. Sein schwerer Mercedes der S-Klasse machte auf der rutschigen Fahrbahn keine Probleme, trotzdem fuhr er langsam, schaute häufig in den Rückspiegel, erwartete sehnsüchtig ihren Opel Corsa. Kurz vor dem vereinbarten Treffpunkt sah er hinter sich das kleine Auto. Auch sie musste seinen Wagen erkannt haben, denn sie blinkte mehrmals auf. Weil er wusste, dass gleich die enge Kurve und wenige Meter dahinter die Parkbucht kam, bremste er ab.

Er war so glücklich gewesen. Squirrel und er und das Kind. Bald würde er eine kleine Familie haben. Beim nächsten Blick in den Rückspiegel bemerkte er, wie sich ein anderes Fahrzeug neben Squirrels schob. Sah voller Entsetzen, wie der Wagen den Opel rammte. Hörte das Kreischen der Bremsen, kam selbst ins Schlingern und umklammerte mit aller Kraft das Lenkrad, um nicht die Kontrolle über den Wagen zu verlieren. Hörte es krachen und sah hinter sich eine grellweiße Flamme hochschießen. Sekundenbruchteile später raste ein dunkler Wagen auf ihn zu. Er riss das Lenkrad rum, um nicht mit ihm zu kollidieren, spürte, wie die Räder des Mercedes die Bodenhaftung verloren, und sah, wie etwas Dunkles ihm entgegenkam.

Später erfuhr er, dass sein Wagen sich überschlagen hatte und im Straßengraben gelandet war. Der Airbag hatte bis auf eine Gehirnerschütterung Verletzungen verhindert. Das andere Auto, das er der Polizei nur vage beschreiben konnte, wurde nicht gefunden. Der Opel sei hinüber, nur noch Schrott. Völlig ausgebrannt, da hat keiner überleben können, erklärte ihm später schnippisch eine ältere herrische Krankenschwester auf seine Frage hin, als er wieder zu sich kam. Danach verstummte er. Tagelang sprach er kein Wort.

Und dann war die Strafanzeige gekommen. Und einen Tag später ein Brief. Nur wenige Zeilen und mit Maschine geschrieben: »Sie haben mein Kind umgebracht. Irene liegt im Sterben. Sie sind schuld. Mörder! Falls Sie versuchen sollten, meine Frau noch einmal zu sehen, bringe ich Sie um.«

Der Umschlag hatte keinen Absender, der Brief keine Unterschrift gehabt.

53

»Viktor Linow, der lettische Dolmetscher der Sowjets, lebte nach 1945 in Staßfurt.« Kalumet berichtete, was er herausgefunden hatte. »Geboren 1912 in Mitau, wurde er 1937 als Wechselfälscher in Estland zu einer Gefängnisstrafe verurteilt, aber eigenartigerweise später von den sonst so misstrauischen Russen als Dolmetscher im Zusammenhang mit beschlagnahmten Kulturschätzen beschäftigt. In dieser Position hatte er unbeschränkten und unkontrollierten Zugang zu den Archivalien, die auf dem Gelände der Preussag AG in Schönebeck lagerten. Sein Jagdrevier waren Autografen, also handgeschriebene Dokumente von Berühmtheiten, da sie bei verhältnismäßig geringem Umfang einen hohen Verkaufswert besaßen.«

»Ein Krimineller«, bemerkte Lilienthal kopfschüttelnd.

»Aber«, grinste Kalumet, »wo ein Dieb ist, darf ein Hehler

nicht fehlen, gell? In unserem Fall in Person eines Staßfurter Buchhändlers, der den Vertrieb und Verkauf der gestohlenen Archivalien übernahm, übrigens vornehmlich in Westdeutschland und dem westlichen Ausland. Die Zusammenarbeit ging so weit, dass Linow nur bestimmte Archivalien entwendete, die der Buchhändler als besonders verkäuflich erachtete, etwa die Personalrepposituren Friedrichs des Großen.«

»Wie bist du so schnell an diese Infos gekommen?«, fragte Heike überrascht.

Kalumet lehnte sich zurück und lächelte triumphierend. »Vitamin B, gell? In Bad Salzelmen, das ist ein Stadtteil von Schönebeck, arbeitet mein alter Schulfreund Christian im Salzlandmuseum, der wiederum einen Mann aus dem örtlichen Stadtarchiv gut kennt. Beide haben mich mit jeder Menge Material zur Geschichte rund um den Salzbergschacht Graf Moltke und zu den Ereignissen nach 1945 versorgt. Hatten die alles auf ihrem Rechner.«

»Bitte weiter, Leo«, unterbrach Lilienthal die beiden.

»Aufgedeckt wurde die illegale Zusammenarbeit durch einen Stadtrat und Archivpfleger in Staßfurt im Jahr 1948. Dieser berichtete dem Volksbildungsministerium von Sachsen-Anhalt von mehreren gestohlenen Briefen Friedrichs des Großen, und nach ein paar Ermittlungen konnte die Polizei einen Teil des Diebesguts in Form von gestohlenen Büchern und Archivalien sicherstellen.« Kalumet blickte in die Runde. »Allein in Staßfurt und Umgebung fand man circa drei Zentner.«

»Wow«, entfuhr es Manni Langer.

»Linow und sein Komplize wurden vor Gericht gestellt. Er kam mit zwei Jahren und zwei Wochen Gefängnis sowie einer Geldstrafe von dreitausendeinhundert Mark davon. Der Buchhändler wurde nur zu einem Jahr Gefängnis und einer Geldstrafe von zweitausend Mark verurteilt.«

Gleich nachdem er seine Mutter verlassen hatte, hatte er Kalumet eine Nachricht gesandt, Informationen über Linow und Lewtrenko einzuholen. Voller Vorfreude war er in der Nacht zum Haus ihrer Schwester gefahren, in dem Susanne nach wie vor eine Wohnung besaß. Hatte das ganze Haus aus dem Bett geklingelt. Als Silke ihn sah, nickte sie ihm nur zu und verschwand wieder. Mäxchen öffnete die Tür zu Susannes Wohnung noch vor seiner Mutter, die hinter ihm stand. Stürmisch umarmte ihn der Kleine.

»Mama hat gesagt, du musst arbeiten«, plapperte der Junge los, »aber jetzt bist du doch gekommen.« Er drückte sich an seine Beine und flüsterte: »Nimmst du mich jetzt mit zu dir nach Hause? Bitte, bitte. Mir geht es auch schon viel besser.«

Lilienthal schaute Susanne an, die ihre Lippen zusammenpresste, bevor sie Max trotz seines Protestes zurück ins Bett brachte. Danach saßen sie sich in der Küche gegenüber. Nach wenigen hilflos vorgebrachten Worten schwieg auch er.

»Ich brauche Zeit, Maik«, sagte Susanne irgendwann. »Du kannst nicht erwarten, dass ich jetzt Hurra schreie und alles wieder gut ist, nur weil du gekommen bist.«

Er schüttelte den Kopf. Das erwartete er auch nicht. Wobei, eigentlich hatte er genau darauf gehofft. Seine ganze wilde Freude, die er auf der Fahrt zu ihr empfunden hatte, verpuffte wie ein Feuerwerk. Stattdessen stieg Ärger in ihm hoch. Was sollte er denn noch machen? Sich vor ihr in den Staub werfen?

»Es tut mir leid, wenn du das Gefühl hast, dass ich mich in deinen Kompetenzbereich einmische«, erwiderte er hölzern. Mehr ging nicht. Sie konnte nicht erwarten, dass er sich für sein Engagement während der Ermittlungsarbeit bei ihr entschuldigte. Und dennoch versuchte er es ein weiteres Mal: »Bisher ging es doch gut mit uns und der gemeinsamen Arbeit. Ich verstehe nicht, was sich für dich so gravierend geändert hat.«

»Siehst du, du hörst mir nicht mal zu«, sagte sie nur und stand auf. »Du kannst im Wohnzimmer auf der Couch schlafen«, fügte sie noch hinzu und ging dann hinaus.

Er fuhr wieder zurück. Eine Sekunde lang hatte er überlegt, sie in den Arm zu nehmen. Es aber gelassen. Rödelheim, das Arschloch, dachte er wütend. Mit zweihundert Stundenkilometern bretterte er über die zum Glück freie Autobahn, griff sich zu Hause einen Grappa, legte die CD mit Wagners »Fliegendem Holländer« ein und leerte dumpf vor sich hin brütend zu dem stampfenden Rhythmus des Seemannslieds die halbe Flasche. Irgendwann fiel er in voller Montur aufs Bett und schlief ein.

Als er am nächsten Morgen um sieben Uhr die Tür zum Besprechungsraum öffnete, saß sie bereits am Tisch, vor sich die Fallakte Holm, und verzog keine Miene. In dem Moment war ihm schmerzhaft bewusst geworden, dass die Entscheidung, sich von ihm zu trennen und nach Berlin zum LKA zu gehen, für sie bereits feststand.

Als sein Smartphone klingelte, ging er ran. Es war seine Mutter.

»Es ist wichtig«, sagte Enne, bevor er sie abwimmeln konnte.

Also stellte er sich auf den Gang, und sie berichtete ihm, was sie von einer Nachbarin über Verenas Mentor erfahren hatte.

»Was interessieren dich die persönlichen Verhältnisse dieser Familie?«, erwiderte er ärgerlich darüber, dass sie ihn wegen so etwas aus der Besprechung holte.

»Also bitte, Maik, verstehst du denn nicht?«

»Nein«, entgegnete er unwillig, »aber bestimmt wirst du mir gleich sagen, was ich verstehen soll. Und nur zu deiner Information: Ich habe gerade eine Besprechung, und die anderen warten auf mich.«

»Na, der Rollstuhl!«, rief sie empört.

Lilienthal stöhnte auf. Er war kurz davor, einfach aufzulegen.

»Den ich im Heiligen See entdeckt habe.«

»Natürlich erinnere ich mich«, knurrte er. »Aber die Leute schmeißen heutzutage alles Mögliche an den ungewöhnlichsten Orten weg. Daran ist nichts verdächtig.«

Am anderen Ende der Leitung schnaufte Enne. Dann sagte sie gepresst: »Die Kette mit dem Anhänger.«

Da erst wurde ihm klar, worauf sie hinauswollte. »Du glaubst, es handelt sich um denselben Rollstuhl? In dem die Kette war?«

»Ja, die Beschreibung passt. Ich habe schon Ernst Albrecht angerufen und uns angekündigt, damit wir ihn zu dem Anhänger ausfragen können. Neunzehn Uhr bei ihm. Sei bitte pünktlich, er will kochen. Und vergiss die Kette nicht«, sagte sie noch. Dann beendete sie die Verbindung, bevor er etwas erwidern konnte.

»Nachdem er seine Strafe verbüßt hatte, zog Viktor Linow nach Merseburg«, berichtete Kalumet weiter, als Lilienthal wieder in den Besprechungsraum kam. »Dort saß in der ehemaligen Landesversicherungsanstalt Sachsen-Anhalt die Bezirkskommandantur der SMAD, der sowjetischen Militäradministration. Man glaubt es kaum, aber erstaunlicherweise wurde er bei den Sowjets wieder angestellt. Als was genau, geht aus dem, was ich von meinem Freund Christian aus Bad Salzelmen gemailt bekommen habe, leider nicht hervor.« Er deutete auf ein paar Papiere, die vor ihm lagen. »1953 wurde das Hauptgebäude des Gebäudekomplexes zum Kreiskrankenhaus umgewandelt. Linow lebte zu der Zeit mit einer dort angestellten Krankenschwester zusammen, was der Frau eine Rüge vonseiten der Krankenhausverwaltung einbrachte. Sie wurde in ihrer Kaderakte vermerkt.«

»Die Zeiten waren damals andere«, bemerkte Lilienthal lakonisch.

»Sie haben dann geheiratet«, fuhr Kalumet fort. Er warf einen schnellen Blick auf zwei verschiedene Papiere. »Aber erst nach der Geburt ihres Sohnes Marco, wie es scheint.«

»Dann ist Linow nach seiner Gefängnisstrafe ein redlicher Mann geworden«, kommentierte Susanne das Gesagte.

»Könnte man annehmen«, erwiderte Kalumet. »Aber angekommen in diesem bürgerlichen Leben ist er vermutlich nie. 1975 tötete er seine Frau und nahm sich anschließend selbst das Leben.«

»Sehr gut recherchiert, Leo.« Lilienthal nickte ihm anerkennend zu. »Das Kapitel Viktor Linow ist damit für uns erledigt. Aber der Ordnung halber überprüfe bitte auch noch, ob es etwas über den Verbleib des russischen Offiziers Kirill Lewtrenko gibt.«

»Da bin ich dran, Chef. Allerdings verlangt das russische Militärarchiv ein Auskunftsersuchen.«

»Bekommst du.« Lilienthal machte sich eine Notiz.

»Kann ich mal den Auszug aus dem Standesamtsregister sehen, Leo?«

Kalumet reichte Heike das entsprechende Blatt, die es überflog, dann etwas aufschrieb und es Kalumet zurückgab.

»Noch etwas Wichtiges gefunden, Heike?«, wollte Lilienthal wissen, der sie beobachtet hatte.

»Sozialistische Eheschließungen in der DDR wurden von dem Beauftragten für Personenstandswesen vorgenommen«, sagte sie. »Meist fanden sie im Kulturhaus oder auch im Betrieb statt.«

Lilienthal schaute auf seine Uhr, um ihr einen Wink zu geben, sich zu beeilen. »Tja, Heike, andere Länder, andere Sitten.«

»Nur dass Linow nach der Eheschließung den Namen seiner Frau angenommen hat, das war auch zu DDR-Zeiten eher ungewöhnlich, Chef.«

»Und wie hieß er danach?«, fragte Lilienthal.

Kalumet nahm ein Papier zur Hand. »Der Schriftsetzer Viktor Jacob Linow, geboren am 26. März 1912 in Mitau, wohnhaft in Merseburg, Akazienweg 15, und die Krankenschwester Ilse Annemarie Wendt, geboren am 27. Januar 1930, ebenfalls wohnhaft in Merseburg, Akazienweg 15, haben am 11. August 1953 vor dem Standesamt Merseburg die Ehe geschlossen. Vermerk: Die Ehegatten werden den Familiennamen Wendt tragen.«

54

Pünktlich um neunzehn Uhr stand Enne vor der Haustür ihres Schwagers am Waldsee und drückte auf den Klingelknopf. Ernst Albrecht, mit weiß-blau gestreifter Schürze und hochgekrempelten Hemdsärmeln, riss hektisch die Tür auf.

»Komm rein, meine Liebe«, begrüßte er sie. »Entschuldigung, aber ich muss sofort zurück an den Herd. Mein sächsischer Lachsauflauf bekommt sonst noch Sonnenbrand.« Damit verschwand er in Richtung Küche.

Enne folgte ihm lächelnd. »Das riecht ja köstlich, Ernstl. Ich bemerke eine feine Zitrusnote.«

»Und damit liegst du richtig. Frischer Lachs auf Champagnerkraut mit einer dünnen Schicht Crème fraîche und geriebener Zitronenschale«, erklärte er ihr, entkorkte eine Flasche Riesling von der Unstrut und goss beiden ein Glas voll.

In dem Moment klingelte es erneut, Ernst Albrecht hetzte zur Haustür und kam kurz darauf mit Lilienthal in die Küche zurück.

Der winkte ab, als Enne ihm ihr Glas hinhielt, und bat nur um etwas Wasser.

Auch als sie zum Essen in das präsentablere Zimmer umzogen, das mehrere Tisch- und Stehleuchten in gemütliches Licht tauchten, beteiligte sich Lilienthal kaum an der Unterhaltung.

Enne hingegen erzählte von den Ereignissen in England. Als sie schon beim Espresso angekommen waren, erwähnte sie, dass die Familie Holm traditionell ihre männlichen Familienmitglieder auf die schottische Universität St Andrews schicke, und Ernst Albrecht bemerkte beiläufig, dass er in den alten Gemäuern im Winter mehr gefroren als studiert habe.

Schließlich brachte Enne das Gespräch auf die Kette, die Lilienthal auf ihren Wink hin auf den Tisch legte.

Wie schon vor einer knappen Woche betrachtete Ernst Albrecht sie voller Ehrfurcht, besonders den rot leuchtenden Stein.

»Lass uns an deinem Wissen teilhaben«, brummte Lilienthal, der seinen Espresso fast mit mehr Zucker als Kaffee trank.

»Warum nur bin ich mit dieser Familie geschlagen?« Ernst Albrecht blickte seinen Neffen an und verdrehte die Augen. »Essen und trinken kann sie reichlich, aber von den wichtigen Dingen hat sie keinen blassen Schimmer.«

»Familie kann man sich nicht aussuchen, Ernstl«, schmunzelte Enne.

Ernst Albrecht wog das Schmuckstück in seiner Hand. »Allein die Größe des Rubins ist ungewöhnlich. Der Stein hatte bei den Freimaurern eine ganz bestimmte Aufgabe«, erklärte er. »Er war eine Art Concierge. Der Freimaurer, der diesen Stein mit der eingravierten Zahl besaß, wies sich als Überbringer einer weitaus größeren Kostbarkeit aus.«

Enne, die sich nach dem Essen für einen alten französischen Cognac entschieden hatte, nahm genüsslich einen kleinen Schluck.

»Woher habt ihr die Kette mit dem Rubin?«, fragte Ernst Albrecht streng.

»Gefunden«, erwiderte Enne, »sie hing an einem Rollstuhl, der im Heiligen See lag.«

»Bitte?«, fragte ihr Schwager ungläubig.

»So war es, ob du es glaubst oder nicht. Jemand hatte den Anhänger mit dem Stein in dessen Sitzkissen versteckt. Warum auch immer war das Polster aufgerissen, sodass ein Teil der Kette heraushing. Deshalb habe ich sie bemerkt, bin ins Wasser und habe sie herausgezogen. Ein Zufallsfund, wenn du so willst.«

»Zufälle?«, erwiderte Ernst Albrecht. »Die gibt es nicht.«

Enne zückte ihr Handy, wischte darauf herum und schob es ihm hin. »Meinst du, die Kette und der Anhänger haben etwas hiermit zu tun?«

Ernst Albrecht setzte sich seine Brille auf und zog das Smartphone zu sich heran. Auf dem Display war ein Teil eines zerrissenen Briefes zu sehen. Leise vor sich hin murmelnd begann er zu lesen:

Lieber Graf!
Ich habe Seinen Rapport vom sechsten dieses Monats erhalten. Ich bin …

… gemeldeten Nachrichten so weit zufrieden und versichere Ihm …

… Achtung für das Engagement in dieser Angelegenheit …

… Bericht in allen Details lässt keinen Zweifel aufkommen an Seinem Tun …

… hat Er sich an alles gehalten, alles ausgeführt und sein Leben nicht geschont. Auf ewig stehe ich in Seiner Schuld und werde mich in großer Dankbarkeit üben.

Unsere englischen Brüder hoffen, zu gegebener Zeit noch einen Weg …

Aber das wird nur mit Fortune zu regeln sein …

Bringe Er es nun auf direktem Wege dorthin. Ich lege es …

… unsere gemeinsame Sache zu einem guten Ende gelange …

Kapitän Willich überbringt Ihm die neue Order …

Geleite Er zurück, was er mit seinem Herzen verteidigte, zum angestammten Ort …

Nachdenklich ließ Ernst Albrecht die goldene Kette mit dem Anhänger durch seine Hände gleiten. »Es fehlt der Rest des Briefes. Die andere Hälfte. Dieser Teil lässt wenig Rückschlüsse darauf zu, worum es genau geht.« Er schwieg, dann sagte er: »Wie bist du an ein seit Jahrhunderten gesuchtes Autograf von Friedrich II. gekommen, liebe Schwägerin? Das ist doch kein Zufall?«

»Der Lohn von konzentrierter Ermittlungsarbeit, lieber Schwager«, entgegnete Enne.

Ernst Albrecht schob seinen Stuhl zurück, erhob sich, ging zu einem Bartisch, nahm eine bauchige Whiskyflasche, goss sich einen Fingerbreit voll in ein Glas, gab Eiswürfel dazu und kam zu Lilienthal und Enne zurück.

»Ich bin mir sicher, dass sich der Brief auf einen der größten Schätze der Freimaurer bezieht, meine Lieben.« Seine dichten weißen Augenbrauen schossen in die Höhe. »Wisst ihr noch etwas dazu?«

Lilienthal und Enne verneinten.

»Also gut.« Ernst Albrecht holte tief Luft. »Dann werde ich euch jetzt berichten, was zumindest in unseren Kreisen darüber bekannt ist. Das Ganze fing damit an, dass Friedrich der Große in jungen Jahren als Kronprinz in einer Hamburger Deputationsloge, der Loge ›Absalom zu den drei Nesseln‹, in den Bund der Freimaurer aufgenommen wurde. Sie war die erste deutsche Freimaurerloge und orientierte sich an der Loge, die, von der europäischen Aufklärung beeinflusst, zwanzig Jahre zuvor in London gegründet worden war. Später gründete Friedrich die Loge ›Aux trois globes‹.« Ernst Albrecht schaute Enne und Lilienthal ernst an. »So weit, so gut. Das findet jeder heraus, der zu deutschen Freimaurern recherchiert. Dann aber trat mit einem protestantischen Geistlichen, einem gewissen Désaguliers, eine wichtige Änderung in der englischen Freimaurerei ein. Désaguliers war befreundet mit Newton und Mitglied der Royal Society in London und warb eine bedeutende Anzahl einflussreicher Männer für die Loge an. Als 1737 dann auch der Prince of Wales beitrat, steigerte dessen Mitgliedschaft das Ansehen der Brüder noch weiter.« Er trank einen Schluck von seinem Whisky.

»Friedrich der Große wollte nicht zurückstehen. Wie Désaguliers umgab er sich mit einem Kreis Intellektueller, allen voran Voltaire, wie jeder weiß. ›Sans, Souci.‹, das Motto ließ er in dieser ungewöhnlichen Schreibweise an der Fassade seines Gartenschlösschens anbringen, das er nur für sich und seine ausschließlich männlichen Gäste bauen ließ. Für seine Frau war dort kein Platz.« Ernst Albrecht schmunzelte. »Zu gern wäre ich nur ein einziges Mal bei diesen Treffen dabei gewesen. Eine Herrenrunde hat was, das kann ich aus eigener Erfahrung nur bestätigen.«

»Ganz dünnes Eis, Ernstl«, bemerkte Enne.

»Aber auch aus dynastischen Gründen wollte unser König sozusagen in der ersten Liga mitspielen«, fuhr ihr Schwager fort, ohne auf ihren Einwand zu achten. »Also ließ er von seinem Hofjuwelier, Nathan Veitel Ephraim, nach seiner persönlichen Skizze die Zikkurat beziehungsweise die Pyramide der Welten, wie wir dazu sagen, als eine Art Kunstobjekt anfertigen. Die alten Ägypter verstanden Pyramiden als Portale, durch die man zu den Göttern aufsteigen kann. Die Freimaurer verwendeten das Symbol hingegen, um auszudrücken, dass ihre große Weisheit für zukünftige Generationen zu bewahren sei.«

Lilienthal unterdrückte ein Gähnen, was sein Onkel mit Stirnrunzeln quittierte.

»Nur die reinsten Diamanten kamen für die Pyramide in Frage. Friedrich selbst wählte die Steine aus, die dann in der Amsterdamer Werkstatt von Samuel Jacob Ephraim, einem Bruder des Hofjuweliers, geschliffen wurden. Das Gerüst der Pyramide, das circa zwanzig Zentimeter maß, bestand schließlich aus reinem Dukatengold, an dem die Diamanten in verschwenderischer Zahl angebracht waren. Das Innere wurde mit feuerrot schimmernden Rubinen ausgestaltet, sodass die Pyramide wie eine untergehende Sonne leuchtete, wenn man sie ins Licht hielt.« Ernst Albrecht schloss kurz die Augen.

»Aber das Wertvollste war der Schlussstein«, fuhr er dann fort. »Ein riesiger rosafarbiger Diamant, den Friedrich extra aus Südamerika hatte kommen lassen. Ein Vertrauter des Königs sollte die Pyramide der Welten schließlich nach London zum Großmeister der Mutterloge bringen. Natürlich auch, um die englische Verwandtschaft, die zum Teil Mitglied der Mutterloge war, gnädig zu stimmen, was seine dynastischen Pläne betraf. Heute würde man sagen, Friedrich ließ sich nicht lumpen.« Ernst Albrecht leerte sein Whiskyglas.

»Natürlich beglich er die Kosten für die Pyramide aus seiner Privatschatulle. Die Legende vom sparsamen, fast schon geizigen König, dem ersten Diener seines Staates, hat sich gehalten, ist aber ein Fake. Vielmehr liebte es Friedrich, sich zu inszenieren. Er liebte den Luxus, wollte mit den gekrönten Häuptern seiner Zeit auf Augenhöhe parlieren. Das kleine, etwas piefige Preußen sollte auf der europäischen Bühne mitspielen. Nach heutigen Maßstäben dürfte allein der materielle Wert der Pyramide bei mehr als dreißig Millionen Euro liegen. Vom ideellen Wert ganz zu schweigen.«

»Woher weißt du so genau, wie das Teil aussah?«, fragte Lilienthal.

»Gute Frage«, erwiderte Ernst Albrecht. »Es gab wohl mehrere Schriftstücke dazu. In einer Personalrepositur des Königs soll sich etwa eine Aufstellung der einzelnen Steine mit ihrem damaligen Wert befunden haben. Sie ist aber leider nicht mehr auffindbar. Genauso wenig wie eine handschriftliche Zeichnung des Königs. Angeblich sind gerade diese Aufzeichnungen während der Bombardierung des Berliner Stadtschlosses 1945 verbrannt. Was wir in Freimaurerkreisen jedoch wissen, ist, dass die Pyramide der Welten nie bei unseren Brüdern in London ankam.« Er deutete auf Ennes Smartphone: »Dieser Schriftstückteil endet mit dem wichtigen Hinweis, wohin sie zurückgebracht werden sollte.« Als er Lilienthals und Ennes enttäuschte Gesichter sah, fügte er schmunzelnd hinzu: »Aber gemach, meine Lieben, das ist noch nicht alles. Ich habe noch etwas für euch. Ich weiß nämlich, dass die Zikkurat, also die Pyramide, den Weg zurück zu der Loge des Königs fand, zur Loge ›Aux trois globes‹.«

»Besteht die Loge denn noch?«

»Nein, die Königsloge existiert schon lange nicht mehr, Enne. Aber der Reihe nach. Zuerst war und blieb die Pyramide der Welten geheim. Nur Friedrich und sein engster Vertrauter, sein Kammerdiener Michael Gabriel Fredersdorf, und natürlich sein Hofjuwelier wussten von ihrer Existenz. Überliefert ist, dass später auch der amtierende Meister des Stuhls der obersten deutschen Loge ›Zu den drei Weltkugeln‹ eingeweiht wurde. Erst auf seinem Totenbett durfte er sein Wissen an seinen Nachfolger weitergeben.«

»Gruselig«, meinte Enne und füllte ihr Glas auf. »So etwas können sich auch nur Männer ausdenken.«

Ernst Albrecht strich sich gedankenvoll über sein volles weißes Haar. »Soweit ich informiert bin, lagern auch heute noch circa tausendvierhundert laufende Meter Akten über die Freimaurer im Geheimen Staatsarchiv Preußischer Kulturbesitz in Dahlem. Und dabei handelt es sich nur um Schriftgut, das nach der Auflösung der Freimaurerlogen in den Jahren 1933 bis 1935 beschlagnahmt und in die Zuständigkeit des Reichssicherheitshauptamtes, besser bekannt als das Gestapo-Archiv, überführt wurde. Vor Kriegsende, als die Bombardements häufiger wurden und an Stärke zunahmen, wurden die restlichen Bestände in die schlesischen Schlösser Wölfelsdorf und Schliersee ausgelagert, wo sie 1945 von der Roten Armee sichergestellt wurden.«

»Und von da wurden sie in das Zentrale Staatliche Spezialarchiv nach Moskau gebracht«, ergänzte Lilienthal. »Klappe zu, Affe tot.«

»Nicht zu voreilig, mein Lieber«, wandte Ernst ein. »Ende der fünfziger Jahre des letzten Jahrhunderts gelangte im Zuge einer Übergabe durch die Sowjetunion ziemlich viel Archivgut in das damalige Zentrale Staatsarchiv der DDR nach Potsdam. In den Siebzigern wurde es an die Dienststelle Merseburg zur Bearbeitung weitergeleitet. Jetzt müssten die Akten in Dahlem lagern.«

»Und wo ist diese Zikkurat abgeblieben? Die Pyramide der Welten?«

»Finde es heraus, Maik. Du bist bei der Polizei, nicht ich.«

Die Taxe wartete schon, als Lilienthal sich von seiner Mutter verabschiedete. »Hat sich Verena noch mal bei dir gemeldet?«

Enne schüttelte den Kopf. »Und ihre WhatsApp-Nachricht ist auch schon vierundzwanzig Stunden her. Ich denke, ich werde doch eine Vermisstenanzeige erstatten.«

»Das ist vielleicht nicht verkehrt«, meinte er und ging zu seinem Auto. Bevor er einstieg, rief er noch: »Wir haben übrigens den Letten überprüft! Diesen Viktor Linow, von dem in Roger Holms Tagebuchaufzeichnungen die Rede war. Der war tatsächlich kriminell.«

Enne blieb stehen, ignorierte den Taxifahrer, der schon ungeduldig mit dem Finger auf das Taxameter deutete, und kam dann zu ihm. »Details?«, fragte sie.

»Nach 1945 handelte Linow mit Autografen in nicht unbeträchtlicher Menge, bis er aufflog, verurteilt wurde und ins Gefängnis kam. Nach seiner Haft blieb er in der DDR, heiratete eine Deutsche und bekam mit ihr ein Kind.«

»Und der Lewtrenko?«

»Da sind wir noch dran.«

»Das passt zu dem, was Roger Holm über Linow in seinem Tagebuch geschrieben hat«, meinte sie. In Gedanken versunken stieg sie in das wartende Taxi und hörte nicht mehr, was ihr Sohn ihr noch zurief.

55

Verena spürte den Einstich.

»Schlaf nur, mein Kleines«, murmelte die Stimme, die durch die Maske gedämpft wurde.

Sie wollte noch antworten, aber ihre Lippen konnten keine Worte mehr formen. Mit weit geöffneten Augen stöhnte sie nur auf. Konzentrierte sich mit aller Macht auf das Gesicht mit der langen Nase und dem grellroten Mund, das sie unverändert weiter angrinste. Nur eine Maske, dachte sie erschöpft. Die Müdigkeit kroch in ihr hoch, aber sie wollte nicht schlafen. Versuchte, gegen die sich anschleichende Bewusstlosigkeit anzukämpfen. Sie wollte weg, nur weg von hier.

Wieder schob sich das grauenvolle Bild vor ihr inneres Auge. Sie würde es nie vergessen. Ein letztes Mal versuchte sie, sich aufzubäumen, aber ihr Körper war zu schwach. Ihr Kopf kippte zur Seite, und ihre Lider senkten sich über die Augen. Sie schwebte, und plötzlich spürte sie ein großes Wohlbehagen. Sie wollte nicht mehr aufwachen. Nie mehr.

Zufrieden legte er die Spritze zurück in das Behältnis. Strich über den Kopf der jungen Frau. »So schön bist du«, flüsterte er. »Aber auch so dumm. Schade.«

Dumme Frauen mochte er nicht. Hatte er noch nie gemocht. Auch auf seinen Lippen unter der Maske breitete sich ein Lächeln aus. Die naheliegende Lösung war meist auch die einfachste. Er erhob sich und verließ den Raum.

56

Die ersten Takte von »Little Drummer Boy« dröhnten. Murrend drehte Enne sich um und zog sich die Bettdecke über den Kopf. Aber das Trommeln hörte nicht auf. Später würde sie Ernst Albrecht anrufen und sich bei ihm über den Cognac beschweren. Solche Kopfschmerzen hatte sie lange nicht mehr gehabt. Als die Musik verstummte, öffnete sie einen Spaltbreit die Augen und schielte zum Wecker auf dem Nachttischchen. Acht Uhr schon. Seufzend griff sie nach dem iPhone, das schon wieder mit dem Trommeln anfing.

»Wendt hier, ich habe Sie hoffentlich nicht gestört«, sagte eine Männerstimme.

»Natürlich nicht, ich bin immer früh auf den Beinen«, log sie ungeniert und war froh, dass er sie in ihrem ausgeleierten, alten Shirt nicht sehen konnte. »Ich war gestern bei Ihnen. Hat man Ihnen das ausgerichtet?«, plauderte sie munter weiter.

»Ja«, erwiderte er. »Aber ich hätte mich auch ohne Ihren Besuch heute bei Ihnen gemeldet. Ich habe erfahren, dass Frau Näther seit zwei Tagen fehlt, ohne sich im Sekretariat gemeldet zu haben, und mache mir Sorgen. Ist etwas passiert?«

Ennes Gedanken überschlugen sich. Was hatte sie der Nachbarin erzählt? Sie räusperte sich. »Da geht es Ihnen wie mir. Ich hatte gehofft, Sie wüssten mehr.«

Für einen Augenblick blieb es still in der Leitung. »Schon merkwürdig«, hörte sie ihn murmeln. »Frau Näther war bisher immer sehr zuverlässig.«

Enne wollte gerade etwas erwidern, als er sagte: »Wissen Sie, wir, also eigentlich Frau Näther, sie hat vor ein paar Tagen etwas entdeckt. Etwas Besonderes, ich würde sogar behaupten, eine Sensation. Es handelt sich um ein verschollenes Autograf von Friedrich II. Momentan wird es von Experten wissenschaftlich ausgewertet. Frau Näther ist eingeladen, bei den Untersuchungen dabei zu sein. Für eine Stipendiatin eine außergewöhnliche Ehre, wie Sie sich vorstellen können.«

Enne schwieg verblüfft. Davon hatte sie nichts gewusst.

»Wenn Sie sie sehen, richten Sie ihr doch bitte aus, dass Frau Dr. Kuhn, unsere Direktorin, sie sprechen möchte.«

Enne nickte, sagte dann schnell: »Das werde ich sehr gern machen. Was für eine Überraschung.« Einer Eingebung folgend fügte sie hinzu: »Vor Kurzem habe ich auf mysteriöse Weise einen Rollstuhl gefunden. Von Ihrer Nachbarin hörte ich, dass Ihnen einer gestohlen wurde?«

Kurz blieb es still am anderen Ende der Leitung, dann lachte Wendt.

»Meine Nachbarin … Ja, die Frau redet leider viel, wenn der Tag lang ist. Auch wenn sie nicht die geringste Ahnung hat, was wirklich vorgefallen ist. Was haben Sie mit dem Rollstuhl gemacht?«

Enne nannte ihm die Polizeiwache, der sie den Fund gemeldet hatte.

»Nun, das war sehr nett von Ihnen. Aber eigentlich ist die Sache für uns erledigt. Meine Frau hat längst einen neuen.«

Sie tauschten noch ein paar Höflichkeitsfloskeln aus, dann beendeten sie das Gespräch.

Nachdenklich legte Enne das Smartphone auf die Matratze. Wendt sorgte sich also wie sie um Verena. Auch er wusste nicht, wo ihr Mündel war. Und Verena hatte einen Sensationsfund gemacht, dachte sie bewundernd. Aber warum hatte sie sie nicht informiert? Sie war schließlich nur in England, nicht aus der Welt gewesen. Und wenn schon nicht anrufen, so hätte sie ihr doch mindestens eine kurze Nachricht schicken können.

Sie stand auf und ging ins Bad. Erledigte schnell ihre Morgentoilette, spritzte sich dabei mehrmals kaltes Wasser ins Gesicht und schlüpfte in Jeans und T-Shirt. Als sie zur Treppe ging, kamen ihr im Erdgeschoss schon Churchill und Charly entgegengelaufen. Die grünen Augen des Katers leuchteten im diffusen Licht, der Hund wedelte freudig mit dem Schwanz. Während Enne die Stufen hinunterging, rekapitulierte sie ihr Gespräch mit Wendts Nachbarin. Er sei keine Plaudertasche, so hatte die Person sich über ihn geäußert. Und an dessen Frau kein gutes Haar gelassen. Aus Neid, weil Wendt seine Frau rührend umsorgte? Möglich, überlegte Enne.

Unten angekommen ließ sie Charly in den Garten. Später würde sie mit ihm eine größere Runde drehen.

In der Küche füllte sie den Katzennapf mit Futter und stellte ihn zurück auf den Boden. Churchill vertilgte alles in Sekundenschnelle und leckte auch noch den Napf sauber aus.

Nachdem Enne Charly hereingepfiffen und auch ihm sein Frühstück gegeben hatte, griff sie nach ihrer Handtasche. Holte das Portemonnaie heraus. Bankkarte, Versichertenkarte, Führerschein und Ausweis steckten in den jeweiligen Fächern. Auch ihre drei Visitenkarten, die sie immer dabeihatte. Eine davon hatte sie eigentlich mit einer kurzen Nachricht in Wendts Briefkasten werfen wollen. Sie überlegte. Hatte sie der Nachbarin überhaupt ihren Namen genannt?

Ihr Kopf schmerzte immer noch. Nie wieder würde sie den Cognac ihres Schwagers trinken, schwor sie sich. Sie füllte ein Glas mit Wasser, warf zwei Alka-Seltzer hinein, wartete, bis sich die Brausetabletten aufgelöst hatten, und trank alles in einem Zug. Mehr Frühstück ging heute nicht.

Sie griff nach der Hundeleine und ging mit Charly in Gedanken vertieft ums Karree Gassi. Dieser Herr Schmied, mit dem sie im Geheimen Staatsarchiv gesprochen hatte, hatte gesagt, auch Dr. Wendt sei nicht im Haus gewesen.

Wieder zu Hause wählte sie die allgemeine Nummer des Geheimen Staatsarchivs in Dahlem.

57

Die Pistole in seiner Hand wog schwer. Mattschwarz glänzte das Metall. Seit seiner Dienstzeit bei der NVA hatte er keine mehr berührt. Er mochte keine Waffen. Es gab andere Möglichkeiten, intelligentere. Er legte die Glock zur Seite und öffnete das Notebook. Endlich hatte er die Zeit dafür.

Wenn dieses dumme Ding nicht angefangen hätte zu schreien und sich nicht so vehement an dieses Notebook geklammert hätte, es wäre noch am Leben. Er hatte sie beobachtet, als sie vom Briefkasten zurückgekommen war, da war er bereits im Haus gewesen. Ein Kinderspiel. Die Terrassentür war zugezogen, aber nicht verschlossen gewesen. Die Menschen waren heutzutage so leichtsinnig. Verbarrikadierten sich in ihren Villen für viel Geld mit Sicherheitsschlössern, Alarmanlagen und einbruchsicheren Fenstern, aber ließen die einfachsten Vorkehrungen außer Acht.

Er sah, wie sie das Notebook aus dem Geschirrspüler nahm. Einschaltete und etwas eintippte. Er wartete. Auf seinen Moment, auf den richtigen, den für den größtmöglichen Überraschungseffekt. Keine schlechte Idee, das Versteck im Geschirrspüler, dachte er. Als sie aufstand und die Küche verließ, folgte er ihr in den Keller. Und als sie die Tür zum Heizungsraum öffnete, sprach er sie an.

Freundlich wollte er wissen, wo Holm seine Schätze verwahrte. Mit der Clownsmaske konnte sie ihn nicht erkennen. Sie fing an zu schreien. Gellend, durchdringend. Nein, schön war das nicht gewesen. Aber er war ja kein Unmensch. Gut aussehende Frauen mochte er, erfreute sich immer noch an ihrem Anblick. Kreischende Weiber waren ihm jedoch zuwider. Fügsam sollten sie sein, nachgiebig. Das war doch ihre Natur. So wie seine Mutter. Nie hatte sie sich dem Vater widersetzt. Immer seine gebrüllten Anweisungen ausgeführt, wie es sich gehörte. Wenn der Vater nach Hause kam, meist erst gegen Mitternacht und sternhagelvoll, schlug er sie, weil es sich so gehörte, bis sie am Boden lag. Seine Mutter wehrte sich nicht. Wimmerte höchstens leise, wenn er auch noch den Gürtel nahm, und biss sich die Lippen blutig, damit die Nachbarn nichts hörten. Aber ihre Tränen, die sah er. Später, wenn sie allein waren, liefen sie über ihr früh gealtertes Gesicht. Als er noch klein gewesen war, hatte er mit ihr zusammen geweint. Auch leise, damit der Vater es nicht mitbekam. Damals begriff er nicht, warum sie sich nicht wehrte. Damals wollte er sie beschützen, ihr helfen, konnte es jedoch nicht, hätte seinem Vater nichts entgegensetzen können. Dann wurde er älter und fing an, sie zu verachten.

»Das Weib ist dem Manne untertan. Vergiss das nie, mein Sohn«, erklärte ihm später der Vater, und er war stolz, dass er mit ihm sprach, als wäre er ihm ebenbürtig. Und er vergaß seine Worte nicht. Als er bei seiner Frau die ersten Anzeichen von Respektlosigkeit bemerkte, handelte er sofort. Seither hatte sie Angst vor ihm gehabt, und das hatte ihm gefallen. Sehr sogar.

Er schaltete den Laptop ein. Der Desktop war voller Symbole. Wahllos klickte er eins mit dem Titel »Real Estate« an. Eine Liste mit mehreren Dateien erschien, jede mit einem Städtenamen benannt. Auch »Brandenburg an der Havel« war darunter. Wieder ein Klick, und drei Dateien wurden sichtbar: »Altstädtischer Markt«, »Grabenstraße«, »Havelstraße«. Ausschließlich beste Lagen in der Stadt. Holm schien gewusst zu haben, wie er sein Geld gewinnbringend anlegen konnte. Er sah sich die Dokumente genauer an. Die jeweiligen Gebäude waren nach Alter, Zustand und Investitionsvolumen aufgelistet. Er klickte sich auf den Desktop zurück und auf das nächste Icon: »Insurance«. Eine umfangreiche Liste in- und ausländischer Versicherungsgesellschaften erschien. Nacheinander öffnete er die Dateien, überflog sie. Nach einer Weile schob er den Laptop genervt ein Stück von sich.

»Wo hast du es versteckt?«, murmelte er. Holm war penibel gewesen, in allem, was er machte. Dann entdeckte er in der rechten Ecke des Displays ein Symbol: »Copy Program«. Aber nein, das würde ihm ganz sicher nicht bei seiner Suche helfen. Er nahm sich die schon durchgegangenen Dateien noch einmal vor, las diesmal aufmerksamer, fand aber immer noch nichts.

Frustriert starrte er den Bildschirm an, fuhr mit der Maus darüber und klickte schließlich zum Spaß doch auf »Copy Program«. Nur eine Datei lag in dem Ordner. Er beugte sich vor, las: »Litter«, das englische Wort für »Abfall«. Wieder ein Klick. »Keine Daten mehr vorhanden«, blinkte ihm entgegen. Vermutlich hatte die junge Frau alles Wichtige gelöscht. Verdammt, dachte er, vielleicht sogar, während ich sie in der Küche beobachtet habe.

Er überlegte fieberhaft. Plötzlich fing er an, hysterisch zu kichern. »Du hast es nicht gelöscht, nur versteckt«, grunzte er und rieb sich die Hände. »Zum Kopieren hast du keine Zeit gehabt. Außerdem hast du in der Küche keinen anderen Datenträger dabeigehabt.«

Er rief die Systemeinstellungen auf, suchte nach dem Backup und sah, dass vor Kurzem Daten in die Cloud verschoben worden waren. Dort klickte er die Datei »Litter« an. Als die Benutzer-ID abgefragt wurde, tippte er auf gut Glück »Seestraße 7« ein. Ein neues Fenster öffnete sich. »Passwort«, leuchtete es ihm entgegen.

»Besonders schlau warst du nicht gerade«, knurrte er und zog aus seiner Hosentasche einen Zettel, auf dem er sich Holms persönliche Daten aus dem Internet notiert hatte. Gab dessen Geburtsdatum ein. »Noch zwei Versuche«, wurde ihm mitgeteilt. »Katie McLaren«, tippte er ein, aber auch dieses Passwort war nicht richtig. Ihm blieb noch ein Versuch.

Er lehnte sich auf dem Stuhl nach hinten, kippelte vor und zurück. Hob das Notebook hoch, schaute auf die Unterseite. Aber auch da fand er keinen Hinweis. Schweiß trat ihm auf die Stirn. Er musste es einfach wissen. Wissen, was Holm wusste und hier notiert hatte und was die junge Frau gerade noch vor ihm in Sicherheit gebracht hatte. Seine Finger schwebten über den Tasten, dann tippte er spontan: »Fridericus Rex«.

Der Bildschirm veränderte kurz seine Farbe, dann tauchte ein Symbol auf, betitelt: »Securities«. Wertpapiere? »Verdammt!«, fluchte er. Was sollte er mit Wertpapieren? Er suchte nach etwas viel Wichtigerem. Trotzdem öffnete er den Ordner wütend mit einem Doppelklick.

Vor ihm, den ganzen Bildschirm ausfüllend, erschien ihr Gesicht. Er starrte es an. Fassungslos. Mit zum Kuss geformten Lippen und halb geschlossenen Augen schaute sie in die Kamera. Dieses Schwein hatte sie nicht vergessen. Die ganzen Jahre über nicht. Überheblich und so aalglatt war er gewesen, dass er heute noch einen Würgereiz verspürte, wenn er an ihn dachte. Und sie war auf ihn hereingefallen, dieses blöde Schaf. Auf seine guten Manieren, auf sein Geprotze, immer gekleidet in feinsten Zwirn. Das hatte ihr imponiert, damit hatte er sie eingewickelt. Aber er hatte ihn durchschaut. Sofort. Als sie erzählte, dass sich jetzt ein hohes Tier von der Treuhand um alles kümmern würde. Um einen Investor für das Kombinat. Froh war sie gewesen, dass sie und die Kollegen sich keine Sorgen mehr um ihre Arbeitsplätze machen müssten. Der Herr Holm kenne wichtige Leute, der werde das Kombinat an eine gute Firma vermitteln. Er wisse um den Schatz, den sie vorweisen konnten, die Patente, das Pfund, mit dem sie wuchern konnten. Wie naiv sie alle gewesen waren. Hatten sich von Äußerlichkeiten und leeren Worten blenden lassen. Heute krähte kein Hahn mehr nach dem Kombinat Elisabethenhütte. Zerschlagen hatte es der irische Investor. Und als zum Schluss auch noch die Grundstücke verkauft wurden, da gingen die meisten der ehemaligen Angestellten bereits zum Arbeitsamt. Die Gelder, die für die Löhne vorgesehen gewesen waren und im Tresor gelegen hatten, waren da schon auf Nimmerwiedersehen verschwunden. Zusammen mit den Patenten. Gestohlen. Angeblich hatte niemand gewusst, von wem. Natürlich war es dieser Holm gewesen. Wer sonst? Und als der smarte Treuhandabwickler und seine Teure sich nach der Vertragsunterzeichnung aus dem Staub machen wollten, hatte er sie bereits seit Tagen überwacht. War vorbereitet gewesen. War ihr hinterhergefahren. Einzig, dass sie das Kind dabeigehabt hatte, das hatte er nicht gewusst.

Er blickte in das Gesicht auf dem Bildschirm und schlug zu. Mit der Faust mitten hinein. Der Laptop rutschte über die glatte Schreibtischoberfläche und fiel zu Boden. Er hasste Holm mit allen Fasern seines Körpers, so wie er sie gehasst hatte, die ganzen langen Jahre über.

Er sprang auf und trat auf den Computer ein. Keuchte. Speichel lief ihm aus dem Mund, als sich das Bild verzerrte. Immer weiter spuckte und trampelte er, bis nur noch Hightechschrott übrig war.

Erschöpft hielt er inne. Ließ sich auf den Stuhl fallen. Vorbei, dachte er. Alles ist vorbei.

Dann sah er die Pistole, die immer noch dalag. Und langsam glitt ein Lächeln über sein Gesicht. Er griff nach der Glock und strich beinahe zärtlich über ihren Lauf.

58

»Eigentlich lagern die Akten in der Sowjetischen Militäradministration in Moskau«, berichtete Kalumet, was er seit ihrer letzten Besprechung recherchiert hatte. »Aber inzwischen besteht die Möglichkeit, einen Großteil der Unterlagen digitalisiert in Berlin-Lichterfelde einzusehen.«

»Wodurch wir einiges über Kirill Lewtrenko herausfinden konnten«, ergänzte Heike.

»Ohne Heike hätte ich ganz schön alt ausgesehen«, meinte Kalumet und sah sie bewundernd an. »Du sprichst ziemlich gut Russisch und hast den anfangs zurückhaltenden jungen Mitarbeiter geradezu um den Finger gewickelt.«

»Ja, war ganz hilfreich«, sagte Heike nur und lächelte kurz.

»Wie auch immer, laut den in Lichterfelde zugänglichen Protokollen wurde Kirill Lewtrenko im August 1945 mit einer schweren Kopfverletzung ins Militärkrankenhaus von Magdeburg eingeliefert. Durch Zufall war er in einem Seitenstollen des Graf-Moltke-Schachts entdeckt worden. Auch die Aussage des Dolmetschers Viktor Linow, der den englischen Offizier Roger Holm bezichtigte, Lewtrenko angegriffen und getötet zu haben, konnten wir in den Protokollen nachlesen. Was ja nicht stimmte, da Lewtrenko lebte. Nach seiner Genesung sagte Lewtrenko aus, der britische Offizier sei ein Spion gewesen, der aus den rechtmäßigen Beständen der Roten Armee einen Brief des Preußenkönigs gestohlen habe. Daran, wie er die Verletzung erlitten hatte, konnte sich Lewtrenko nicht mehr erinnern, wusste nur noch, dass er im Schacht gewesen war und diesen nicht mehr hatte verlassen können. Interessanterweise wurde die offizielle Anklage der Sowjets gegen Roger Holm nie zurückgezogen oder in den Akten gelöscht.«

»Sehr gut, Heike«, lobte Lilienthal. »Damit wissen wir, dass Roger Holm kein Mörder war.«

»Das vielleicht nicht«, entgegnete Susanne, »aber so ganz kann man Lewtrenkos Aussage nicht ignorieren. Immerhin hat Holm das Autograf in seinen Besitz gebracht.«

»Nur eine Hälfte davon«, korrigierte sie Lilienthal.

»Lewtrenko wurde nach seiner Genesung nach Polen versetzt«, ergänzte Heike ihren Bericht. »Er sollte die restlichen Bestände im Schloss Wölfelsdorf für den Transport nach Moskau vorbereiten.«

»Wölfelsdorf in Schlesien?«

Heike blätterte in ihren Notizen. »Ja, zusammen mit dem östlich der Oder-Neiße-Linie gelegenen Gebiet der Provinz Schlesien wurde der Ort 1945 unter polnische Verwaltung gestellt und gehört seither zu Niederschlesien.«

»Und wo ging Lewtrenko hin, nachdem das erledigt war?«, wollte Susanne wissen.

»Nach Kaliningrad, dem ehemaligen Königsberg, und später nach Leningrad. In den fünfziger Jahren wechselte er ins Zentrale Staatliche Spezialarchiv nach Moskau.« Heike schob ihre Unterlagen zusammen. »Lewtrenko verstarb 1980.« Sie griff nach einem Zettel, den sie separat hingelegt hatte. »Das hier habe ich mir noch notiert. Ob es wichtig ist, weiß ich nicht, aber ich fand es interessant. In den Siebzigern erhielt Lewtrenko eine hohe Auszeichnung. Der Orden heißt übersetzt ›Zeichen der Ehre‹ und wird für außergewöhnliche Leistungen verliehen.«

»Die in seinem Fall worin bestanden?«, fragte Susanne nach.

»Das geht aus den Unterlagen nicht hervor.«

»Also, ich finde, damit ist das Kapitel Lewtrenko abgehakt«, meinte Lilienthal und lächelte zufrieden in die Runde.

»Das sehe ich anders, Maik«, erwiderte Susanne. »Wenn Lewtrenko in Schloss Wölfelsdorf war, dürfte er auch Zugriff auf die Freimaurer-Bestände gehabt haben, die dort lagerten. Und ein Orden? Wofür? In dem Zusammenhang macht mich die hohe Auszeichnung stutzig.«

»Leider haben wir keine anderen Möglichkeiten mehr weiterzurecherchieren«, mischte sich Heike ein. »1998 wurde das sogenannte Beutekunstgesetz durch die Duma verabschiedet. Es erklärte neben Kunstwerken auch alle 1945 in die Sowjetunion verbrachten deutschen Dokumente, die sich zu dem Zeitpunkt noch in Russland befanden, zu russischem Staatseigentum. Aus russischer Perspektive ist eine Restitution somit bis auf Weiteres ausgeschlossen.«

Susanne machte sich eine Notiz. »Übrigens haben wir auch über Holm noch mehr herausgefunden«, sagte sie. »Wir haben seine Finanzen bis zu seiner Zeit bei der Treuhand zurückverfolgt. Und sind fündig geworden.«

Lilienthal horchte auf.

»Die Treuhandakten liegen immer noch unter Verschluss und werden erst nach und nach frei zugänglich gemacht. Aber wegen unserer laufenden Mordermittlung konnte ich Einsicht nehmen.« Sie klappte ihren Laptop auf und öffnete eine Datei. »Bereits 1993 trat Holm von seinem Amt bei der Treuhand zurück. Nicht ganz freiwillig, sondern auf Druck von oben.«

»Von wem genau?«, fragte Lilienthal.

»Vom Wirtschaftsministerium. Einer Aktennotiz konnten wir entnehmen, dass man dort bereits vermutete, dass seine Firmenabwicklungen nicht immer sauber waren. Aber der Verdacht wurde zu diesem Zeitpunkt, da die Menschen in den neuen Bundesländern sowieso schon misstrauisch wurden, was die Abwicklung der ehemals volkseigenen Betriebe durch die Treuhand anging, unter Verschluss gehalten. Holm wurde abgezogen und woanders eingesetzt.«

»Ich tippe mal aufs Finanzministerium?«

»Richtig. Der Wechsel war naheliegend, denn die Treuhand unterstand der fachlichen Aufsicht des Bundesministers der Finanzen.«

»Und damit wurde der Bock zum Gärtner gemacht«, kommentierte Kalumet.

»Interessanterweise befanden sich zum Zeitpunkt seines Jobwechsels kaum nennenswerte Summen auf seinen Privatkonten.«

»Ich könnt vor Mitleid heulen«, brummte Kalumet.

»Erst später, und da waren die Treuhandabwicklungen bereits verjährt, konnte die Stabsstelle für besondere Aufgaben eine Verbindung von Holm zu einer Briefkastenfirma in Luxemburg herstellen. Eine Investmentgesellschaft.« Susanne senkte den Blick und vermied es, Lilienthal anzublicken. »Eingetragen als CEO ist Collin McLaren.«

Lilienthal fuhr hoch. »Collin? Katies Bruder? Ist das belegt?«

»Alles, Maik«, erwiderte Susanne leise.

Er war ihr dankbar, dass sie nicht erwähnte, dass er beinahe in die Familie eingeheiratet hätte und mit Collin immer noch mehr oder weniger freundschaftlich verbunden war.

Susanne klappte den Laptop zu. »Direktinvestitionen dienen fast immer der Verschleierung von Steuerhinterziehung«, meinte sie lapidar. »In Luxemburg mit seinen gerade mal sechshunderttausend Einwohnern liegt so viel ausländisches Investitionskapital wie in den gesamten USA.«

Kalumet, der gerade eine Nachricht auf seinem Smartphone las, informierte die anderen darüber: »Holms Artefakte in seinem Geheimkeller werden gerade durch Fachleute sichergestellt und sind bis auf Weiteres konfisziert. Die Herkunftsforschung der Objekte hat höchste Priorität. Die Mail kam gerade von der Staatsanwaltschaft rein.«

»Holm war also beides, Opfer und Täter«, bemerkte Lilienthal.

59

Wie?, dachte Enne empört. Unbekannt? Was sollte das denn heißen? Sie legte das Telefon zurück in die Halterung. Nichts als Ärger, und das schon am frühen Morgen. Wobei, so früh war der Morgen nicht mehr. Es war kurz vor zwölf Uhr.

Frau Rose, die Verwaltungsleiterin des Geheimen Staatsarchivs, hatte sie abgefertigt, als hätte sie sich alles ausgedacht.

»Hier ist nichts von einem sensationellen Fund bekannt«, hatte sie ihr zu verstehen gegeben. »Und Dr. Wendt ist schon seit mehreren Tagen nicht mehr im Archiv erschienen. Sind Sie sicher, dass Sie nicht etwas falsch verstanden haben?«

Enne schaltete den Kaffeeautomaten an, drehte den Regler für die Kaffeestärke bis zum Anschlag, ließ die fast schwarze Brühe in den Becher laufen und setzte sich an den Küchentisch. Charly, der neben ihr am Boden lag, schaute sie mit seinen schwarzen Hundeaugen verständnisvoll an.

»Kapierst du das?«, murmelte sie und kraulte ihm den Kopf. Entweder wussten die im Geheimen Staatsarchiv tatsächlich nichts, oder aber Frau Kuhn, die Direktorin, hielt noch alle Infos zu dem Sensationsfund unter Verschluss.

Sie trank einen Schluck vom frischen Kaffee, verbrühte sich dabei beinahe die Zunge und schob den Becher von sich. War es ein Fehler gewesen, der Rose etwas von Verenas und Wendts Entdeckung zu sagen? Aber Wendt hatte sie doch vorhin angerufen und darum gebeten, dass sich Verena bei der Direktorin melden sollte. Sie hatte Verena entschuldigen wollen, und als sie erfuhr, dass die Kuhn außer Haus war, eben mit der Verwaltungsleiterin gesprochen. Seltsam, dass auch Wendt schon tagelang nicht im Haus aufgetaucht war.

Enne sprang so ruckartig auf, dass sie den Becher umstieß. Der Kaffee ergoss sich über die Tischplatte und tropfte auf den Boden. Charly ergriff die Flucht, blieb in sicherer Entfernung stehen und beobachtete, wie Enne fluchend den schwarzen See mit Haushaltspapier aufwischte, es entsorgte und danach zum Telefon griff.

Sie wählte Maiks Handynummer, landete aber auf der Mailbox. Nach kurzem Überlegen wählte sie die Nummer des Potsdamer Polizeipräsidiums, wurde verbunden, und Susanne meldete sich.

Lilienthal sei im Ernst-von-Bergmann-Klinikum, um zusammen mit Dr. Stinnes Desmond Holm zu befragen, sagte sie. Er müsse aber bald zurück sein.

Kurz entschlossen erzählte ihr Enne von Verenas Verschwinden. Die Vermisstenanzeige bei ihrer zuständigen Polizeiwache in Teltow habe sie bereits gestellt, aber die Kollegen hätten sie nicht ernst genommen, hätten ihr geraten abzuwarten. Die meisten Personen kämen von allein wieder zurück.

Susanne notierte den Namen des Polizeiwachtmeisters und versprach nachzuhaken.

Schließlich berichtete Enne ihr auch von den beiden Telefonaten am Morgen. Mit dem Archivar Wendt und der Verwaltungsleiterin Rose vom GStA.

»Und der Mentor von Verena heißt wirklich Wendt?«, fragte Susanne überrascht. »Der Name ist in unseren Ermittlungen aufgetaucht.«

»In welchem Zusammenhang?«

»Ich nehme mal an, du bist über alles informiert, oder?«

»Über fast alles, ja.«

»Also, wir haben zu dem lettischen Dolmetscher und dem russischen Offizier recherchiert, denen Holms Vater, Roger Holm, am Ende des Zweiten Weltkriegs in Schönebeck begegnet ist. Der Russe überlebte und arbeitete später im Moskauer Staatsarchiv. Möglicherweise besteht ein Zusammenhang zwischen der Geschichte und den Anschlägen auf Desmond Holm und seine Nichte.«

»Und wie passt Wendt da rein?«, unterbrach sie Enne.

»Der lettische Dolmetscher nahm nach seiner Heirat mit einer Deutschen den Namen seiner Frau an. Er hieß von da an Viktor Wendt. Sie leben beide nicht mehr, haben aber einen Sohn.«

Enne hörte, wie Susanne auf der Tastatur ihres Computers etwas tippte.

»Er wurde 1953 in Merseburg geboren.«

»Und weiter?«, fragte Enne gespannt.

»Nach dem Studium der Archivwissenschaften an der Humboldt-Universität fing er erst im ZStA, dem Zentralen Staatsarchiv der DDR, in Potsdam an und wechselte dann in die Historische Abteilung II, in die Außenstelle nach Merseburg. Kennst du den Vornamen von Verenas Mentor?«

»Nein«, erwiderte Enne, hielt dann aber inne. »Wobei, ich glaube, irgendwann hat Verena mal gesagt, er habe einen italienischen Namen. Beginnt mit M, wenn ich mich richtig erinnere. Marcello oder Matteo? Nein. Stopp, jetzt ist es mir wieder eingefallen. Er heißt wie der italienische Weltreisende. Marco wie Marco Polo.«

Susanne seufzte laut. »So heißt auch der Sohn von Linow.« Wieder hörte Enne Tastaturgeklapper.

»Jetzt haben wir noch was!« Susanne klang aufgeregt. »Irene Rademacher, die Teilhaberin der Firma Rademacher, die für den Ausbau von Holms Keller verantwortlich war, ist verheiratet mit einem Marco Wendt.« Es folgte Papiergeraschel. »Und behindert, wenn mich nicht alles täuscht.«

»Du musst was unternehmen«, sagte Enne hektisch.

»Das sehe ich genauso«, erwiderte Susanne. »Ich informiere sofort Maik über die neuen Zusammenhänge.«

Kaum hatte Susanne aufgelegt, da rannte Enne auch schon in die Küche und riss die Tür zur Speisekammer auf. »Wo seid ihr?«, knurrte sie und schob hektisch mehrere Vorratsdosen zur Seite. Suchte ihre Notreserve. Sie musste hier irgendwo sein, die Zigarettenschachtel, die sie in der Kammer deponiert hatte.

Aber die Schachtel schien sich in Luft aufgelöst zu haben. Ihre Nerven lagen blank. Was, wenn Wendt Verena etwas angetan hatte? Sie hätte viel früher alle Hebel in Bewegung setzen müssen.

Wütend über sich selbst kramte sie ein Fach höher zwischen den Vorratsdosen. Was hier alles stand. Reis, Nudeln, Mehl und Zucker, teilweise längst abgelaufen. Sie musste dringend mal ausmisten. Hinter dem länglichen Glas mit den Spaghetti entdeckte sie endlich die Packung. Mit einem erleichterten Seufzer zog sie sie heraus.

»Je älter du wirst, desto dämlicher wirst du«, kicherte sie. Öffnete die Packung, nahm eine Zigarette heraus und zündete sie an. Noch während sie gierig den ersten Zug inhalierte, ging sie auf die Terrasse und ließ ihren Blick durch den Garten schweifen. Eine Blätterdecke lag bereits auf dem Rasen, es wurde Herbst. Sie fühlte sich hilflos. Warten, dass die anderen sich kümmerten. Das hatte sie schon immer gehasst. Diesmal fiel es ihr besonders schwer, weil sie die Verantwortung für Verena trug, auch wenn die längst erwachsen war. Ein altmodischer Gedanke, ja, aber so war sie nun einmal. Angst stieg in ihr hoch. Sie warf die nur halb gerauchte Zigarette auf die Steine, trat sie aus und entsorgte den Stummel in einem Abfalleimer. Sollte sie noch mal nach Drewitz fahren? Bei Wendt klingeln und, wenn er öffnete, sich ins Haus drängen und nach Verena suchen?

»Du bist ja irre«, murmelte sie und stolperte beinahe über Charly, der ihr gefolgt war. »Hast keinerlei Befugnisse mehr, altes Mädchen«, schalt sie sich. Schaute den Hund an und sagte: »Ich bin schon lange raus, Charly, verstehst du? Pensioniert. Alteisen.«

Der Hund warf seinen Fellpropeller an und hechelte freudestrahlend.

»Keine Zeit für Gassi, geh in den Garten«, beschied sie ihm. Mit hängendem Kopf trollte er sich.

Pensionierung, wie sie allein schon dieses Wort hasste. Sie lief hin und her, unfähig, zur Ruhe zu kommen. Versetzung in den Ruhestand, so hieß das im Amtsdeutsch. Auch nicht besser. Und es änderte ja nichts daran, dass sie die Suche nach Verena der Polizei überlassen musste.

Ihr iPhone verkündete den Eingang einer Nachricht ihres Sohnes. »Desmond Holm erinnert sich immer noch nicht an den Überfall, hat aber mit Lysann telefoniert«, las sie. »Er will dir etwas Wichtiges mitteilen. Bin auf dem Weg nach Drewitz.«

Enne griff den Autoschlüssel und verließ das Haus.

60

Der Verkehr staute sich wie jeden Tag um diese Uhrzeit auf der Nutheschnellstraße. Die vor ihr dahinschleichenden Autos bedachte Enne mit üblen Beleidigungen, die zum Glück niemand hörte. Sie musste nach Potsdam. Aber nicht in diesem Schneckentempo. Weshalb wurde diese so wichtige Verkehrsader denn schon wieder saniert? Die Straße war doch erst in den 1990er Jahren ausgebaut worden.

Ungeduldig hockte sie hinter dem Lenkrad. Inzwischen stand der Verkehr. Wenn Desmond Holm ihr nach dem Telefongespräch mit seiner Mutter etwas mitteilen wollte, standen die Chancen gut, dass es mit dem Brieffragment zusammenhing. Und im weitesten Sinne, wenn sie Glück hatte, mit dem Täter, der versucht hatte, Holm umzubringen, und der seine Nichte getötet hatte. Lysanns Worte kamen ihr wieder in den Sinn. »Ich vertraue dir.« Genervt schaute Enne auf die Uhr am Armaturenbrett. Mittlerweile stand sie hier schon über zwanzig Minuten, und noch immer ging nichts weiter.

Würde Wendt die Polizei ins Haus lassen? Was würden die Beamten dort finden? Und warum meldete sich Susanne nicht? Wieder kroch die Angst in ihr hoch. Vielleicht haben wir uns ja geirrt, versuchte sie sich zu beruhigen. Vielleicht ist Wendt nur ein harmloser Mann, der sich wie ich Sorgen wegen Verenas Verschwinden macht. Von rechts drängte sich ein weißer Kastenwagen vor ihr in die Wagenreihe. Wütend hupte sie.

Der Fahrer drehte sich nicht mal um, zeigte ihr aber den Mittelfinger.

»Du mich auch!«, schrie sie erbost.

Als sie in der Ferne ein Martinshorn aufheulen hörte, nahm sie ihr iPhone und schrieb eine Nachricht.

61

In seinem alten Jaguar bog Lilienthal in die Fichtenallee im Potsdamer Stadtteil Drewitz ein. Susanne und Kalumet warteten schon. Gemeinsam mit ihnen ging er zum Haus von Wendt und klingelte. Innerhalb einer gefühlten Nanosekunde keifte ein Schäferhund. Mit hochgezogenen Lefzen, sodass man die weißen Reißzähne sehen konnte, sprang er am Zaun zum Nachbargrundstück hoch.

»Blöde Töle«, bemerkte Kalumet, der Hunde im Allgemeinen und bellende auf den Tod nicht ausstehen konnte.

»Da ist niemand!«, rief ihnen die Nachbarsfrau zu. »Könn Se noch so lange klingeln, da kommt keiner.«

»Ist Herr Wendt weggefahren?«, fragte Susanne und ging zum Nachbargrundstück. »Wann denn?«

»Aus, Hektor«, befahl die Frau. Blickte dann Susanne an und sagte schnippisch: »Aushorchen lass ich mir nich, det könn Se mal glauben.«

Susanne zückte ihren Dienstausweis.

»Wie jetze, Polizei?« Die andere wirkte misstrauisch. »Komm Se etwa noch mal wejen dem Rollstuhl?«

»Wir möchten Herrn Wendt ein paar Fragen stellen.«

»Der is so vor zehn Minuten weg. Aber allet schon komisch,

oder?« Die Nachbarin deutete auf die geschlossenen Fenster mit den heruntergelassenen Jalousien. »So ’n Wetterchen und allet zappendusta, bei Frischluft kricht der wahrscheinlich Pickel.« Sie schüttelte den Kopf. »Männer!«, schob sie noch hinterher, stieß einen abfälligen Laut aus, der sich wie das Schnauben eines Pferdes anhörte, nahm den Hund am Halsband und schleifte ihn ins Haus.

»Alle Fenster scheinen geschlossen zu sein, obwohl wir noch über zwanzig Grad haben«, bemerkte Kalumet, als Susanne zu ihnen zurückkam.

Lilienthal deutete hoch zum Dach. Aus dem Schornstein stieg eine feine helle Rauchfahne auf. »Der heizt. Bei der Temperatur. Da stimmt doch was nicht.«

Kalumet drückte die Gartenpforte auf, winkte den beiden und lief schon zur Haustür.

»Was soll das, Leo?«, herrschte Susanne ihn an. »Ohne richterliche Anordnung dürfen wir hier nicht rein.«

»Das nehme ich auf meine Kappe, Susanne«, beschwichtigte sie Lilienthal und klingelte vorsichtshalber nochmals. Aber es blieb weiterhin still.

Kalumet blickte sich zu ihm um.

Lilienthal nickte, folgte ihm und stellte sich so neben den Hauseingang, dass die Nachbarin ihre Aktion nicht sehen könnte.

Schnell zog Kalumet ein schmales Etui hervor und nahm einen Dietrich heraus. Sekunden später klickte es leise, dann stieß er die Tür auf.

»Bei euch in Potsdam kommt man sich vor wie in einem Fernsehkrimi«, kommentierte Susanne, die sich nur widerstrebend zu ihnen gesellt hatte.

»Awer de Erfolsch gibt mer rescht, gell?«, erwiderte Kalumet in breitem Offenbacherisch.

Missbilligend streifte Susanne sich wie ihre beiden Kollegen Handschuhe über, dann folgte sie ihnen ins Haus.

Kalumet tastete nach dem Lichtschalter, fand ihn. Eine einfache Deckenleuchte flammte auf. Vor ihnen ein schmaler Flur, von dem mehrere Türen abgingen. Neben der Eingangstür führte eine Holztreppe mit durchgetretenen Stufen ins Obergeschoss, am Geländer war unübersehbar ein Treppenlift montiert. Linker Hand ging es in die Küche. Sie betraten sie. Hellgraue Einbauschränke, Backofen auf Augenhöhe. Am Fenster ein schmaler Tisch mit einem Stuhl davor. Von der Spüle bis hin zu den Ablageflächen war alles sauber und aufgeräumt.

Während Lilienthal sich genauer umsah, ging Susanne in den Keller und Kalumet hoch ins Obergeschoss. »Nichts«, ertönten im Abstand ihre Meldungen.

Schließlich öffnete er die dem Eingang gegenüberliegende Tür. Das Wohnzimmer nahm die gesamte Front des Hauses ein. Vor einem hell gekachelten Kaminofen stand eine braune Ledercouch, an der Wand Bücherregale sowie eine schlichte Essgruppe aus Holz mit passenden Stühlen. Der Tisch war für zwei Personen gedeckt, in seiner Mitte stand eine Vase mit bunten Astern. Der Boden aus Laminat. Keine Teppiche. An der Wand neben der Essgruppe ein eingerahmtes großformatiges Foto. Lilienthal trat näher. Ein Mann saß mit einem kleinen Mädchen auf dem Schoß vor einem Tisch. Darauf ein Kuchen, neben ihm ein Plüschteddy mit einer Schleife um den Hals. Im Hintergrund brannte eine Kerze in einem altmodischen Kerzenleuchter. Der Mann und das Kind lachten fröhlich in die Kamera.

Fehlalarm, dachte Lilienthal. Aber etwas in dem Raum irritierte ihn. Unbehagen machte sich in ihm breit. Wenn Wendt jetzt zurückkäme und sie hier vorfände, würde das eine saftige Beschwerde geben. An die Schlagzeilen in den Tageszeitungen wollte er gar nicht denken. Polizei dringt ohne Genehmigung in das Haus eines unbescholtenen Bürgers ein. Er blickte sich erneut um. Trat noch mal zu der Fotografie. Dann ging er zurück in die Diele. Öffnete die Tür zu einem schmalen Arbeitsraum. Auch hier Regale bis unter die Decke, vollgestopft mit Büchern. Der Schreibtisch kaum sichtbar unter Ausdrucken und Dokumenten.

Susanne schaute durch die Tür. »Im Keller ist nichts«,

meldete sie. »Keine Auffälligkeiten, kein Versteck.« Sie blieb stehen, schnüffelte. »Riechst du das auch?«

Lilienthal zuckte mit den Schultern. »Eau de Cologne oder so was in der Art.«

»Ein Raumspray«, sagte sie. »Der lüftet nicht, sondern versprüht stattdessen so ein Zeug, damit es angenehmer riecht.«

»Angenehm ist was anderes«, murmelte Lilienthal und blätterte durch die Dokumente.

Währenddessen trampelte Kalumet die Treppe herunter. »Kuschelig hier, oder?«, grinste er und wischte sich den Schweiß von der Stirn, als er sich neben Susanne stellte.

»Die Heizung im Keller läuft auf Hochtouren«, bestätigte die.

Lilienthal fächelte sich mit einem Blatt Luft zu. »Bei den Strom- und Gaspreisen? Da fragt man sich doch, warum?« Er legte das Papier auf den Schreibtisch zurück. »Hier stimmt etwas nicht, aber ganz gewaltig. Also, noch mal von vorn. Ich gehe in den Keller, du, Susanne, übernimmst die obere Etage und du, Leo, die Räume hier im Erdgeschoss.«

Als Lilienthal in den Keller hinabstieg, fand er auch hier alles penibel aufgeräumt vor. Im Werkzeugraum hingen Hammer und Stichsäge an der Wand. Jeder Nagel, jede Schraube war nach Größe sortiert.

Er betrat den Heizungskeller und stellte wie schon vorher Susanne fest, dass die Gasheizung auf Hochtouren lief. Jetzt begann auch er zu schwitzen. Sah sich um. Was hatte er übersehen, verdammt noch mal? Alles hier wirkte seltsam. Diese übertriebene Ordnung und Sauberkeit, die Heizungshitze. Und der künstliche Raumduft, der auch hier in der Luft hing.

Als er Kalumet von oben rufen hörte, spurtete er die Kellertreppe hinauf. Sein Kollege winkte ihm aus der Küche entgegen, in der Hand ein kleines Metallbehältnis.

»Lag im Kühlschrank«, sagte er zu Lilienthal und Susanne, die aus dem Obergeschoss heruntergeeilt war, und öffnete es.

»Einwegspritzen und Ampullen«, stellte Lilienthal fest und nahm eine Ampulle heraus. »Fentanyl«, las er vor.

»Das ist ein künstlich hergestelltes Morphin«, erklärte Susanne. »Über hundertmal stärker als Morphium. Natürlich verschreibungspflichtig.« Als sie die verblüfften Blicke ihrer Kollegen bemerkte, fügte sie hinzu: »Ich habe im Drogendezernat beim BKA in Wiesbaden hospitiert.«

»Wendts Frau ist schwerstbehindert«, überlegte Lilienthal laut. »Da macht so ein Medikament Sinn. Aber wenn es hier aufbewahrt wird, müsste sie doch auch hier sein, oder?«

»Laut Aussage der Nachbarin ist sie bei einer Verwandten«, sagte Susanne. »Es soll ihr besser gehen, da sie ohne den Rollstuhl weggefahren ist. Hat mir Enne erzählt.«

Kalumet hatte den Inhalt des Behälters auf die Ablagefläche gelegt. Er sortierte und zählte. »Jede Packung enthält normalerweise zehn Einwegspritzen«, sagte er schließlich und hielt eine hoch. »Die hier ist angebrochen. Fünf fehlen.«

Lilienthal öffnete die Tür unter der Spüle und schaute in den Abfallbehälter. Eine leere Mülltüte hing drin. »Diese klinische Sauberkeit im ganzen Haus geht mir echt auf die Nerven«, regte er sich auf. »Habt ihr dafür eine Erklärung?«

Susanne zog den Abfallbehälter ganz heraus. »Dahinten liegt doch was«, sagte sie und langte unter die Spüle.

»Ein Wattebausch«, meinte Lilienthal, als sie die Hand zurückzog.

»Mit Blut«, ergänzte sie.

»Susanne, gib Manni Langer Bescheid, dass er sofort mit der ganzen Mannschaft hier antanzen soll«, ordnete Lilienthal an.

»Aber bis auf diesen Wattebausch haben wir nichts in den Händen«, meinte Susanne. »Außerdem kann Wendt jeden Moment zurückkommen.«

»Das ganze Haus ist hermetisch verschlossen, es wird trotz annehmbarer Außentemperaturen geheizt, dazu dieser penetrante Raumduft. Und jetzt auch noch ein blutgetränkter Wattebausch. Für mich ist das absolut ausreichend«, widersprach Lilienthal ihr scharf.

Auf Susannes Stirn bildete sich eine tiefe Falte.

Plötzlich stöhnte Lilienthal auf. »Der Kerzenleuchter!«, sagte er.

Susanne und Kalumet blickten ihn fragend an.

»Auf der Fotografie im Wohnzimmer«, erklärte er. »Der sieht genauso aus wie der, den uns Manni gezeigt hat. Den ein besorgter Potsdamer Bürger mit Blut befleckt in seiner Papiertonne gefunden hat.«

Er wandte sich von ihnen ab und telefonierte mit der Kriminaltechnik. Aus dem Augenwinkel sah er, wie Susanne Kalumet ins Wohnzimmer folgte. Keine Sekunde später erklang das Geräusch von gerückten Möbeln.

Nachdem er Langer die Adresse durchgegeben und aufgelegt hatte, blickte er sich um. Hier stimmte etwas nicht, das spürte er.

Er hörte, wie die beiden im Wohnzimmer die Wände abklopften. Dieses Haus verbarg etwas. Und das beunruhigte ihn zutiefst.

Er ging die Treppe zum Obergeschoss hinauf. Blieb auf der vorletzten Stufe stehen. Ging zurück. Dann wieder hinauf. Die letzte Stufe war ein ganzes Stück breiter als die anderen. Zwischen dieser und der Kellertür stand eine kleine Kommode. Einem Impuls folgend schob er sie zur Seite.

Dahinter wurde eine halbhohe Tür sichtbar.

»Leo, Susanne!«, rief er, hockte sich davor und leuchtete mit seiner Taschenlampe. »Die hat ein Sicherheitsschloss«, sagte er heiser, als Kalumet hinter ihn trat.

»Kall, mei Drobbe«, brummte der mit Blick auf Lilienthal und holte einen kleinen elektrischen Akkuschrauber aus seiner Tasche. Nachdem er einen Metallbohrer aufgeschraubt hatte, bohrte er rund um das Schloss mehrere Löcher. Das Ganze dauerte keine zwei Minuten.

»Im Einbruchsdezernat in Offenbach gelernt?«, grinste Lilienthal, hob dann ohne Vorwarnung ein Bein und trat mit voller Kraft gegen die Tür. Das Holz zerbarst, und vor ihnen tat sich ein dunkles Loch auf.

»Kraft gegen Hirn«, murmelte Susanne.

»Boah, das stinkt.« Sich die Nase zuhaltend half Kalumet Lilienthal mit einer Hand, den Rest der Tür auszubrechen.

Lilienthal leuchtete mit der Taschenlampe in die Öffnung. Ausgetretene Steinstufen führten in die Tiefe. Gebeugt stieg er sie gefolgt von den beiden Kollegen vorsichtig hinab.

Warme, übel riechende Luft schlug ihnen entgegen. Je tiefer sie kamen, desto stärker wurde der Gestank. Dieser Teil des Kellers musste schon beim Bau des Hauses viel tiefer als der übrige Teil angelegt worden sein. Möglicherweise ein ehemaliger Luftschutzkeller, überlegte Lilienthal.

Nach der letzten Stufe betrat er unebenen Steinboden. Im Schein der Lampe konnte er Ziegelsteinwände ausmachen. An der Seite entdeckte er eine schmale Tür. Griff nach dem Drehknopf, der als Klinke diente, öffnete sie. Leuchtete hinein. Rosa Blümchentapete. Vor ihm drehte sich ein Mobile mit lauter Marienkäfern. Der Fußboden war aus hellem Holz, neben einem Puppenhaus standen ein Tisch und zwei Stühle.

»Mein Gott«, hörte er Susanne hinter sich flüstern.

Dann sah er es auch. Aus dunklen Augenhöhlen starrte ihnen ein Totenschädel entgegen. Der dazugehörige Körper trug ein langes geblümtes Nachthemd. Lilienthal trat näher. Daneben lag eine weitere Person. Im Schein der Taschenlampe schimmerte blondes Haar.

62

»Wie im alten Ägypten bei den rituellen, künstlichen Mumifizierungen. Damit der Körper mumifiziert, muss er vollkommen ausgetrocknet sein. Hier ist das auf natürlichem Wege passiert.« Überschwänglich deutete Rechtsmediziner Enderlein auf die Leiche, die vor ihnen lag. »Hier ist die Bedingung erfüllt: eine konstant hohe Raumtemperatur von über fünfundzwanzig Grad und mehr.«

»Wie lange ist die Frau schon tot?«, wollte Lilienthal wissen.

Enderlein schüttelte den Kopf: »Immer die gleiche Frage, Lilienthal. Sie wissen doch, dass ich Genaueres erst nach eingehender Untersuchung sagen kann.« Beinahe zärtlich legte er seine behandschuhte Hand auf die vertrocknete, ledrige Haut der Leiche. »Aber um Ihre Wissbegierde wenigstens ansatzweise zu befriedigen«, er berührte den Schädel, beugte sich vor, »würde ich sagen: mehrere Monate.« Er wandte sich an die anderen Anwesenden und begann zu dozieren: »Der menschliche Körper besteht zu einem Großteil aus Wasser, das bei permanenter Trockenheit verdunstet. Die Luft transportiert die Feuchtigkeit sozusagen aus dem Körper, dieses Austrocknen verhindert die natürliche Verwesung. Ähnlich wie bei Schinken. Im Grunde ist das auch nichts anderes als mumifiziertes Gewebe.«

Lilienthal verdrehte die Augen. Enderleins Ausführungen konnten glatt einen Vegetarier aus einem machen.

»Auch die Organe bleiben bei einem solchen Vorgang erhalten«, machte der Rechtsmediziner weiter. »Allerdings schrumpfen sie auf ein Minimum ihrer ursprünglichen Größe zusammen. Vergleichbar mit einem Apfel, der verdorrt.« Enderlein gluckste kurz und fuhr ernster fort: »Diese Prozesse setzen bei den hier herrschenden Temperaturen schon nach circa sieben Tagen ein, aber eine vollständige Mumifizierung des Körpers ist erst nach mehreren Wochen erreicht.«

»Ich hätte gedacht, dass eine Leiche zuerst verwest«, bemerkte Lilienthal.

»Gar nicht so dumm, Lilienthal, Ihre Überlegung, aber der Austrocknungsprozess ist schneller, sodass die Bakterien, die für die Zersetzung von Gewebe notwendig sind, ihr geliebtes feuchtwarmes Milieu nicht mehr vorfinden. Also nichts mit Verwesung. Stattdessen natürliche Konservierung.« Nachdenklich betrachtete der Rechtsmediziner die Mumie. »Falls zuvor eine längere Chemotherapie stattfand oder die Person mit hoch dosiertem Antibiotika behandelt wurde, könnte man auch diese Möglichkeit in Erwägung ziehen, dass der Körper selbst sein Verfaulen aufgehalten hat.«

Lilienthal nickte und blickte sich um. Sah, wie Manni Langer, der in einer Ecke auf dem Boden herumkroch, nach der letzten Äußerung des Rechtsmediziners die Augen verdrehte und sich langsam aufrichtete.

Er stöhnte, riss sich den Mundschutz herunter, den sie alle trugen, und ging zur Treppe. »Ick bin raus.«

Lilienthal grinste und folgte ihm wenig später.

Auf der Pritsche im Notarztwagen lag Verena. Das lange Haar war fettig, sie atmete schwach. In einem Ständer hing ein Tropf, durch den sie mit einer Elektrolytlösung versorgt wurde. Der Notarzt, ein junger Mann mit müden Augen, schaute kaum hoch, als Lilienthal sich leise zu ihm gesellte. Als der Krankenwagen eingetroffen war, hatte er ihm sofort die Fentanyl-Ampullen gezeigt.

»Die Patientin leidet unter einer Exsikkose. Die Folge starker Dehydrierung. Zusätzlich steht sie unter Drogeneinfluss. Ich hoffe, der Entzug wird ihren Körper nicht so schwächen, dass sich ihre Situation verschlechtert.«

»Irreparable Schädigungen?«, wollte Lilienthal wissen.

»Hoffentlich nicht. Die Patientin ist jung und kräftig, deshalb bin ich zuversichtlich. Vorrangig muss ihr Kreislauf stabilisiert werden. Die Notaufnahme ist informiert, wir fahren sofort los.« Er wies mit dem Kopf zur Tür und beugte sich wieder über Verena.

Vor dem Haus überprüfte Lilienthal seine neu eingegangenen Nachrichten. Enne hatte ihm geschrieben. »Stau auf der Nutheschnellstraße. Bin auf dem Weg zu Desmond. Habt ihr was entdeckt?«

»Verena gefunden. Lebt«, schrieb er schnell zurück und drückte auf »Senden«.

Nur, wo war Wendt?

63

Durch den Rückspiegel sah er, wie das Polizeiauto in die Straße einbog. Das war Timing, dachte er zufrieden. Er war einfach besser, besser als alle und besser als diese Polizisten sowieso. Er konzentrierte sich wieder auf den Verkehr. Er hatte noch viel vor.

Wie sie ihn angesehen hatte, seine Kleine, aus aufgerissenen Augen.

»Du musst keine Angst haben, mein Spätzchen«, hatte er geflüstert. »Ich beschütze dich, das weißt du doch. Ich bin immer für dich da.«

Vor sich selbst musste er Verena beschützen, aber das verstand sie nicht. Das Dummerchen. Von dem Zeitpunkt an, da sie ihm erzählt hatte, dass sie ohne Eltern aufgewachsen war, fühlte er sich für sie verantwortlich. Und jetzt war alles nach seinem Wunsch verlaufen. Sie waren vereint. Mutter und Kind gehörten doch zusammen, ein Naturgesetz, dachte er zufrieden. Er hatte Irene ihr Kind zurückgegeben. Ihr Engelchen.

Höflich hielt er an, um eine junge Mutter mit Kinderwagen über die Straße zu lassen. Lächelte und winkte.

Natürlich hatte er bemerkt, dass Verena nach etwas suchte, wann immer er den Magazinsaal verließ. Er folgte ihr unauffällig, wenn sie zu den Familienverzeichnissen schlich, wenn die anderen Archivare zum Essen gingen.

Er kicherte, während er sich erinnerte. Er hatte aufgepasst. Sie war so überheblich gewesen. Von oben herab, wenn sie mit ihm gesprochen hatte. Wie alle jungen Leute. Nur weil seine äußere Hülle nicht mehr so ansehnlich war, meinten sie, auch seine geistigen Fähigkeiten hätten abgenommen. Aber er war immer noch gut in Schuss. Sein Kopf funktionierte wie ein Schweizer Uhrwerk. Sogar besser als in jungen Jahren, dachte er zufrieden.

Natürlich hatte er ihre Tasche durchsucht, die noch bei ihnen im Magazinsaal stand, während sie im Lesesaal arbeitete. Vertrauensseligkeit zahlt sich nie aus, dachte er heiter. Das hatte ihm schon sein Vater eingebläut. Verlass dich nie auf andere, sonst bist du irgendwann verlassen.

Zufrieden vor sich hin summend fuhr er über die Heinrich-Mann-Allee Richtung Hauptbahnhof. Zum Glück hatte er noch den Verkehrsfunk gehört. Unfall in Richtung Potsdam. Auf der Nutheschnellstraße ging bis auf Weiteres nichts.

Kaum zu fassen, dass sie alles dabeigehabt hatte. Das dumme Ding. Während sie beschäftigt war, hatte er den Brief ihrer Großmutter gefunden und ihn kopiert. Man wusste ja nie, wofür das später einmal gut sein würde.

Er stieg auf die Bremse, fluchte. Vor ihm überquerte ein junger Radfahrer die Fahrbahn, ohne auf den Verkehr zu achten.

»Zu meiner Zeit hätte man dich in eine Erziehungsanstalt gesteckt«, fluchte er gereizt.

Und natürlich hatte er gefunden, wonach Verena Näther die ganze Zeit über gesucht hatte. Schließlich kannte er sich aus, wusste, wo man in solchen Fällen ansetzen musste. Zum Ende des 19. Jahrhunderts waren etwa zwei Drittel der deutschen Staatsfläche preußisches Territorium und sechzig Prozent der Bevölkerung preußische Staatsbürger gewesen. Doch er hatte den Radius noch etwas weiter gesteckt und sie so entdeckt. Eine alteingesessene pommersche Familie.

Über mehrere Jahrhunderte hatten die Männer dieser Familie als hohe Beamte dem Staat Preußen gedient. Und dann so etwas. Aber schwarze Schafe gab es in jeder Familie. In dieser Familie war einer von zwei Brüdern zum personifizierten Bösen mutiert. Deshalb hatte Verenas Großvater, der andere Bruder, Titel und Namen abgelegt und den Namen seiner Frau angenommen.

Was er gut verstehen konnte. Mit einem KZ-Kommandanten in der Familie wollte niemand in Verbindung gebracht werden. Er hatte sein Wissen für sich behalten, auf den passenden Augenblick gewartet, um ihr alles über ihre feine Familie mitzuteilen. Natürlich einfühlsam und mit der nötigen Zurückhaltung. Wissen ist Macht, fiel ihm der alte Spruch ein. Macht! Er dachte an die junge Frau, die ihm ausgeliefert war, und kicherte zufrieden. Das war besser als Sex.

Er gab Gas, fuhr gerade noch bei Dunkelorange über die Ampel beim Hauptbahnhof, zeigte dem Fußgänger, der ihm etwas zurief, den Mittelfinger und hatte Minuten später sein Ziel erreicht.

64

Laufen wäre die bessere Option gewesen. Noch immer saß sie im Auto fest, vor und hinter ihr staute sich kilometerlang die Blechlawine. Enne schaltete das Radio ein, aber der Verkehrsfunk hatte keine Neuigkeiten. Dann meldete sich ihr Handy. Eine Nachricht von ihrem Sohn. Verena lebte. Erleichtert atmete sie auf.

Mehr erfuhr sie aus der Nachricht nicht. Wo hatte er Verena gefunden? Bei Wendt? Warum hatte Maik sie nicht angerufen? Er wusste doch, was für Sorgen sie sich gemacht hatte.

Als der Fahrer in dem Auto hinter ihr anhaltend auf die Hupe drückte, fuhr sie zusammen. Endlich hatte sich die Kolonne vor ihr in Bewegung gesetzt.

Während der Verkehr langsam anrollte, wählte sie die Nummer ihres Sohnes. Wieder mal landete sie auf der Mailbox. Seufzend brach sie den Anruf ab. Am wichtigsten war doch, dass Verena gefunden worden und am Leben war. Maik würde sich bestimmt bald mit mehr Informationen bei ihr melden.

Sie blickte auf ihre Uhr und entschied, im Krankenhaus als Erstes kurz bei Körner vorbeizuschauen. Danach hatte sie alle Zeit der Welt, um mit Desmond Holm zu reden.

Richard Körner, fast wie immer gekleidet in Hemd und Hose, nur die obligatorische Krawatte fehlte, lächelte ihr aufgeräumt entgegen, als sie die Tür zum Krankenzimmer öffnete.

»Den Bademantel habe ich entsorgt«, sagte er, ohne dass sie gefragt hätte. »Mir hat die Farbe auch nicht gefallen.« Dabei zwinkerte er ihr zu. »Ich wollte dich sowieso gerade anrufen, morgen mach ich die Fliege«, erklärte er fröhlich. »Das Essen hier war so ausgezeichnet, dass ich mindestens drei Kilo abgenommen habe.«

Enne musterte ihn, schwieg aber diplomatisch.

Körner deutete auf seinen Bauch, der ihr umfangreicher als zuvor erschien. »Jetzt bin ich en vogue, gnädige Frau. Der modische Mann trägt Korsett«, trompetete Körner im vollen Bass. »Ein Männertraum ist in Erfüllung gegangen.«

Verwundert hörte Enne ihm zu. Stand er unter Medikamenteneinfluss? Nachdem er sich bei ihren letzten Besuchen über jede Kleinigkeit beschwert hatte, benahm er sich heute wie der Moderator einer schlechten Quizsendung, der über seine eigenen Witze am lautesten lacht. Das Korsett, das seine Wirbelsäule stützte, tat ihm sichtlich gut. »Schön, dass sie dich rauslassen«, sagte sie, dann berichtete sie, was sich inzwischen ereignet hatte.

Körners Grinsegesicht wich einer immer ernsteren Miene.

»Maiks Nachricht war sehr kurz, wahrscheinlich ist dein Mündel in keinem guten Zustand. Könnte sogar sein, dass da noch mehr ist, ich kenne doch meinen Kommissar.«

»Du meinst, er ist auf noch etwas gestoßen?«

Körner nickte und griff nach ihrer Hand. »Sei vorsichtig bei allem, was du tust, ja?«, murmelte er.

Enne nahm ihre Tasche und erhob sich. »Das werde ich. Und jetzt fahre ich mit dem Aufzug hoch zu Desmond Holm. Er will mir etwas sagen. Bis morgen, Richard.« Flüchtig strich sie ihm über den Arm, dann verließ sie das Zimmer.

65

Der Raum schien auf einmal zu strahlen. Er streckte die Hand aus, aber sein Gegenüber zog das, was er ihm gezeigt hatte, blitzschnell weg und bedeckte es wieder mit dem Tuch aus blauem Samt.

»Die Zikkurat, die Pyramide der Welten«, sagte Holm heiser. »Sie war die ganze Zeit in Ihrem Besitz.«

Mit voller Wucht kam die Erinnerung zurück. Er hörte das Kichern des anderen, so wie vor ein paar Tagen.

Vor Holms geistigem Auge spulte sich ein Film in schneller Geschwindigkeit ab. Wieder sah er sich vor dem Geheimen Staatsarchiv stehen. Wie er an der Direktorenvilla vorbei und weiter nach hinten zum Magazingebäude lief. Vor der Eingangstür verharrte, am vereinbarten Treffpunkt. Geld gegen Ware. Hunderttausend Euro, gebündelt in Päckchen mit je zehn Zweihundertern. Peanuts, hatte er gedacht, als ihm der andere seine Forderung für das genannt hatte, was er im Gegenzug dafür bekommen sollte. Er hatte ihm das Geld gegeben, aber dafur nichts erhalten. Und jetzt war der Mann, der ihn fast umgebracht hatte, hier. Stand vor seinem Bett. Vor wenigen Minuten hatte er sein Krankenzimmer betreten.

Die Erinnerungen stürmten auf ihn ein. Er konnte selbst kaum begreifen, dass er überlebt hatte. Die Bestie hatte versucht, ihn totzuschlagen, und als ihr das nicht gelang, seinen Körper so zusammengequetscht, dass Rippen und Wadenbein brachen, und ihn wie ein Stück Dreck in den Aktenfahrstuhl gestopft, der längst außer Betrieb war. Das hatte ihm der Kommissar erzählt. Dass man ihn gefunden und er überlebt hatte, grenzte an ein Wunder.

Der stechende Schmerz in seinem Kopf meldete sich. Die Wunde war längst nicht verheilt, machte sich bei jeder Bewegung bemerkbar. Eine unbändige Wut stieg in ihm hoch. Was wollte der noch von ihm? Warum war er hier?

»Mein Name ist Wendt, Dr. Wendt«, hatte er sich freundlich vorgestellt. Bekleidet mit einem Arztkittel und mit einem Stethoskop, das aus der Kitteltasche hing, zog er sich einen Stuhl heran und setzte sich neben sein Krankenbett. Nur die Straßenschuhe, das fiel ihm auf, passten nicht zu dem üblichen Aufzug des medizinischen Personals im Krankenhaus. Erst dachte er sich nichts dabei. Ein weiterer Arzt, der mit ihm sprechen wollte. Er wusste, er war ein Sonderfall, deshalb auch interessant für andere Ärzte im Haus. Aber dann hatte Dr. Wendt etwas aus seiner Tasche gezogen. Und alles hatte sich verändert.

Angst kroch in ihm hoch. Wendt belauerte ihn wie ein Raubtier, bevor es zum tödlichen Sprung ansetzt. Und er lag vor ihm, hilflos, geschwächt. Einmal hatte er bereits versucht, ihn zu töten. War er heute hier, um zu vollenden, was er im Geheimen Staatsarchiv nicht geschafft hatte? Aber warum?

Wendt saß da, lächelte mit kalten Augen. Holm zwang sich zur Ruhe. Konnte jedoch den Blick nicht abwenden. Schaute wie hypnotisiert zu der Pyramide in den Händen des anderen. Er musste sie haben. Er hatte wie alle seine Vorfahren geschworen, die Zikkurat zu finden. Die unermesslich wertvolle Pyramide sollte zur Großen Mutterloge nach London gebracht werden, wo sie hingehörte.

Aus den Augenwinkeln registrierte er, dass der Rufknopf auf der Matratze weniger als zwanzig Zentimeter von seiner Hand entfernt lag. Er schob sich vor, zwang sich dabei zu einem Lächeln. Millimeter für Millimeter.

Lässig wickelte Wendt die Pyramide wieder in das Tuch, wandte den Kopf, blickte zum Beistelltisch, musterte die Bücher und Zeitschriften darauf. Beugte sich vor zu der Fotografie, die er, Holm, an die Vase mit den voll erblühten dottergelben Chrysanthemen, die man ihm heute hingestellt hatte, gelehnt hatte. Wendt griff danach. Seine bis eben noch freundliche Miene veränderte sich zu einer hässlichen Fratze, als er das Bild von Irene anstarrte.

»Stellen Sie es zurück«, sagte Holm und versuchte, seiner Stimme Festigkeit zu geben. »Das Bild gehört mir.«

»Dir?« Wendt spuckte ihm das Wort ins Gesicht. »Dir gehört gar nichts«, höhnte er und zerriss das Foto langsam und bedächtig, bis nur noch kleine Schnipsel übrig waren. »Sie hat immer mir gehört«, sagte er kalt. »Nur mir.«

Jedes einzelne Wort traf Holm wie ein Schlag. Und auf einmal kam die Erkenntnis. »Sie sind ihr Mann?«, flüsterte er.

Er hatte Irenes Mann nur ein einziges Mal gesehen. Das lag so viele Jahre zurück. Niemals hätte er, als er Wendt vor Kurzem kennenlernte, eine Verbindung zwischen dem Mann von damals und dem Mann, der ihm das Angebot machte, herstellen können. Außerdem hatte Irene mit Nachnamen Rademacher geheißen, nicht Wendt.

»Dich hat sie nur benutzt«, fuhr Wendt höhnisch fort. »Du Idiot. Über dich gelacht hat sie, wenn sie von euren Treffen kam. ›Der kriegt kaum einen hoch‹, das hat sie mir erzählt.« Er hieb sich grunzend auf die Schenkel. Plötzlich fuhr sein Kopf herum. Er blickte zur Tür. Horchte. Hielt auf einmal eine Pistole in der Hand. Eine Glock.

Meine Waffe, dachte Holm.

Auf dem Gang waren Stimmen zu hören, dumpfes Räderrollen. Ein Wägelchen ratterte vorbei, dann wurden die Geräusche leiser, entfernten sich. Eine Tür wurde geöffnet und geschlossen. Danach wieder Stille.

»Arrogant und eingebildet warst du, ein typischer Wessi«, fuhr Wendt fort und lehnte sich zurück.

Langsam wanderten Holms Finger über die Matratze. Nur noch ein kleines Stück.

Ohne Ankündigung schnellte Wendt vor und riss das Kabel mit dem Rufknopf aus der Wand. »Wir wollen doch nicht gestört werden. Gerade jetzt, wo unsere Unterhaltung spannend wird«, sagte er mit einem so kalten Lächeln, dass Holm erstarrte.

Blitzschnell beugte Wendt sich über ihn, hielt ihm den Waffenlauf an die Schläfe. »Du hast sie umgebracht«, zischte er. »Dafür musst du büßen.«

»Nein«, flüsterte Holm. »Es war ein Unfall. Jemand hat sie von der Straße gedrängt.« Und in der Sekunde, als er es aussprach, wusste er, wer derjenige gewesen war.

»Sie waren das«, keuchte er. »Sie haben versucht, Irene zu töten. Und ihr eigenes Kind umgebracht!«, schrie er ungeachtet der Waffe in Wendts Hand. »Mörder«, formten seine Lippen kaum hörbar.

Wendts Augen glühten. Mit Wucht schlug er zu. Beobachtete, wie Blut aus Holms aufgeplatzter Lippe rann. Strich mit dem Finger über die Waffe, lächelte. Er setzte sich zurück auf den Besucherstuhl, wickelte die Pyramide der Welten wieder aus dem Samt aus und betrachtete sie. »Du hast nicht mehr viel Zeit«, bemerkte er wie ein Lehrer, der auf die richtige Antwort seines Schülers wartet.

Holm spürte, dass der Schlag ihn einen Schneidezahn gekostet hatte, wagte jedoch nicht, das Stück auszuspucken. Sein ganzer Körper fing an zu vibrieren. Kälte kroch in ihm hoch. Wendt war ein Psychopath. Und er war allein. Allein mit diesem Wahnsinnigen. Warum nur kam niemand? Kein Arzt, keine Schwester? Verzweifelt horchte er, aber auf dem Gang war es still. Er musste auf Zeit spielen. Seine einzige Chance, die Begegnung mit diesem Irren zu überleben.

»Woher haben Sie sie?«, presste er hervor. »Gestohlen?« Die Frage war ihm wider Willen herausgerutscht.

Wendt kicherte. Hielt sie hoch, die kostbare Pyramide.

»Ich soll wie du sein?«, erwiderte er. »Raffen, mitnehmen, was ich nur bekommen kann? Nein, so bin ich nicht. Ich bin kein Dieb.« Wieder lächelte er. Drehte, wendete die Pyramide im Licht. Schaute zu Holm, und seine Miene veränderte sich erneut im Bruchteil einer Sekunde. Wurde zu einer hässlichen Fratze. »Du mit deiner glatten Visage.« Er bleckte die Zähne zu einem knurrenden Lachen. »Mich hast du nicht getäuscht. Erst Abwickler bei der Treuhand, dann auf einflussreichem Posten im Finanzministerium. Gierig warst du, wie eine Hyäne. Immer und überall.« Er beugte sich vor und spie ihm ins Gesicht.

Holm spürte, wie bitterer Magensaft in ihm hochstieg, würgte, schluckte, wagte jedoch nicht, sich den Speichel abzuwischen. Wendt musste ihn über Jahre beobachtet haben, lauernd, bis sich ihm die Gelegenheit geboten hatte, sich an ihn heranzupirschen, um ihn umzubringen. Stasi-Methoden, dachte Holm schaudernd und schluckte krampfhaft.

Wendt hatte sich wieder gesetzt und begonnen, mit dem

Samt liebevoll den großen Diamanten an der Spitze der Pyramide zu polieren.

»Und die hier, die willst du auch, nicht wahr? Willst du wirklich wissen, woher ich sie habe?«, murmelte er vor sich hin. Dann gluckste er. Beugte sich erneut vor, zu Holms blutverschmiertem Gesicht, und flüsterte: »Von meinem Vater.«

Die Worte schienen im Zimmer widerzuhallen. Wendt schaute über Holm hinweg, als würde er in eine nur für ihn sichtbare Vergangenheit blicken.

Holm beobachtete ihn, schob sich in Richtung Bettrand.

»Ein kluger Mann«, sagte Wendt. »Hat mir alles erzählt, was damals in Schönebeck im Graf-Moltke-Schacht geschehen ist. Auch den britischen Spion hat er erwähnt.« Er sah Holm an. »Roger Holm. Das war doch dein Vater. Leiter der Fachkommission der Alliierten. Wofür das Internet doch gut ist«, kicherte er. Und auf einmal schnellte er vor, schlug mit der geballten Faust zu und zertrümmerte Holm das Nasenbein.

»Meinst du, ich bin blind?«, zischte er. »Keine Bewegung. Schön brav sein. Genieße die Zeit, die dir noch bleibt.« Wendt schaute zufrieden in Holms zerstörtes Gesicht und sagte dann: »Knochen zu Knochen, Blut zu Blut, Glied zu Glied! So seien sie zusammengefügt.« Er beobachtete Holm, dann sagte er: »Stammt aus den Merseburger Zaubersprüchen.« Und dann, jedes Wort betonend, flüsterte er: »Den Zeitpunkt deines Todes bestimme ich.«

Holm wagte nicht mehr, sich zu bewegen. Spürte nur das Blut, überall, in seiner Kehle, aus seiner Nase quellen. Feuchtigkeit, die ihm die Brust hinunterlief. Erinnerte sich an die Einträge seines Vaters im Tagebuch. Damals, als er es heimlich aus dem Schließfach geholt und nicht nur ein Mal gelesen hatte. Woher wusste Wendt davon?

Lauernd beobachtete ihn der andere, die Pyramide an sich gedrückt.

»Der Russe und der Brite, dumm und gierig waren sie, alle beide«, sagte er nach einer kurzen Stille, als wäre nichts passiert. »Sterben sollten sie. Aber mein Vater hat sie leben lassen. So war er. Nobel und großmütig.« Er zog ein Kuvert aus der Kitteltasche und grinste. »Das hier wolltest du doch auch immer haben, nicht wahr?« Er nahm ein Pergament heraus. »Die andere Hälfte des Briefes, die dein Vater damals in seinen Besitz gebracht hat. Aber sie ist wertlos.« Wendt kicherte. »Ich wusste es. Dafür brauchte ich nicht das Autograf. Musste nur eins und eins zusammenzählen. Ihr wart alle blind. So wie dieser Idiot von Engländer und der versoffene Russe. Alle haben immer nur nach der anderen Hälfte des Briefes gesucht.« Wendt gluckste. »Dabei lag die Lösung so nah.« Liebevoll strich er über die Pyramide.

»Wer war Ihr Vater?«, krächzte Holm.

Wendt schaute ihn freundlich an. »Wie bitte?«, fragte er, als säßen sie bei einem entspannten Gespräch zusammen.

»Ihr Vater«, keuchte Holm.

»Das solltest doch selbst du inzwischen wissen«, lächelte Wendt nachsichtig, fuhr herum und starrte zur Tür. »Linow«, sagte er dann. »Viktor Linow war mein Vater.«

»Sie lügen«, presste Holm hervor und versuchte sich aufzurichten. »Jedes Wort von Ihnen ist eine Lüge.«

Wendt schnellte vor. Das Gesicht wutverzerrt.

In dem Augenblick öffnete sich die Tür.

66

Enne erstarrte, die Klinke noch in der Hand. Sah Desmond Holms blutüberströmtes Gesicht. Seine aufgerissenen Augen. Den roten Fleck auf der Vorderseite seines Hemdes, der mit jeder Sekunde größer wurde. Als sie die Tür öffnete, hatte sie den Schuss gehört. Er war nicht laut gewesen, eher wie ein Händeklatschen.

Zu spät bemerkte sie die Gestalt, die jetzt auf sie zuschoss. Erst als sie den kalten Stahl an ihrem Hals fühlte und die gezischten Worte: »Maul halten!« hörte, kam sie zu sich. Doch es war zu spät. Aus den Augenwinkeln registrierte sie noch, wie Desmond Holms Kopf nach vorne und sein ganzer Körper zur Seite kippte, als der Mann, der Wendt sein musste, sie bereits auf den Gang drängte.

Irgendjemand muss den Schuss doch auch gehört haben, dachte sie entsetzt. Aber keine der Türen auf dem langen Krankenhausflur öffnete sich, keine aufmerksame Krankenschwester schaute um die Ecke.

Brutal stieß der Mann sie die wenigen Meter Richtung Treppenhaus. Verdrehte ihr den Arm, sodass der Schmerz in Wellen durch ihre Schulter fuhr, und presste ihr mit der anderen Hand weiter den Lauf der Pistole in den Nacken. Ennes Gedanken überschlugen sich. Sie würde nicht schreien, denn der Mann war zu allem fähig, das hatte sie eben gesehen. Sie war allein mit einem Mörder.

Leichtsinnig warst du, flüsterte ihre innere Stimme, während sie Treppenstufen hochstolperte, umknickte und sich an der Metallkante einer Stufe verletzte. Sie stöhnte auf.

»Weiter«, zischte er hinter ihr und stieß sie nach vorn. Als sie den letzten Treppenabsatz erreichten, presste er sie gegen die Wand und riss die Tür auf, über der das Notausgangsschild leuchtete. Kalte Luft wehte ihnen entgegen.

Warum nur hatte sie Körners Warnung nicht ernst genommen? Wendt hatte sie angerufen, er musste zu Hause gewesen sein und sie gesehen haben, als sie mit der Nachbarin sprach. Ihr Herzschlag raste, sodass sie kaum Luft bekam. Er zerrte sie auf das Krankenhausdach. In den Häusern ringsum gingen die Lichter an. Vor ihr das Flachdach, neben ihr der Fahrstuhlaufbau. Sie spürte den Atem des Mannes in ihrem Nacken. Ekelte sich.

»Weiter«, knurrte er und stieß sie wieder vorwärts, hieb ihr, als sie sich nicht gleich in Bewegung setzte, mit dem Kolben der Waffe auf die Halswirbelsäule. Sie stöhnte und fiel auf die Knie. Spitze Kieselsteine bohrten sich in ihre Haut.

Er zerrte sie weiter bis zur Brüstung. Sie war nur dreißig,

höchstens vierzig Zentimeter hoch. Aus der Ferne hörte sie, wie sich jaulend Polizeisirenen näherten.

Er wollte sie hinunterstoßen. Aber warum? Enne überlegte fieberhaft. Wenn er sie umbringen wollte, hätte er sie doch gleich erschießen können. Er wollte ihr etwas demonstrieren. Seine Macht. Das war sein Plan.

Zur falschen Zeit am falschen Ort, fiel ihr die lapidare Bemerkung aus Kriminalfilmen ein. Mit aller Kraft stieß sie Wendt von sich und versuchte, hinter ihn zu gelangen. Distanz zwischen sich und den Abgrund zu bringen. Aber er war schneller. Riss sie wieder an sich und legte seinen Arm wie eine Zwinge um ihren Hals.

Verzweifelt rang Enne nach Luft.

»Nein!«, brüllte plötzlich jemand.

Sie riss die Augen auf. Im fahlen Licht der einsetzenden Dunkelheit stand Körner in der geöffneten Tür zum Treppenhaus. Wie ein Fels.

»Lassen Sie sofort die Frau los!«, brüllte er. »Sie haben keine Chance. Die Polizei ist gleich da.«

Wendt hinter ihr kicherte nur. Stieß ihr mit Wucht die Waffe in den Rücken.

Wut schoss in ihr hoch. Sie ignorierte den brennenden Schmerz, fuhr herum und klammerte sich an den Mann. Der schwankte, zielte auf sie. Sie schlug heftig auf seinen Arm. Der Schuss verfehlte sie nur um wenige Millimeter.

Ohne auf seine Deckung zu achten, lief Körner schwerfällig und brüllend wie ein Stier auf sie zu. Wendt schoss erneut. Diesmal auf Körner. Der blieb abrupt stehen, dann schwankte er und stürzte zu Boden.

Hasserfüllt riss Enne die Arme hoch und versuchte, Wendt ihre Finger in die Augen zu drücken und mit der Faust seinen Kehlkopf zu treffen, aber er wich ihr immer wieder aus. Als sie erneut auf ihn losging, spürte sie, wie die Kraft sie verließ. Eine Schmerzwelle überrollte sie. Nur wenige Meter von ihr entfernt lag Körner. Er rührte sich nicht mehr. War tot. Wie Desmond Holm. Enne blickte in das verzerrte Gesicht des

Mörders, klammerte sich erneut an ihm fest, wurde von ihm weggeschleudert. Direkt auf die Brüstung zu. Sie bemühte sich verzweifelt, wegzukriechen. Da trat ihr Wendt mit voller Wucht in den Bauch. Riss sie an den Schultern hoch und stieß sie weiter zur Brüstung.

Tief unter sich konnte sie Menschen sehen. Winzig klein, sie schrien. Als Wendt wieder nach ihr treten wollte, umklammerte sie sein Bein, riss an seinem Oberkörper. Er brüllte auf, wankte. Etwas fiel aus seiner Jackentasche. Er versuchte danach zu greifen. Mit letzter Kraft schlug Enne zu. Seine Waffe entglitt ihm.

Sie drehte sich weg. Richard, dachte sie. Spürte wieder Wendts Hände um ihren Hals. Aus weiter Ferne hörte sie, wie jemand ihren Namen rief. Dann verloren ihre Füße den Halt. Und sie stürzte in die Tiefe.

67

Immer zwei Stufen auf einmal nehmend rannte Lilienthal die Treppe hinauf. Susanne überholte ihn und war vor ihm am Notausgang. Mit gezogener Waffe stieß sie die Tür auf, er folgte dicht hinter ihr.

»Enne!«, schrie sie.

Er drängte sich an ihr vorbei. Sah zwei Gestalten an der Dachkante kämpfen. Seine Mutter und Wendt.

Körner hatte ihn sofort informiert, nachdem Enne sich von ihm verabschiedet hatte. Nach ihrer Erzählung befürchtete der Alte, dass auch Wendt Desmond Holm einen Besuch im Krankenhaus abstatten würde. Lilienthal war sofort mit Susanne losgefahren. Körners nächste Nachricht erreichte ihn per WhatsApp, als sie nur noch wenige hundert Meter vom Klinikum entfernt waren. »Holm tot. Erschossen. Wendt hat deine Mutter. Sie sind auf dem Dach. Großeinsatz und Feuerwehr mit Sprungtuch anfordern.«

»Waffe runter!«, schrie Susanne jetzt und hechtete hinter den Fahrstuhlaufbau in Sicherheit.

Lilienthal nahm die Tür als Deckung. Zielte, aber seine Mutter und Wendt waren ineinander verkeilt. Er fluchte, dann sah er die gekrümmte Gestalt nur wenige Meter entfernt vor sich liegen. Körner. Verdammt, warum hatte der Alte nicht gewartet! Als er sah, wie Wendt seine Waffe verlor, spurtete er los. Sekunden später hörte er hinter sich Susanne aufschreien. Und wie in Zeitlupe sah er, wie seine Mutter und Wendt hinter der niedrigen Brüstung verschwanden. Hörte ein dumpfes Klatschen wie von nasser Wäsche, die aus großer Höhe auf den Boden fällt. Dann einen Schrei aus vielen Kehlen. Schließlich Stille.

Er hielt inne. Starrte auf die Stelle, wo Enne und Wendt eben noch gestanden hatten. Schaute in den Himmel, der dunkel geworden war. Über ihm blinkten die ersten Sterne. Die Geräusche um ihn herum verstummten. Ein Schatten huschte an ihm vorbei. Susanne, dachte er, senkte den Kopf und kniff die Lider zusammen. Hörte die Stimme seiner Mutter: »Du bist ein Lilienthal, mein Sohn, vergiss das nicht.« Er spürte, wie sein Brustkorb von etwas zusammengepresst wurde, und aus seiner Kehle stieg ein verzweifelter, unbändiger Schrei.

68

»Maik!«, hörte er Susanne rufen. Er hob den Kopf und blickte zu ihr. Ihr Oberkörper hing halb über der Brüstung.

Er rannte los.

»Da«, keuchte sie und deutete nach unten.

Lilienthal zwang sich hinunterzusehen. Direkt unter ihnen lag auf einem schmalen Dachvorsprung seine Mutter. Bewegungslos.

»Hilf mir!« Susanne schwang sich rittlings über die Brüstung, griff nach seiner Hand, suchte mit den Füßen Halt am Mauerwerk, ließ sich auf den Vorsprung fallen und kroch zu Enne.

»Sie lebt!«, rief sie nach einigen Sekunden, die Lilienthal wie Stunden vorkamen.

Er benachrichtigte die Rettungskräfte, beobachtete dabei, wie Susanne sich neben seine Mutter kniete, ihr über den Kopf strich und leise auf sie einredete.

Bitte hilf meiner Mutter, wer immer du auch bist, flehte Lilienthal innerlich.

Kurz darauf wurde er zur Seite geschoben. Ein Notarzt ließ sich professionell von zwei Rettungssanitätern zu den beiden Frauen abseilen. Danach wurde eine Trage hinuntergelassen.

Vorsichtig hob der Arzt mit Susannes Hilfe Enne darauf, zog die Gurte fest und gab das Signal zum Hochziehen.

Anschließend wurde Susanne zurück aufs Dach geholt, der Notarzt folgte zuletzt.

»Gehirnerschütterung«, meinte der Mediziner schließlich kurz angebunden. »Wie schwer, ist erst nach einem MRT zu sagen. Zudem steht die Frau unter Schock und hat Hämatome am Hals und wahrscheinlich auch am ganzen Körper.«

In dem Moment schlug Enne die Augen auf. »Richard?«, flüsterte sie.

Lilienthal blickte sich um, aber der Alte war nicht mehr da.

Enne wurde sofort in die Notaufnahme gebracht. Er wich nicht von ihrer Seite, hielt ihre Hand. Sie öffnete die Augen und sagte etwas Unverständliches. Erst als er sich zu ihr hinunterbeugte, verstand er das geflüsterte Wort: »Susanne.«

Später in der Notaufnahme befahl ihm der behandelnde Arzt energisch, den Raum zu verlassen. Er könne hier nichts für seine Mutter tun.

Also fuhr er mit dem Lift zu der Station, wo sich Körners Zimmer befand. Susanne hatte ihn informiert, dass sie dort auf ihn wartete. Als er ins Zimmer trat, waren dem Alten gerade starke Schmerzmittel injiziert worden. Wendt hatte ihn an der

Seite getroffen. Ein Streifschuss. Dadurch war er gestürzt, aber sein Korsett hatte Schlimmeres verhindert.

Der Platz vor dem Klinikum war weiträumig abgesperrt worden. Die Signalleuchten der Feuerwehr irrlichterten noch immer durch die Dunkelheit.

Lilienthal lief zu den Kollegen, die wenige Meter neben Enderlein standen. Mit stoischer Ruhe, ohne auf die Menschen um sich herum zu achten, untersuchte der Rechtsmediziner die verstümmelte Leiche, die einmal Wendt gewesen war.

Kurz darauf tippte ihm Manni Langer auf die Schulter und hielt ihm etwas hin. »Das habe ich gefunden. Lag nicht weit entfernt von dem Toten.«

Lilienthal nahm es und betrachtete es. Verbogenes Metall, dazwischen glänzende Splitter. Er steckte es in eine braune Asservatentüte, die er Langer zurückgab. Darüber würde er sich später den Kopf zerbrechen. Er wandte sich an Enderlein, der neben ihm kniete. »Todesursächlich dürfte eindeutig der Sturz sein«, bemerkte er.

Der Rechtsmediziner erhob sich ächzend. »Eindeutig ist nie etwas. Weder im Leben noch im Tod. Und für voreilige Diagnosen habe ich nichts übrig, wie Sie wissen dürften. Warten Sie also meinen Bericht ab.« Er schaute Lilienthal aus seinen Eulenaugen an, legte ihm auf einmal ungeschickt die Hand auf seinen Arm und murmelte: »Ihre Mutter lebt. Ein Wunder. Wir müssen dankbar sein.« Und als ob er sich seiner Gefühle schämen würde, wandte er sich zu den Rettungskräften um, die gerade über irgendetwas verhalten lachten, und herrschte sie an: »Ein Tatort ist keine Karnevalssitzung. Jeder einzelne Tote hat unseren Respekt verdient. Merken Sie sich das.« Griff nach seiner Tasche, drängte sich an den Männern vorbei und verschwand aus Lilienthals Blickfeld.

69

Seit den dramatischen Ereignissen auf dem Dach des Potsdamer Ernst-von-Bergmann-Klinikums waren mehr als zwei Wochen verstrichen. Bevor Körner in die Reha in Burg im Spreewald abgeschoben werden sollte, wie er sich ausdrückte, hatte Enne alle zu sich eingeladen. Drei große Auflaufformen mit selbst gemachter Lasagne verbreiteten von der Küche aus ihren aromatischen Duft.

»Die Zikkurat, die Pyramide der Welten«, sagte Lilienthal und hielt das verbogene Ding hoch, das sie bei Wendt gefunden hatten.

»Willst du uns für dumm verkaufen?« Ernst Albrecht drohte mit dem Finger. »Das da?« Er schaute ihn empört an. »Niemals!«

»Stimmt, aber einen Versuch war es wert, oder?«, griente Lilienthal. Er betrachtete das demolierte Etwas. »Weder ist das Gerüst aus Gold – es besteht nur aus einer Silberlegierung mit einem vergoldeten Überzug –, noch sind die Steine echt. Diamanten wären nicht gesplittert.« Er steckte das verbogene Teil zurück in die Asservatentüte. »Wir haben die handschriftliche Skizze Friedrichs II. von der Pyramide bei Wendt im Keller gefunden. Danach hat er dieses Duplikat angefertigt«, erklärte er. »Anscheinend ist die Skizze bei der Bombardierung des Berliner Stadtschlosses doch nicht in Flammen aufgegangen, wie immer angenommen wurde. Er muss sie in den Archivalien des Geheimen Staatsarchivs in Dahlem gefunden haben.«

»Im Keller?« Ernst Albrecht schüttelte ungläubig den Kopf.

»Bei seiner Frau.«

»Du meinst, die Skizze lag bei der mumifizierten Leiche?«

»Genau«, grinste Lilienthal. »In ihr Totenhemd hatte er eine Innentasche genäht. Für die Skizze und das Brieffragment.«

»Makaber«, murmelte Ernst Albrecht. »Aber dass wertvolle Preziosen gefälscht werden, ist keine Seltenheit.« Er musterte seinen Neffen. »Wisst ihr, wo sich das Original befindet?«

Enne, bis auf eine Schramme auf der Stirn war nichts mehr

von ihrem Unfall, wie sie den Mordversuch nannte, zu sehen, folgte interessiert von ihrem Lieblingssessel aus dem Geplänkel zwischen ihrem Schwager und ihrem Sohn. Susanne saß mit verschränkten Armen neben Lilienthal, hielt immer noch Abstand zu ihm. Die beiden brauchen einfach noch Zeit, dachte sie traurig, und ihr Blick wanderte zu Charly weiter, der es sich zu ihren Füßen bequem gemacht hatte und leise schnarchte. Körner, ein dickes Kissen im Rücken, hockte ihr gegenüber. Kalumet saß zwischen Manni Langer und Heike und sah Lilienthal bewundernd an. Nur Enderlein thronte stocksteif auf einem Stuhl und beobachtete missbilligend Churchill, der um seine Beine strich. Verena, immer noch blass und mit dunklen Ringen unter den Augen, lag in eine leichte Baumwolldecke gehüllt auf der Couch, verfolgte jedoch aufmerksam die Unterhaltung.

»Ja, wo befindet sich nun das Original?«, fragte jetzt auch Enne und blickte Susanne an. »Du hast mir doch noch im Krankenhaus erzählt, was ihr in den Archiven der Sowjets über Lewtrenko herausgefunden habt. Was mich schon damals stutzig gemacht hat, ist die hohe Auszeichnung, die dieser Lewtrenko bekommen hat. Den großen Verdienstorden für außergewöhnliche Leistungen. Die Frage, wofür er den bekommen hat, ging mir nicht mehr aus dem Kopf, aber für die Antwort brauchte ich ein bisschen Vitamin B.«

»Deine Beziehungen möchte ich haben«, knurrte Körner. »Wer hat dir geholfen?«

»Seine Quellen gibt man nicht preis. Das weißt du doch am allerbesten, Richard.« Sie schmunzelte, als sie an den russischen Kulturattaché dachte, der sie für lange Zeit aufs Heftigste umworben hatte und mit dem sie immer noch in Kontakt stand.

»Ich weiß gar nichts. Ich bin raus«, brummte er missmutig.

»Aber um es abzukürzen, komme ich gleich dazu, was ich herausgefunden habe«, fuhr Enne fort. »Zwischen der Bundesrepublik und Russland werden seit Jahren vertrauliche Gespräche über die Rückgabe der nach dem Zweiten Weltkrieg verschleppten Kulturgüter geführt. Die beidseitige Rückgabe, wohlgemerkt. Leider bisher ohne Erfolg. Was schade ist, denn noch immer lagern wertvolle Schätze, auch von den Hohenzollern, in Moskau. Und jetzt zum Eigentlichen: Bereits in den zwanziger Jahren des letzten Jahrhunderts tauchten Hinweise auf die wertvolle Pyramide auf, die unser Friedrich ursprünglich für die Große Mutterloge anfertigen ließ. In einer Personalrepositur aus seiner Amtszeit um 1740 fand man eine Aufstellung der Materialkosten. Zweihunderttausend Golddukaten. Umgerechnet um die dreißig Millionen Euro.«

»Das ist schon mal eine Nummer. Für weitaus weniger wurden Menschen umgebracht, wenn ich das mal so sagen darf«, brummte Körner.

»Aber wo war die Pyramide abgeblieben?«, fuhr Enne fort. »Das wollten Desmonds Vater Roger Holm und Kirill Lewtrenko im Sommer 1945 herausfinden. Holm hatte von dem ursprünglichen Geschenk Friedrichs II. in seiner Londoner Loge erfahren und hoffte auf hohe Ehren, würde er es finden. Lewtrenko, so vermute ich mal, hatte von der Pyramide in Schloss Wölfelsdorf erfahren. Roger gab sein Wissen an seinen Sohn Desmond weiter, und auch Wendt, der Sohn des lettischen Dolmetschers Viktor Linow, erfuhr davon durch seinen Vater, von dem wir wissen, dass er sich gerade auf Autografen des Preußenkönigs spezialisiert hatte, was seine kriminelle Laufbahn betraf. Die Holms wollten die Pyramide, weil sie den Freimaurern etwas zurückgeben wollten, was ihnen ihrem Verständnis nach zustand. Linow ging es um das Geld, das die Pyramide einbringen würde. Aber das Motiv seines Sohnes Wendt war pure Habgier. Er wollte etwas besitzen, was viele andere haben wollten.«

Enne griff zu ihrem Glas, das neben ihr auf einem Tisch stand, und trank einen Schluck. »Aber jetzt will ich euch wirklich nicht länger auf die Folter spannen. Was ich von meiner Quelle erfahren habe, ist also Folgendes: Schloss Wölfelsdorf, das noch immer existiert, war eine der größten und bedeutendsten Schlossanlagen der Grafschaft Glatz im ehemaligen

Schlesien und befand sich seit der zweiten Hälfte des 17. Jahrhunderts bis 1945 im Besitz der Reichsgrafen Althann. Zu dem Schloss gehört auch ein bemerkenswerter zweigeschossiger Ballsaal mit Flachkuppel, in dem die Nazis im letzten Jahr vor Kriegsende gut verpackt die Freimaurer-Bestände lagerten.«

»Und dort wurde die Pyramide gefunden?«

»Nein, Susanne. Dort nicht.«

»Jetzt lass dir doch nicht alles aus der Nase ziehen, Mutter«, murrte Lilienthal, dessen Magen unüberhörbare Signale gab, dass er Hunger hatte.

Enne leerte ihr Glas und stellte es zurück. »Dazu muss man wissen, dass die Logentempel der Freimaurer in der Regel ostwärts ausgerichtet sind. Im Außenmauerwerk des Schlosses sind noch Bruchsteinmauerreste der Wasserburg zu erkennen, die zuvor an seiner Stelle stand. Und an der Ostseite befindet sich in ebenjener Mauer ein zugemauertes Fenster.«

»Nee, nich?«, stieß Kalumet hervor.

»Doch, Leo. Hinter diesem zugemauerten Fenster lagerte mit anderen wertvollen Preziosen der Freimaurer die Pyramide. Aus Roger Holms Tagebuchaufzeichnungen wissen wir, dass Kirill Lewtrenko vor dem Krieg Historiker war. Wahrscheinlich vermutete er, dass die besonders wertvollen Artefakte von den Nazis eben nicht im Ballsaal gelagert wurden, suchte weiter, wurde fündig und nahm die Pyramide mit in die Sowjetunion. Für Mütterchen Russland, wohlgemerkt.« Sie schmunzelte. »So viel von meiner hier nicht genannten Quelle.«

»Und vor der Beschlagnahmung durch die Nazis wurde die Pyramide in der Großen National-Mutterloge, der ›Aux trois globes‹, aufbewahrt, ohne dass jemand davon wusste«, stellte Körner eine Theorie auf und änderte stöhnend seine Sitzposition.

»Was meinst du, Ernst Albrecht? War es so?«, fragte Enne.

»Die einen sagen so, die anderen so«, erwiderte ihr Schwager kryptisch.

Lilienthal schüttelte den Kopf. »Und euch soll einer verstehen.«

»Abgesehen von dem symbolischen Wert der Pyramide für euch Freimaurer und dem monetären beschäftigt mich aber noch etwas ganz anderes.« Enne goss sich etwas Wein nach, trank einen Schluck aus ihrem Glas und schwieg einen Moment, bevor sie fortfuhr: »Wir, die wir hier zusammensitzen, Berliner, Brandenburger, Offenbacher, ich frage euch einfach mal: Was wäre Potsdam ohne Sanssouci?« Da keiner antwortete, sondern sie alle nur verblüfft ansahen, fuhr sie fort: »Beides gehört untrennbar zusammen. Genauso wie Friedrich II. und seine unschätzbar wertvolle Pyramide der Welten. Sie sollte in Potsdam sein, damit wir alle, Potsdamer und Besucher aus aller Welt, sie sehen und bewundern können. Auch wenn Preußen nicht mehr existiert, oder vielleicht gerade deswegen, muss seine Geschichte erzählt werden und sichtbar sein. Menschen lieben Geschichten. Darum kommen sie nach Potsdam, gehen zum Grab vom Alten Fritz und legen Kartoffeln darauf nieder.«

Enne hatte sich in Rage geredet. »Was also hat die Pyramide von Friedrich dem Großen in den Kellern des Staatsarchivs in Moskau verloren, wo sie noch immer liegt, aber niemand sie sieht?«

»Nun, meine Liebe, Geschichte ist niemals zu Ende«, bemerkte Ernst Albrecht weise und lächelte.

Vom ersten Schritt

»Die Preußischen Akten sind zurück«, so lautet der Titel einer kleinen Broschüre, herausgegeben von Prof. Dr. Ulrike Höroldt und Paul Marcus zum Festakt im Geheimen Staatsarchiv am 13. April 2018.

Zu dem Zeitpunkt waren bereits fünfundsiebzig Jahre vergangen, seit die Akten während des Zweiten Weltkriegs von Berlin nach Schönebeck und Staßfurt in die Dunkelheit und Geborgenheit von Salzbergschächten ausgelagert worden waren. Zurück ins Stammhaus kamen sie erst 1993. In über fünfzig Eisenbahnwaggons aus Merseburg, dem damaligen Deutschen Zentralarchiv der DDR. Wegen fehlender Räumlichkeiten wurden sie vorerst im ehemaligen Getreidespeicher der Berliner Hafen- und Lagerhausgesellschaft, kurz BEHALA, gelagert, wo sich bis zum heutigen Tag umfangreiche Bestände des GStA PK befinden. Was für eine Geschichte.

Vor drei Jahren begann ich mich für das Geheime Preußische Staatsarchiv mit seinen alten Akten zu interessieren. Entdeckte immer überraschendere Details. Und kann es nicht besser ausdrücken als Prof. Dr. Werner Knopp, Präsident der Stiftung Preußischer Kulturbesitz, in seiner Rede am 13. April 1993, als die ersten zwei Waggons im Berliner Westhafen aus Merseburg eintrafen: »Der Alte Fritz hätte sich sicher sehr gewundert, wenn er seine Akten in dieser Umgebung vorgefunden hätte. Aber auch das ist schon ein Teil der recht spannenden Geschichte, die heute hier einen neuen Abschnitt eröffnet. Es ist die Geschichte der Zerreißung des jahrhundertelang aufgebauten Preußischen Geheimen Staatsarchivs durch die Kriegsereignisse und durch die Teilung Deutschlands.«

Mir war nicht klar, wie umfangreich sich die Recherchen entwickeln sollten. Aber auch, wie eindrucksvoll. Die Reisen nach Schönebeck, Bad Salzelmen und Merseburg. Dort und in Dahlem traf ich auf Männer und Frauen, die sich voller

Herzblut dem Erhalt der Geschichte und dieser so wertvollen Bestände widmeten.

Die Erste, die mich auf das Thema des Geheimen Preußischen Staatsarchivs brachte und mir die Türen öffnete, war meine Freundin Beate Röse. Liebe Beate, ich danke dir und Wolfgang für eure so hilfreiche Unterstützung.

Mein ganz besonderer Dank gilt Dr. Ingeborg Schnelling-Reinicke, die immer so herzlich und voll Interesse am Roman war, für ihre fachkundige und ausführliche Beratung. Wenn mir im Buch fachliche Fehler unterlaufen sein sollten, so sind diese allein mir anzurechnen.

Gern denke ich an den Besuch des Salzlandmuseums im Alten Rathaus von Bad Salzelmen zurück. Frank Löbig opferte mir seinen freien Nachmittag, und ich durfte mir die vielen alten Karten und Aufzeichnungen über Schönebeck und die Salzgewinnung ansehen. Durch Frank Löbig erhielt ich Einsicht in eine transkribierte Rundfunk-Reportage aus dem Jahr 1929, die eine Fahrt in den Graf-Moltke-Schacht schildert. Auch die anschließende Führung durch das Museum mit seinen immer noch erhaltenen Gefängniszellen im Keller und die pädagogisch gut aufbereitete thematische Darstellung der Salzgewinnung zur Pfännerzeit waren ausgesprochen hilfreich. Aber auch der Besuch im Stadtarchiv von Schönebeck, bei dem mir Mathias Hille interessantes Buchmaterial über die Salzgewinnung zeigte und davon erzählte, hat mir bei meiner Recherche sehr geholfen.

Neue Eindrücke bekam ich bei der Führung im Landesarchiv Sachsen-Anhalt in Merseburg, dem früheren Karteihaus der Landesversicherungsanstalt. Dr. Hermann Kinne, unterstützt durch Beate Tille, zeigte mir das historische Kellergewölbe, den noch zu DDR-Zeiten gebauten Atombunker und die Magazinsäle bis hinauf zum Dachstuhl. Liebe Frau Tille, lieber Herr Dr. Kinne, ich danke Ihnen sehr herzlich für Ihre Bereitschaft und großzügig bemessene Zeit, mir alles zu erklären und zu zeigen.

Zudem gilt mein Dank Sue und Roger Heise in Silverdale.

Ihr habt mich so warmherzig aufgenommen und betreut und mir die schöne Landschaft des Lake District gezeigt. Danke, Sue, für deine Hinweise, sie haben der Geschichte sehr geholfen.

Mein besonderer Dank gilt meiner Tochter Cordula C. Pozimowski und meinem Schwiegersohn Magnus M. Sambo, die mir immer hilfreich zur Seite standen und mich bei Fragen sofort und umfassend unterstützten.

Bedanken möchte ich mich auch sehr herzlich bei Elfriede und Albrecht Jung, meinen beiden Testlesern. Nicht nur habt ihr mir wertvolle Hinweise gegeben, die Arbeit mit euch hat auch noch Spaß gemacht.

Und wie immer gilt mein Dank auch Heidi von Plato für ihre Hinweise bei der Textarbeit.

Allen Mitarbeitern beim Emons Verlag, besonders Dr. Christel Steinmetz, danke ich für die immerwährende Unterstützung. Mein großer Dank geht an meine Lektorin Susanne Bartel. Durch sie hat mein umfangreiches Manuskript erst den richtigen Rahmen und Schliff erhalten.

Ganz besonders danke ich meinem Mann. Mit einer Autorin im Schreibstress zu leben, ist nicht einfach. Ich danke dir für deine Hilfe und Unterstützung.

07.07.2020

Quellen- und Literaturverzeichnis

Dormont, François: Der Tod im Staatsarchiv, Hamburg, 1962.

Ebeling, F. und Loeben, E.: O Isis und Osiris, Ägyptens Mysterien und die Freimaurerei, Raden, 2017.

Kloosterhuis, Jürgen: Aus der Arbeit des Geheimen Staatsarchivs Preußischer Kulturbesitz, Berlin, 1996.

Kloosterhuis, Jürgen: Archivarbeit für Preußen, Berlin, 2000.

Reinalter, Helmut: Die Freimaurer, München, 2016.

Bei weiterführenden Recherchen über die Freimaurer, Friedrich II. sowie über die Treuhandanstalt, aber auch zu anderen Themen, die im Roman auftauchen, habe ich mich bei Wikipedia bedient.

CARLA MARIA HEINZE
Potsdamer Morde
KRIMINALROMAN
emons:

Carla Maria Heinze
BRANDENBURGER GEHEIMNISSE
Broschur, 336 Seiten
ISBN 978-3-95451-748-0

»Aufwendig arrangiert spinnt die Autorin die dramaturgischen Spannungsfäden, taucht in die kriegerische Schreckensvergangenheit des 20. Jahrhunderts hinein. ›Brandenburger Geheimnisse‹ ist alles andere als ein oberflächlich hingeworfener Krimi, ist kein Roman, der sich mit lediglich künstlich aufgesetztem Lokalkolorit schmückt und sich ans regionale Leserherz schmeißen will. Carla Maria Heinze hat mit ›Brandenburger Geheimnisse‹ dem stets anwachsenden Regionalkrimimarkt neue und aufregende Seiten hinzugefügt.« Antenne Brandenburg